Kristel Ralston

Der Falsche Racheplan

Originaler Titel: La venganza equivocada.
SafeCreative N. 2202060424941
ISBN: 9798413532560.

Gestaltung des Umschlags: Karolina García Rojo
©AdobePhotoStock.
T.Blanda.
Übersetzer: Johanna Graf.

Alle Figuren und Umstände in diesem Roman sind fiktiv, jegliche Ähnlichkeit mit der Realität ist rein zufällig

INHALTSVERZEICHNIS

KAPITEL 1

Maine, Amerika

Es ist bereits dunkel in Ogunquit, einem wunderschönen Badeort im Staat Maine. Es ist ein ziemlich touristischer Ort mit einer relativ kleinen Einwohneranzahl. Die Lichter der Häuser, die direkt am Meer lagen, waren bereits eingeschaltet und die Sommerluft trug den salzigen Geruch von einer Seite auf die andere. In dieser Juli Nacht überredeten Rachel Galloways Freunde sie dazu, das gute Wetter für den Strand auszunutzen.

Die örtlichen Behörden hatten Lagerfeuer am Strand verboten. Vielleicht war genau das der Grund, warum Mitch, Roger, Lynda und Tamera so begeistert von der Idee waren, ihren Plan auszuführen. Zum ersten Mal seit langer Zeit legte Rachel ihre Vorsicht ab. Schließlich war sie nur einmal im Leben neunzehn Jahre alt.

Mit ihrer graziösen Beweglichkeit schlüpfte Rachel in bequeme Schuhe, um sich vor den Steinen zu schützen und außerdem hatte sie sich mit ihrer üblichen Sommerkleidung bekleidet: kurze Hosen und eine leicht eng anliegende Baumwollbluse. Rachel, die seit drei Jahren an einem sonnigen Ort mit Strand lebte, war sehr vorsichtig mit ihrer weißen Haut. Sie hatte rote Haare und blaue Augen und sah so ein wenig exotisch aus und an Anwärtern mangelte es ihr nicht. Aber sie interessierte sich für keinen. Die albernen Küsse, die sie mit den Jungs aus dem Ort tauschte, waren ihr egal. Sie hatte ganz andere Prioritäten.

Rachel wollte nicht in dieser kleinen Gemeinde leben. Ogunquit war der Ort, an dem sie seit einer unheilvollen Episode vor drei Jahren, in der sie von ihrer großen Schwester Piper getrennt wurde, lebte. Nach dem Vorfall damals war sie zu der einzigen Familie gezogen, die ihr noch blieb: Ihre Tante Ariel. Sie erinnerte sich schmerzlich an die Vergangenheit und war hasserfüllt, wenn sie daran dachte, dass ihr Leben von einem Moment auf den anderen durch eine Ungerechtigkeit, die Piper ins Gefängnis geschickt hatte, zerstört worden war.

Rachel vermisste Chicago die großen Läden, Bibliotheken, Restaurants und ihre Freundin Delaney. Vor allem wollte sie frei von dem Klatsch sein, der in einem Ort mit so wenig Einwohnern existierte. Sie interessierte sich nicht dafür, was die anderen in Ogunquit machten. Sie hatte alle ihre beruflichen Erwartungen auf eine Rückkehr nach Chicago ausgerichtet.

Sie wünschte sich ein anonymes Leben in einer Stadt, in der sie ihr berufliches Talent zur Geltung bringen konnte. Sie träumte davon, die Finanzmärkte zu erobern. Vor ein paar Wochen hatte sie sich an der Universität in Chicago beworben, um Betriebswissenschaften zu studieren. Jeder Tag ohne Antwort war eine Qual. Sie versuchte optimistisch zu sein, aber sie wollte sich auch nicht zu viele Illusionen darüber machen, falls das Ergebnis nicht das gewünschte war. Das Leben hatte ihr so viel genommen, dass Rachel es vorzog, pragmatisch zu sein. Und dieser Pragmatismus war es, der sie davon abhielt, verrückt zu werden, während sie auf die Antwort aus Chicago wartete.

Die Abendbrise verwuschelte ihr das Haar. Sie richtete ihren Pferdeschwanz und atmete tief durch. Die Meeresbrise war erfrischend.

Sie konnte sich nicht beschweren, denn die Natur, die sie umgab, gefiel ihr sehr gut. Und wahrscheinlich würde sie das abgesehen von ihrer Tante Ariel am meisten vermissen, falls sie es schaffte, schon bald nach Chicago zurückzukehren.

„Ist das nicht riskant?", fragte sie, als ihre Freunde sich auf einen Bereich zubewegten, wo es nur noch wenige Häuser gab. Rachel schaute von einer Seite auf die andere, um sicherzugehen, dass sie nicht auffiel. Sie hatten bereits eine gute Strecke zurückgelegt.

„Natürlich nicht, Rachel. Wir machen hier ein Lagerfeuer", sagte Roger Moorehouse und zeigte mit dem Daumen auf eine Lichtung. Der Junge war ein sommersprossiger, unfreundlicher Junge. „Vorher müssen wir noch einen Bereich durchqueren, wo es fünf Häuser gibt, die weit auseinanderliegen."

„Damit betreten wir doch privates Grundstück", antwortete Rachel und verschränkte die Arme.

Lynda, das beliebteste Mädchen der Gruppe, schaute sie stirnrunzelnd an.

„Der Strand ist für alle da."

„Ja, aber die Flut ist ein wenig angestiegen und damit wir kein Risiko eingehen, müssen wir ein paar Gärten durchqueren und die sind nicht öffentlich."

„Das ist kein Problem", antwortete Mitch. Sein Vater war der Besitzer des einzigen Supermarkts in der Gegend sowie eines Casinos mit fünf Sternen, das sehr beliebt war bei denen, die an einem diskreten und sicheren Ort gerne große Mengen wetteten.

„Genug geredet Leute, wir gehen weiter", unterbrach Tamera, ein dunkelhäutiges Mädchen, das mit Leidenschaft Cheerleaderin der amerikanischen Fußballmannschaft im Ort war. Sie nahm Rachel am Arm, um sie zum Weitergehen zu bewegen. „Alles ist gut. Wir machen Marshmallows und dann gehen wir wieder nach Hause, mehr nicht."

„Ich hoffe, dass wir keine Probleme bekommen", flüsterte Rachel und folgte den Schritten, die Roger für alle markierte.

Sie liefen ein paar Minuten weiter und durchquerten möglichst unauffällig einige private Gärten. Anschließend gingen sie weiter, bis sie die Enklave erreichten.

Mühelos machten sie Feuer und blieben eine ganze Weile dort sitzen und redeten und lachten über die Anekdoten des Sommers, bis das Feuer langsam ausging. Es war ein entspannter Abend und Rachel freute sich, dass sie ihren Widerwillen überwunden hatte. Sie aßen Kekse mit Marshmallows, tranken etwas und als Tamera ein paar Würstchen aus einer Tüte zog, lachten sie alle, aber keiner von ihnen wehrte die Einladung ab, als der Duft der gebratenen Würstchen in ihre Nasen stieg.

Gegen 11 Uhr abends sammelten sie den Müll ein und steckten alles in die Tüte. Sie verteilten die Mülltüten unter allen auf und dann gingen sie den gleichen Weg zurück. Es war Vollmond und das Licht des Mondes wies ihnen den Weg. Aber keiner von ihnen war dumm. Alle hatten Taschenlampen dabei. Der Sternenhimmel beleuchtete das Firmament, aber nicht die Straße.

„Hey ihr", rief eine autoritäre Stimme, die sich plötzlich ziemlich nahe anhörte. Erschrocken schauten sich alle an. „Ihr könnt um diese Zeit nicht am Strand lang gehen", rief eine unbekannte Stimme.

Die Gruppe drehte sich um, als das Licht einer starken Taschenlampe sie erhellte. Das gleiche Licht ging zur Lichtung, wo sie das Lagerfeuer gemacht hatten, sie waren also nicht weit entfernt. Rachel kniff die Augen zu. Nein, das war keine starke Taschenlampe, sondern die Lichter von Polizeiwagen, die ihre Runden am Strand drehten.

Die Jugendlichen schauten sich einer nach dem anderen an. Dann begannen sie zu laufen.

„Stehengeblieben", rief eine laute Stimme. Keiner der beiden Beamte erreichte, dass die Jugendlichen ihnen zuhörten. „Roger Moorehouse ich habe dich erkannt, warte, bis ich dich in die Finger bekomme!"

Niemand drehte sich um oder hielt an. Sie machten auf dem Absatz kehrt und begannen in alle Richtungen zu rennen. Rachel wusste nicht, wo sie hinlief, sie hatte Angst und fürchtete, sich an einem der scharfen Steine auf der Flucht zu verletzen. «Das kommt davon, wenn man töricht und abenteuerlustig ist», dachte sie schlecht gelaunt. Sie lief über den unsteten Sand, bis ihr die Luft ausging. Sie wusste, dass die Beamten hinter ihnen her waren, aber Rachel hörte nicht auf zu laufen. Sie war verzweifelt, weil sie nicht wusste, wo ihre Freunde waren. Sie sah nur Taschenlampen aufblitzen.

Dank der Lichtblitze der Taschenlampen konnte sie einem großen Stein ausweichen. Sie versteckte sich dahinter und versuchte ihre Atmung zu kontrollieren, als wenn die sie verraten könnte.

Kurz darauf hörte sie, wie die Beamten ganz nah an ihrem Versteck vorbeigingen und mit ihren Taschenlampen über den Strand leuchteten. Als Rachel sich sicher glaubte, hockte sie sich noch kurz mit den Händen auf die Knie gestützt hin. Mit gesenktem Kopf und an den Stein gelehnt versuchte sie ihren Atem wiederzuerlangen.

Sobald sie sicher war, dass keine Gefahr mehr bestand, hob sie den Blick und kam aus ihrem Versteck hervor.

Sie sah eines der Häuser in der Gegend und beschloss, eine Abkürzung zur Straße zu suchen. Alle Häuser in dieser Gegend hatten zwei Haupteingänge. Einer, der zum Strand führte und der andere zur Straße. Dieses Haus würde keine Ausnahme sein.

Sie war erleichtert, dass sie eine Lösung gefunden hatte, um heil nach Hause zu kommen und begann schneller zu laufen. Der Wind war frisch und sie trug nichts weiter als ihre Strandkleidung. Sie war immer sehr vorsichtig, aber die nächtlichen Temperaturen waren sehr wechselhaft.

Sobald sie sich in den Garten eines bunten Hauses mit zwei Stockwerken geschlichen hatte, wartete sie ab. Sie hörte auf jedes Geräusch oder jede Bewegung in der Nähe. Es war totenstill.

Sie atmete langsam, als wenn tiefe Atemzüge ihr Probleme bereiten könnten. Sie hasste es, so paranoid zu sein, aber sie war so erschrocken. Sie ging langsam durch eine Seitengasse im Garten, als sich etwas in ihrer Bluse verhedderte.

Ein Kratzen auf ihrer Haut ließ sie vor Schreck zusammenzucken. Sie machte die Taschenlampe an und leuchtete auf einen scharfen, stählernen Haken. Sie löste sich davon, aber eine Seite ihrer Bluse zerriss dabei. Sie fuhr mit ihrem Daumen über den Riss. Blut. Es war nicht tief, das spürte sie, aber es blutete und brannte wie die Hölle. Sie biss sich auf die Lippen, um keinen Laut zu machen. Ein Schrei in der Nacht schreckte niemanden auf, aber zwei nein. Sie hoffte, dass sie weiterhin nichts von den Besitzern hörte. Die Lichter waren aus und es war kein Geräusch zu hören.

Sie lief vorsichtig weiter und betrat den Garten. Es fehlte nicht mehr viel bis zur Straße. Sie musste nur noch ein paar Schritte machen, den Garten des Hauses durchqueren und die Tür aufmachen. Sie leuchtete nach vorne. Ein Schloss. Sie war gut mit Haarnadeln. Sie nahm die Haarnadeln aus ihrem Haar und dabei fielen ihre Haare auf ihre Schultern, aber das war ihr egal. Sie wollte nur nach Hause und die Wunde reinigen. Jetzt erinnerte sie sich, warum sie nie ihrer abenteuerlichen Seite nachgab und warum sie es vorzog, lieber langweilig zu sein.

Wütend und verärgert kämpfte sie mit dem Schloss und murmelte Beleidigungen vor sich hin.

Das Schloss gab nicht nach. Es schien schon angerostet zu sein, als wenn dieser Ausgang zur Straße schon seit Jahren nicht mehr benutzt wurde. Sie schaute sich um und leuchtete mit der Taschenlampe. Wenn sie die Holzschaufel benutzte, die in der Ecke des Hofes stand, könnte sie das Schloss schneller öffnen. Das war die perfekte Idee, dachte sie.

Sie ging zu der Ecke, aber anstatt auf frische Luft, stolperte ihr Körper gegen eine harte, unverkennbar lebendige Festung. Sie wollte schreien, als sich plötzliche eine große, feste Hand über ihren Mund legte, während die andere ihren Arm auf den Rücken drehte. Sie wurde vorwärts gedrängt und gegen ein Metalltor gedrückt.

Sie wollte schreien, aber sie wurde festgehalten. Ihr Gesicht wurde gegen das Metall gedrückt. Sie presste ihren Kiefer zusammen, als ob sie das Brennen und die Tränen zurückhalten könnte, die sich durch den Schmerz des Drucks, den diese Masse auf sie ausübte, aufdrängten.

„Wenn du nicht aufhörst zu treten, werfe ich dich auf den Boden, aber nicht, ehe ich dir den Arm gebrochen habe", sagte eine raue und laute Männerstimme. „Jetzt sei still.

Der warme Atem an ihrem Ohr ließ Rachel still werden. «Und, wenn dieser Fremde mich umbringt?» Sie geriet in Panik und im Angesicht der Bedrohung hörte sie auf sich zu verteidigen. Aber sie hörte nicht auf zu versuchen zu entkommen. Ein nutzloser Versuch, weil der Mann viel Kraft hatte. Sie konnte seine Kraft spüren, die von der Position ausging in der er sich befand. Er an ihrem Rücken und sie völlig wehrlos ohne ein Lebenszeichen von sich zu geben. Sie dachte, sie würde von dem Aufprall dieses Wilden, der sie kurzerhand gegen den Metallzaun schleuderte, Prellungen davontragen.

„Ich lasse deinen Mund los", sagte der Mann. „Wenn du versuchst, mich zu beißen oder zu schreien, dann bringe ich dich so zur Polizei. Also bist du ruhig?"

Rachel atmete tief durch.

„Okay", erwiderte er und nahm langsam seine Hand weg. Sie holte Luft und versuchte sich zu beruhigen. Eine schwere Aufgabe, denn der Fremde hielt sie immer noch fest und sie war immer noch an ihn gedrückt. „Wer bist du und warum willst du mich bestehlen?"

„Ich ... ich will nicht stehlen", flüsterte sie, sobald sie Luft in den Lungen hatte. „Ich ... ich heiße Rachel ..."

Michael hatte bereits bemerkt, dass es sich um ein Mädchen handelte. Egal ob Frau oder Mann, ein Dieb war immer derselbe Abschaum.

Er hatte gerade einen Schlüsselbund in seinem Arbeitszimmer gesucht, als er Licht sah, das aus der Seitengasse kam. Ohne groß nachzudenken war er leise in den Hof gelaufen, und als er den Eindringling sah, der versuchte, das Schloss an der hinteren Tür zu öffnen, zögerte er nicht, ihn von hinten zu überwältigen und ihn ohne Rücksicht an die Tür zu drücken. Er hätte ihn auch verprügeln und niederschlagen oder ihn sogar erschießen können, aber das Letzte, was er wollte, war wegen Mordes angeklagt zu werden. Er hatte bereits genug andere Probleme.

Die Gegend, in der er in Ogunquit lebte, war sehr ruhig, daher hatte er sich entschlossen, in seinem Urlaubshaus am Strand zu bleiben, was er vor langer Zeit geerbt hatte. In der Regel lungerten keine Eindringlinge herum, und die Polizei kontrollierte die Gegend, da es sich um ein Gebiet mit wenig Exklusivität und wenig Besuchern handelte.

„Rachel", wiederholte er den Namen, als wenn er ihn verdaute. Er ließ sie dennoch nicht los. „Wie alt bist du denn?"

„Neunzehn." Sie schluckte trocken. „Ich ... lassen Sie mich gehen?"

„Nein. Zumindest nicht, bis du mir sagst, was du um diese Zeit hier machst", wiederholte er ruhig. Sie stellte keine Gefahr da. Er fühlte die Wärme des Körpers des Mädchens und es gefiel ihm, wie sie sich in seine Arme schmiegte. Es war ein dummer Gedanken, aber er konnte ihn nicht vermeiden.

Rachel erzählte ihm widerstrebend kurz, was vorhin passiert war. Sie hasste es, Erklärungen zu geben. Michaels Hand bewegte sich über ihre verletzte Seite, um ihren Arm zu lösen, und sie stöhnte vor Schmerz auf.

Er zog sich sofort zurück, als er etwas Schleimiges zwischen den Fingern spürte. Er musste nicht nachfragen, was es war. Ohne zu zögern nahm er sie in die Arme und trug sie ins Haus. Die Proteste von Rachel waren ihm herzlich egal.

Er schob mit der Schulter die Tür auf, betrat das Haus und machte das Licht im Wohnzimmer an. Er ließ das Mädchen auf das Sofa sinken. Dann machte er einen Schritt zurück, um endlich das Gesicht zu sehen, denn bis jetzt war sie eine Unbekannte.

Als er Rachel sah, war er überrascht. „Eine Schönheit" war sein erster Gedanke. Sie hatte volle Lippen, die sich leicht zusammenziehen konnten, dazu blaue Augen und rotes Haar, das ihr über die Schultern fiel. Er bemerkte die zerrissene, blutverschmierte Bluse. Er fluchte leise.

Rachel blickte ihn nervös an. Er sah gut aus. Seine Attraktivität lag nicht in der Perfektion seiner Gesichtszüge, sondern in der männlichen Kombination all dieser Dinge. Er sah überhaupt nicht aus wie die dünnen Freunde, die sie hatte, auch nicht wie die, die behaupteten, zum Sport zu gehen und glaubten in guter körperlicher Form zu sein. Der Mann vor ihr beobachtete sie mit der gleichen Zurückhaltung. Er trug graue Chinahosen, ein schwarzes, ärmelloses Hemd und sein Haar war ungekämmt. Das Outfit betonte seine athletische Muskulatur.

Die Art und Weise, wie er sein zerzaustes schwarzes Haar im Kontrast zu seinen markanten grünen Augen trug, war beeindruckend. Und sie bezeichnete sich als eine Frau, die schwer zu beeindrucken war. Sie konnte sich nicht daran erinnern, ihn jemals auf dem Markt oder bei Gemeindeversammlungen gesehen zu haben.

„Ich bin Michael", stellte er sich mit einem Lächeln vor, als er bemerkte, wie Rachel ihn betrachtete. „Hast du dir noch irgendwo anders wehgetan außer an der Seite?"

In was hatte sie sich da reingeritten, dachte sie beunruhigt. Vielleicht sah dieser Michael harmlos aus, aber waren das nicht auch die Mörder im Film?

„Nein ... nein. Nur an der Seite und ein paar Kratzer, die nicht schlimm sind", log sie. Es waren keine unwichtigen

Kratzer, sie brannten. Aber sie war niemand, der sich beschwerte, also hielt sie den Schmerz aus.

„Okay. Warte einen Moment hier. Versuche nicht wegzulaufen. Es war ein wenig unvernünftig, um diese Zeit am Strand spazieren zu gehen. Du hättest auf den glitschigen Steinen ausrutschen und dir den Kopf anschlagen können", tadelte er sie.

„Aber ...", begann Rachel zu protestieren und dennoch kamen keine Wörter raus. Sie war verwirrt. Michael hatte sich bereits entfernt und er hätte sie sowieso nicht mehr gehört.

Trotz des Schmerzes entspannte Rachel sich auf dem gepolsterten Sitz. Das Wohnzimmer war mit Holz verkleidet und man sah den guten Geschmack in der Dekoration. Man könnte sagen, dieser Michael war ein Mann mit vielen wirtschaftlichen Möglichkeiten.

Sie versuchte aufzustehen, um sich eine schöne Keramikfigur auf einer Kommode näher anzusehen, aber als sie sich bewegte, fühlte sie ein Zerren an der verletzten Seite. Schon bald hörte sie die Schritte von Michael und blieb lieber dort, wo sie war.

Michael kam mit einem kleinen Erste Hilfe Kasten zurück. Er setzte sich neben das Mädchen und dabei musste er sich ziemlich nahe an sie setzen.

„Du musst dir die Bluse ausziehen", sagte er gleichgültig.

Sie schluckte.

„Ich ..."

„Ich will dich nicht verführen Rachel. Wenn ich das wollen würde, dann würdest du es merken", erklärte er mit fester und pragmatischer Stimme. „Nimm das hier." Er reichte ihr ein blaues Hemd, das er aus seinem Schrank genommen hatte. „Wenn du vernünftig bist, dann merkst du, dass diese Bluse verloren ist. Verstehst du?" Sie nickte. „Gut. Ich werde deine Wunde pflegen und dann sage ich dir, wo das Bad ist, damit du dich umziehen kannst. Okay?"

Sie nickte wieder und schaute ihn an. Sie musste ihm wohl vertrauen.

„Während ich mich um deine Wunde kümmere, mach du mal ein wenig Alkohol auf die Watte, damit du dir die Arme und Hände sauber machen kannst."

„Einverstanden", murmelte sie. Sie hasste es, wenn man ihr sagte, was sie tun sollte, aber zu widersprechen wäre nutzlos. Außerdem hatte er recht und sie war verletzt.

Als die Finger von Michael ihre Bluse anhoben, fühle sie ein Kitzeln, das sie noch nie bei einem anderen Mann gespürt hatte. Mit zitternden Fingern drückte sie den Stoff knapp unter ihrem BH zusammen, und er machte keine Anstalten, sich durch diese bescheidene Geste geschmeichelt zu fühlen. Rachel sah, wie er eine Grimasse zog, als er die Wunde betrachtete.

„Ich muss es gut sauber machen. Schht es passiert nichts", beruhigte er sie, während er sie verarztete, und sie zuckte zusammen, als das sauerstoffhaltige Wasser auf den verletzten Bereich traf. „Es brennt ein wenig, ich weiß, aber man muss es zuerst desinfizieren. Sei froh, dass du nicht zum Arzt muss, damit sie dich nähen. Was hast du dir dabei gedacht?"

„Ich habe offensichtlich nicht nachgedacht", wiederholte sie. Sie schnitt eine Grimasse, als er Merbromin anwandte. Anschließend schmierte er noch ein wenig Fett darauf. Sie zog sich langsam die schmutzige und zerrissene Bluse herunter. Sie murmelte ein Dankeschön. Er nickte als Antwort.

Dann schauten sie sich an.

Er räusperte sich.

„Das Bad ist da in der Ecke", er zeigte mit einem Finger darauf. „Da kannst du dich in Ruhe umziehen." Sie nahm das Hemd, das er ihr gegeben hatte.

„Danke."

Im Bad musste Rachel keuchen. Sie sah aus wie eine Verrückte. Mit Recht hatte Michael gedacht, sie sei eine Einbrecherin. Sie wusch sich die Hände und das Gesicht. Dann strich sie ihr Haar glatt und machte sich einen Zopf. Wenigstens siehst du nicht zu erbärmlich aus, dachte sie.

Als sie ins Wohnzimmer zurückkam, wartete er auf dem Sofa auf sie. Er schien viel zu groß für diesen Sessel zu sein. Sie lächelte schüchtern und setzte sich zu ihm. Mit so viel Abstand wie möglich.

„Besser?"

„Ja danke", murmelte sie und betrachtete die Knöpfe am Hemd, das er ihr gegeben hatte. Es war ihr viel zu groß. und ging ihr bis zu den Knien. Mit diesem Hemd hatte sie das Gefühl, nackt zu sein. „Es geht mir ein wenig besser ..."

„Das freut mich."

Michael verlor sich in diesen blauen Augen und anscheinend fühlte sie dieselbe Verbindung. Er begann sich ihr langsam zu nähern, als wenn er Angst hätte, dass Rachel wie ein verängstigtes Kaninchen davonlaufen würde. Sie bewegte sich nicht. Vorsichtig fuhr Michael mit der Hand über ihr Haar, er liebkoste sie und bemerkte, wie Rachels Atem schneller wurde. Aber nicht aus Schmerz.

„Du bist wunderschön. Hat dir das schon mal jemand gesagt?"

„Ich glaube, du solltest mir solche Dinge nicht sagen", flüsterte sie und atmete seinen männlichen Duft ein. Die Männer schmeichelten einem immer, aber sie wies sie verärgert zurück. In diesem Fall jedoch verursachte ihr die Nähe von Michael ein Kitzeln auf der Haut. „Ich ... ich kenne dich nicht. Ich glaube, es ist besser, wenn ich gehe."

„Ich glaube, jetzt hast du bestimmt gemerkt, dass ich dir nicht wehtun will. Im Gegenteil. Ich habe dich verarztet oder?" Sie nickte als Antwort und biss sich auf die Lippe. Michael lachte. „Okay, lass mal sehen", er nahm seine Finger hoch „du bist auf mein Grundstück eingedrungen, ich habe dir meinen Namen genannt und habe dich verarztet. Jetzt solltest du wissen, dass ich kein Psychopath oder Serienmörder bin. Ich glaube, das zählt", sagte er lachend.

Sie lachte und konnte es nicht verhindern. Er machte sie nach und Rachel bekam kaum noch Luft.

„Ich weiß ja nicht, wie alt du bist", murmelte sie. Was war mit ihr los? Sollte sie nicht aufstehen und nach Hause gehen? Ihre Freunde dachten sicherlich schon, dass sie entwischt war und sich auf den Weg nach Hause gemacht hatte. Und wenn ihr etwas passierte, würden sie es nie erfahren.

„Ich bin viel älter als du", grinste er und ließ das weiche Haar los, um die lächelnden Wangen zu berühren. „Neunundzwanzig Jahre Rachel."

„Oh."

„Ja, oh", sagte er und lächelte immer noch.

„Okay ... dann bist du vielleicht nicht ganz so alt", flüsterte sie im Begriff, in dem vielversprechenden grünen Dschungel seiner Augen einzutauchen, der sie zu hypnotisieren schien. „Ich bin neunzehn."

Michael lachte erneut. Rachel war die schönste Schöpfung, die er seit langer Zeit gesehen hatte. Er wollte nicht zynisch sein. Es war unmöglich, dass sie von seiner Existenz wusste oder ein Treffen mit ihm zu irgendeinem hinterhältigen Zweck plante.

Die Beziehungen, die er im Laufe seines Lebens gehabt hatte, hatten ihn gelehrt, dass einige Frauen nur hinter seinem Reichtum her waren. Er gab nur, was er bereit war zu geben. Und das war zumindest bei dem weiblichen Geschlecht, Sex und ein paar Dates für kurze Zeit, damit die Frauen sich nicht zu viele Illusionen machten.

„Und für was genau glaubst du, bin ich noch nicht zu alt?", fragte er und beugte sich zu Rachel, weil er sich nicht zurückhalten konnte. Er küsste ihren weichen Hals. Es war ein Kuss den sie kaum spürte, aber ausreichend, damit sie anfing zu zittern.

„Michael", murmelte sie, als sie seinen männlichen Mund hinter ihrem Ohr spürte. „Ich kenne dich nicht, ich habe noch nie ... noch nie .." Sie spürte wie er an ihrer Haut lachte. „Ich ..."

„Ja?", fragte er und nahm ihr Gesicht in seine linke Hand. Seine Lippen bildeten eine perfekte Linie. „Darf ich dich einmal küssen?"

Sie befeuchtete sich die Lippen mit der Zunge, eine unbewusst sinnliche Geste. Er konnte nur mit Mühe ein Stöhnen unterdrücken.

„Verführst du mich jetzt?", wollte Rachel wissen und erinnerte sich daran, dass er das zu ihr gesagt hatte, als er sie verarzten wollte.

Er lächelte und zwinkerte ihr zu. Rachel hielt die Luft an.

„Ich sehne mich danach dich zu küssen, wie ich noch nie eine Frau zuvor geküsst habe", flüsterte Michael und fuhr mit seinem Daumen über die fleischigen und rosafarbenen Lippen.

„Hast du vielleicht dasselbe Verlangen meine Lippen zu spüren Rachel?"

KAPITEL 2

Ohne nachzudenken, was sie tat, liebkoste sie mit ihrer schüchternen Zunge Michaels Daumen. Als leise Antwort biss Rachel ihn sanft in den Daumen. Sie sah, wie die grünen Augen sich in wilde Wellen verwandelten, die bereit waren, alles wegzufegen, was sich ihnen in den Weg stellte.

Der Instinkt sagte Rachel, dass dies ihre erste Erfahrung mit dem ursprünglichsten Verlangen war, das sie je erlebt hatte. Sie war weit davon entfernt, erschrocken zu sein, ihr Körper vibrierte mit einer unbekannten Sehnsucht und die war so stark, dass sie nichts weiter interessierte. Nur Michael und das Versprechen, das sie in seinem intensiven Blick sah, zählte. Sie sehnte sich danach herauszufinden, was genau es war.

„Ein Kuss", antwortete sie. „Ja, ich möchte das auch."

Michael wartete nicht länger und seine Lippen legten sich über Rachels, bis diese sie instinktiv für ihn öffnete. Sein Herz schlug schneller, als er diesen warmen und unschuldigen Mund entdeckte. Er umschlang ihren Nacken, um den Kuss noch zu vertiefen. Er entdeckte ihr Inneres, ohne etwas auszulassen. Sie zögerte, aber er führte sie mit Leichtigkeit, und Rachel ließ sich von ihm mitreißen.

Er verführte diesen Mund auf eine Art, die ihr ein Stöhnen entlockte. Durch die Reaktion ermutigt, achtete Michael darauf, die verletzte Seite nicht zu berühren und schob das Hemd bis zu ihrem BH herunter. Er spürte, wie sie sich anspannte, aber in keinem Moment versuchte sie ihn wegzuschieben oder sich gegen seine Zärtlichkeiten zu wehren. Das war die Erlaubnis, die er brauchte, um weiter zu machen.

Er hatte noch nie so weiche Haut angefasst. Im Licht schien ihre Haut wie gerösteter Sand. Er fuhr mit seiner Hand bis zu dem Verschluss ihres BHs und mit der Handfläche über die Brustwarzen, die während des ganzen Vorgangs hart geworden waren.

„Michael", flüsterte sie, als sie spürte, wie er ihren BH herunterzog.

„Ich will dich überall küssen", gab er zu und unterbrach seine Küsse kurz.

Rachel machte große Augen. Ihre Lippen waren geschwollen von seinen Küssen und die Wangen waren gerötet. Michael fuhr mit seiner Hand, die er unter Rachels Hemd geschoben hatte, weiter und nahm eine Brustwarze zwischen seine Finger. Er starrte sie an. Ihr dabei zuzusehen, wie sie sich wand und auf ihre Unterlippe biss, war eines der erotischsten Dinge, die er je erlebt hatte. Sie war wie eine Blume, die sich der Sonne öffnete. Michael nahm die Brust in seine Hand. Sie passte perfekt. Er machte dasselbe mit der anderen Brust, während sie keuchte.

„Es gefällt mir, was du machst", sage sie hypnotisiert von den grünen Augen und der Sinnlichkeit seiner Zärtlichkeiten.

„Das ist gut Süße. Darf ich dich probieren, wunderschöne Rachel?"

„Das ist alles so irreal", murmelte sie gefangen in dem Netz dieses Mannes, den sie gerade erst kennengelernt hatte. Sie sollte das nicht tun. Was war mit ihr los? Es war, als ob

Michael die Fähigkeit besäße, seine Welt ins Wanken zu bringen. Einige Personen nannten das vielleicht Liebe auf den ersten Blick, aber sie nannte es verrückt. Sie hatte noch nie so ein Gefühl gehabt, das sie zu verbrennen schien ... mit niemanden ... und ... es gefiel ihr.

Neugierigerweise weckte das bei Michael ein merkwürdiges Gefühl der Besessenheit. Sie war eine völlig Unbekannte. „Die Wollust spielt manchmal mit deiner Vernunft", sagte eine Stimme.

„Du kannst mich aufhalten, wenn du willst", wiederholte er ehrlich, ohne aufzuhören, ihre Brüste zu berühren. Die Haut war so weich, dass seine Lippen sie unbedingt probieren wollten. Er hatte Rachels warmen Mund bereits geküsst. „Das Gewicht deiner Brüste ist wunderbar. Du bist so sensibel", erklärte er, ehe er ihr das Hemd über den Kopf zog. Sie half ihm dabei.

Er schaute sie besonnen an. Wunderschön war gar nicht das richtige Wort, um sie zu beschreiben. Dieses Mädel war für die Lust gemacht.

„Ich", sie versuchte sich erneut zu bedecken, aber das ließ er nicht zu. Noch ehe sie protestieren konnte, beugte er sich hinüber, um eine Brustwarze in seinen Mund zu nehmen. Er saugte daran und schaute ihr dabei in die Augen und sie hielt im Gegenzug den Atem an. „Oh..."

Sie hatte sich nie vorgestellt, dass sie so etwas Mal erleben würde. Es war sehr erotisch zu sehen, wie Michael ihre Brüste küsste und leckte seine braune Haut und die ihre mit einer Farbe aus geröstetem Sand. Das erschien ihm eine beeindruckende Kombination. Sie lehnte sich nach hinten und stützte sich auf die Handflächen, damit er besseren Zugang hatten. Sie ließ sich von ihm so viel küssen, wie er wollte, denn das Gefühl war wunderbar. Sie wollte nicht, dass er aufhörte.

„Ich will dich anfassen ... ich will, dass du alles spürst, was ich spüre", sagte er, als seine gierigen Hände ihr Fleisch rieben und sein Mund über ihre rosa Brustwarze leckte.

„Und wie fühlt sich das an?", fragte er ehe er sich das Hemd auszog und es neben sich warf.

Michael war wunderschön, dachte Rachel bewundernd. Sie war ein wenig arglos, was das andere Geschlecht anging, aber nicht komplett blind. Sie hatte eine Gänsehaut und war feucht an ihrer intimsten Stelle, an der Stelle, die sie zu ignorieren versuchte, wenn sie sich erregt fühlte, was nicht sehr häufig vorkam. Aber in diesem Moment wollte sie, dass dieser Mann sie anfasste, sie wollte dieses überwältigende Gefühl entdecken, das der Orgasmus war. Nicht der, den sie sich mit ihrer eigenen Hand verschaffte. Nein. Sie wollte das diese starken und weichen Hände ihr Lust verschafften. Sie fühlte sich fiebrig. Keuchend. Erregt.

„Als, wenn ich im Rausch bin ...", antwortete sie und strich schüchtern über seinen nackten Körper. „Geht es dir auch so?"

Er lachte.

„Wir wollen wohl beide dasselbe."

„Ja ...", antwortete sie und berührte seine Wange, während er sich erneut hinüber beugte, um sie erneut zu küssen.

Michael ließ sie wissen, dass er sie wollte, als sein hartes Glied an Rachels Muskel stieß. Eigentlich war er ein ziemlich zufriedener Mann. Er hatte keine Abenteuer, ohne sie gut zu überdenken, aber dieses Mädchen hatte ihm das Hirn vernebelt.

„Michael?", keuchte sie als er ihre Brüste mit einer Hand streichelte, während die andere ihr Geschlecht über den Stoff ihrer Shorts rieb. „Erzähl mir noch etwas von dir ..."

„Ich bin Anwalt", flüsterte er an ihrem Mund und biss ihr sanft auf die Lippen. „Manchmal mag ich meinen Beruf, manchmal hasse ich ihn", gab er ehrlich zu und fuhr mit einer Hand über ihre weibliche Zone und drückte und kreiste mit seinem Daumen darum. „Ich arbeite für eine bekannte Firma."

„Oh, bist du erst kürzlich nach Ogunquit gezogen? Ich hab dich hier noch nie gesehen", sagte sie und versuchte nicht ganz den Verstand zu verlieren. Das Reden half ihr, sich nicht so sehr von den Empfindungen überwältigt zu fühlen.

„Das ist mein Strandhaus", sagte er ohne große Erklärungen.

„Also bist du nicht lange hier?"

Michael hörte auf, sie anzufassen. Sie strich über sein Haar und mochte das Gefühl dieser dicken und gleichzeitig weichen Strähnen.

„Ich nehme an, du fragst, weil du Angst hast, dass du mir morgen im Supermarkt über den Weg läufst und es dir peinlich ist, was wir hier machen“, sagte er spöttisch.

„Und was genau machen wir?", keuchte sie zitternd und gab ihm ein schüchternes Lächeln, während ihre Daumen über seinen Bauch fuhren und die starken Bizeps berührten.

„Ich küsse dich und entdecke deinen schönen Körper. Und du?"

„Ich lasse das zu, weil ich die Gefühle mag, die du in mir weckst ... Aber ..."

„Ah jetzt kommen die Abers", grinste er. Er beugte sich herüber, um den Spalt zwischen ihren Brüsten zu küssen.

„Ich hätte nie gedacht", sie holte Luft. „Ich hasse Anwälte", sagte sie und erinnerte sich an ihre Schwester.

Dieser Satz stimmte ihn nachdenklich. Es stimmte, dass er sich in einem komplexen Fall befand und daher war er in sein Ferienhaus gekommen, um nachzudenken. Die Scheidung von Ingrid, dessen Einverständnis er gerade erst vor zwei Wochen unterschrieben hatte und die ihn auf unaussprechliche Weise zu prägen begann. Es war nicht gerecht, dass er Rachel verführte. Eine völlig unbekannte, aber gleichzeitig auch die einzige Frau, die es seit langer Zeit geschafft hatte, seinen Instinkt von Zärtlichkeit und Leidenschaft zu gleichen Teilen wecken.

Michael runzelte die Stirn und ließ von ihr ab. Mit ein wenig Bedauern entließ er sie aus seinen Armen. Sie lächelte nervös und verwirrt von seiner plötzlichen Kälte. Ohne ihn anzusehen, zog sie den BH an und passte ihn an ihre Brüste an. Anschließend zog sie sich das Hemd an. Sie roch nach Michael. Sauber, männlich, sinnlich. Gefiel ihm ihr Körper nicht und hatte er deswegen so plötzlich aufgehört, sie anzufassen, fragte sie sich.

„Viele Menschen mögen keine Anwälte", sagte er, ohne das Gefühl der Ablehnung zu bemerken, das sich bei Rachel aufbaute. „Aber manchmal haben wir nicht viel zur Auswahl. Wir machen unsere Arbeit. Wir versuchen zumindest gerecht zu sein. Manchmal schaffen wir das, und manchmal ... dann gewinnen eben die Gerichte. So ist das Leben. Man kann nicht immer gewinnen", sagte er mit weit entfernter Stimme.

„Warum?", fragte sie und senkte den Blick.

Er verengte verwirrt seine Augen.

„Warum kann man nicht immer bei Gericht gewinnen?", fragte er.

Rachel lachte schüchtern und senkte den Blick.

„Vergiss es", murmelte sie. Sie schlang ihre Arme um ihren Körper. Ihr war auf einmal kalt.

Dann verstand Michael. Er lachte herzhaft.

„Warum ich aufgehört habe, dich anzufassen?" Sie nickte und biss sich auf die Lippen. „Okay Rachel, auch wenn ich dich unbedingt ganz ausziehen will und spüren will, wie dein Körper zittert, während ich dich berühre und du zum Orgasmus kommst", sagte er und streichelte ehrfürchtig ihr Gesicht. „Du bist jung. Und weil du noch Jungfrau bist, verdienst du etwas mehr als eine Nacht mit einem Fremden, der dir nur einen Moment bieten kann, wenn du dich wahrscheinlich nach viel mehr sehnst, bei deinem ersten sexuellen Erlebnis", sagte er ehrlich und blickte ihr in die Augen.

Sie musste ihn gar nicht fragen, woher er überhaupt wusste, dass sie Jungfrau war. Sie hatte ihm schließlich während ihres leidenschaftlichen Zwischenspiels gerade ihre mangelnde Erfahrung gestanden.

„Kann sein", antwortete Rachel und schaute ihn besorgt an. „Oder magst du es nicht, mich anzufassen und ...?"

forschte sie unsicher nach. Michael hatte eine Art magnetische Ausstrahlung, die sie dazu einlud, sich in das Spektrum der Anziehung zu flüchten, das zwischen ihnen zu schweben schien. Es schien, als sei sein Körper von einer fremden Macht ergriffen war, die sie dazu gedrängt hatte, nur zu fühlen und nicht zu denken. Was war denn schon falsch an Gefühlen, fragte sie sich mit einem leichten Lächeln.

„Mögen ist gar kein Ausdruck", er nahm ihre kleine Hand und führte sie zu seiner Erektion. „Spürst du das?" Sie nickte. „Er ist so hart, weil ich dich mehr als mag und das passiert mir selten bei Frauen. Glaubst du mir das?"

„Ich ... ja ... ", stammelte sie lächelnd. Sie lies die Hand fallen. Sie hätte gerne diese Wulst entdeckt, die sich so warm und hart durch die Hose anfühlte. Er gab ihr die Möglichkeit, hier rauszukommen. «Zumindest einer von uns noch denkt noch nach», dachte Rachel, um ihre unbefriedigte sinnliche Neugierde zu trösten.

„Okay". Nicht ohne Schwierigkeiten stand Michael auf. Er fuhr sich mit der Hand durch sein Haar. Rachel schaute ihn mit diesen unschuldigen und neugierigen Augen an. Die Sehnsucht, die in ihm erwachte, war unglaublich stark. Er konnte sich nicht einfach so hinreißen lassen. „Ich weise dich nicht ab. Ich glaube, ich mache das Richtige, auch wenn es mich umbringt, dass ich dich nicht so anfassen kann, wie ich möchte."

Sie schluckte und lachte nervös.

„Jemand muss wohl vernünftig sein, nehme ich an." Sie stand auf. „Ich hoffe du möchtest nicht, dass ich dir das Hemd zurückgebe", sie versuchte die angespannte Stimmung ein wenig zu vertreiben, die voller unbefriedigten Verlangen war.

Michael nickte.

„Es ist wohl besser, wenn ich dir ein Taxi rufe, damit du nach Hause fährst", sagte er mit einem schärferen Ton, der ihr gefiel.

Rachel richtete sich die Kleidung so gut es ging.

„Danke"... murmelte sie.

Ohne es vermeiden zu können, näherte er sich ihr auf dem Sofa und hob ihr Kinn mit dem Finger an.

„Ich glaube, dass dich zu verführen nicht das Beste für uns beide wäre. Morgen wirst du es bereuen. Du bist wunderschön und ich weiß, dass jeder Mann mit weißem Blut in den Adern, das auf den ersten Blick sehen wird, auch von fern."

„Und du Michael? Bereust du es auch?", fragte sie ermutigt.

Er lächelte mit einer Mischung aus Bedauern und Zynismus.

„Vielleicht nicht. Ich habe mehr Erfahrung als du."

Sie ließ seine Hand los.

„Vielleicht bin ich erst neunzehn, aber ich weiß, was ich tue – unterbrach sie ihn dreist. Sein intimer Teil pochte, er wusste, dass sie feucht und ihre Brüste sensibel waren und voller Sehnsucht nach den Zärtlichkeiten von Michaels Mund und seinen Fingern.

Er neigte den Kopf auf eine Seite.

„Weißt du das kleine süße Rachel", fragte er und war gerührt von der Entschlossenheit in den blauen Augen. Sie war unschuldig und voller Trotz. Er wollte das nicht kaputtmachen. Zumindest einmal in seinem Leben wollte er nicht egoistisch sein.

„Ich bin kein Kind mehr", sagte sie wütend bei dem herablassenden Ton. Hatte sie vielleicht kein Recht, sich zum ersten Mal in ihrem Leben ohne ihre persönlichen Grenzen zu amüsieren?

Michael betrachtete sie von oben bis unten.

„Nein. Du bist nicht klein. Du bist perfekt", murmelte er und entfernte sich. Dann nahm er sein Handy und rief das örtliche Taxiunternehmen an. Er teilte dem Betreiber die Adresse mit und dann legte er auf und wandte sich zu dem jungen Mädchen um. „In zehn Minuten kommt ein Taxi. Warte einen Moment, während ich mein Portemonnaie suche. Du hast bestimmt kein Geld dabei oder?"

„Das macht nichts. Ich kann dem Fahrer sagen, dass er kurz an meiner Wohnung warten soll, damit ich ihn zahlen kann", sagte sie. Aber er war bereits die Treppe hochgegangen.

Minuten später begleitete Michael sie zum Auto. Er öffnete ihr die Tür.

Ehe sie einstieg, wandte Rachel sich noch einmal um.

„Michael", flüsterte sie. „Ich werde dich nicht wiedersehen oder?"

Er zuckte mit den Schultern.

„Morgen fahre ich in die Stadt zurück, in der ich wohne. Pass auf dich auf. Ich wünsche dir alles gute Rachel. Und danke, dass du diesen Moment mit mir geteilt hast", sagte er und strich ihr sanft über die Wange.

„Ich ... danke ebenso ... viel Glück."

Michael lehnte sich herüber und gab ihr einen schnellen, aber innigen Kuss auf die Lippen.

„Geh schon ehe ich meine guten Absichten bereue ..."

Sie schaute ihn kurz an, dann nickte sie und setzte sich ins Auto. Sie schaute ihn noch ein letztes Mal an. Er nickte mit einem halben Lächeln.

Michael schloss die Tür und blieb stehen, bis das Auto in der Dunkelheit verschwunden war. Er konnte den Impuls, den er spürte, nicht erklären. Als wenn ihm etwas Wertvolles entgangen wäre und er nicht genau wusste, was es war.

***

Rachel wachte am nächsten Morgen mit einem Lächeln auf. Den ganzen Morgen hatte sie an Michael gedacht. Ihre Lippen kitzelten, als sie an seine Küsse dachte. Ihre Brustwarzen stellten sich auf, als sie an die Hitze dieses Mundes dachte, aber sie wusste, es war nur die Erfahrung einer Nacht gewesen.

Sie nahm ihr Handy in die Hand und sah, dass sie mehrere verpasste Anrufe von Tamera hatte. Sie schieb ihr und sagte ihr, dass die Nacht ereignislos gewesen war. Ihre Freundin antwortete, dass am Ende niemand von ihnen bei der Polizei gelandet wäre. Sie hatten es geschafft, sich mit den Beamten zu einigen und hatten versprochen, keine Lagerfeuer mehr am Strand zu machen.

Rachel legte das Handy weg, nachdem sie sich von Tamera verabschiedet hatte und ging hinunter zum Frühstücken. Sie wollte niemandem von Michael erzählen. Das wäre ihr Geheimnis. Ein verrücktes Abenteuer, dass sie ihren Enkeln erzählen konnte. Obwohl es ihr dennoch gefallen hätte, das Gefühl über Flammen zu fliegen und sich unbezwingbar zu fühlen, zu spüren. Es hätte ihr gefallen, wenn ihre Haut mit allen fünf Sinnen vibriert hätte, während die Hände und Michaels Körper sie dazu brachten, etwas zu erleben, was sie noch nie mit einem anderen Mann erlebt hatte.

Seufzend kam sie an der Treppe an. Sie sah ihre Tante. Sie lächelte.

„Guten Morgen Kind. Ich habe dich spät kommen hören. Ist alles gut gegangen?", fragte Ariel mit liebevollem Blick.

Ariel Galloway war Witwe und kümmerte sich seit drei Jahren um ihre Nichte. Ihr einziger Bruder Shelton und seine Frau Hilary waren vor Jahren bei einem tragischen Autounfall in ihrer Geburtsstadt Chicago ums Leben gekommen. Sie hatten keine weitere Familie.

„Ja Tante Ariel. Ist ein Brief von meiner Schwester gekommen?"

Ariel, deren blondes Haar mit grauen Strähnen durchzogen war, schüttelte den Kopf.

„Tut mir leid Rachel ..."

„Oh", murmelte sie und mischte sich Zucker in den Kaffee. Sie vermisste Piper. Ihre Schwester war zehn Jahre älter als sie und sie verwöhnte sie sehr. Oder zumindest hatte sie das getan, als sie noch frei war. Sie waren zusammen glücklich gewesen. Als ihre Eltern starben, war sie elf gewesen und Piper einundzwanzig und ihre Schwester war unter ihrer Aufsicht geblieben. Alles lief gut bis zu dem Tag, als ein schrecklicher Vorfall sie trennte und sie dazu gezwungen war, zu ihrer Tante Ariel zu ziehen, die keine Kinder hatte. Ariel empfing sie mit offenen Armen und hatte ihr immer Ratschläge und Liebe gegeben, die sie brauchte. Sie vermisste Piper trotzdem ... und sie glaubte immer noch an ihre

Ariel seufzte. Das war ein ewiger Streit zwischen ihnen. Ihre Nichte Piper wurde wegen Drogenhandel mit mehreren Jahren Gefängnis bestraft. Eine Anschuldigung, die ihr wehtat, aber als Journalistin im Ruhestand kannte sie bestimmte Informationen, zu denen Rachel keinen Zugang hatte und auch nie haben würde. Sie konnte ihr nicht die Fotos zeigen, die ein Freund von der DEA besaß. Fotos, die für die Strafe für Piper entscheidend gewesen waren.

Mit Rachel zu leben war nicht schwierig. Leider waren die Erinnerungen eines elfjährigen Mädchens, das in den Kreisen der Erwachsenen leben und tun durfte, was es wollte, nicht leicht zu widerlegen oder mit der Realität zu konfrontieren. Piper war sorglos ein schlechtes Vorbild für ihre Schwester und hatte sie von Party zu Party geschleppt und sie bis spät in die Nacht aufbleiben lassen. Rachel konnte in ihrem jungen Alter natürlich nicht wissen, dass man auf diesen Partys Kontakte für Drogenlieferungen fand. Noch schlimmer die schönen Kleider, das Luxusapartment und der Chauffeur, der sie zur Privatschule brachte, waren alle mit schmutzigem Geld bezahlt.

„Möchtest du Marmelade oder Butter?", fragte sie und wechselte das Thema, während sie einen Teller auf den Tisch stellte.

„Marmelade." Sie schaute sich um, als wenn sie etwas suchte. „Tante Ariel, du hast doch nicht das Abo der Chicago Tribune gekündigt oder?"

„Natürlich nicht. Ich weiß, wie wichtig es für dich ist, zu wissen, was in der Stadt passiert", sagte sie, während sie nach der Zeitung suchte. Als sie zurückkam, legte sie die Zeitung zusammen mit dem Teller auf den Tisch vor Rachel und dann setzte sie sich mit einer Tasse Tee an den Tisch. „Ich sehe dich heute besonders glücklich." Möchtest du mir etwas erzählen?", fragte sie und nahm einen Beutel Irish Breakfast Tea.

„Ich hatte einen tollen Abend", antwortete sie und hoffte, dass sie nicht rot wurde. Sie nahm einen Schluck Kaffee und nahm die Zeitung. „Heute ist ein toller Tag. Ich glaube, ich gehe ein wenig am Strand spazieren. „Weißt du was? Ich muss nach Chicago zurück..."

„Ich verstehe dich sehr gut, Schatz. Du bist ein tolles Mädchen und es wird dir gut gehen, wo immer du hingehst. Du kannst immer zurückkommen. Das ist auch dein Haus." Sie fuhr mit ihrer Hand über den Tisch und nahm Rachels Hand in ihre. „Vergiss das nicht Rachel." Sie schaute durch das Fenster im Esszimmer, dass zum Strand führte. „Heute scheint so schön die Sonne. Wenn du rausgehst, dann geh bald, ehe die Sonne noch stärker wird."

Rachel zerriss die Folie, welche die Zeitung umhüllte und begann, die Seiten durchzublättern. Sie unterhielt sich mit einigen Bemerkungen an Tante Ariel und gleichzeitig aß sie drei Scheiben Toast. Sie öffnete den Abschnitt Promis. Sie verstand nicht, wie die reichen Leute die Notwendigkeit verspürten, ihre Verlobung und anderen Schnick Schnack in einer Zeitung zu verkünden. Kannten Sie nicht den Wert der Privatsphäre?

Sie blätterte durch die Fotos. Bis eines ihre Aufmerksamkeit erreichte. Ihre Hand zitterte. Sie steckte sich vor Nervosität den Finger in den Mund. „Nein, das kann nicht sein."

„Rachel? Was ist los? Du bist auf einmal so blass."

Sie las die Unterschrift des Fotos zum fünften Mal, falls sie es falsch gelesen hatte. Weder das Foto veränderte sich noch die Beschriftung.

„Nichts Tante Ariel. Nur ein blödes Foto, das mich überrascht hat, das ist alles", sagte sie und versuchte ruhig zu bleiben. Aber die Zeitung brannte in ihrer Hand und ihre Augen begannen mit Tränen zu brennen, die sie nicht weinen wollte. Sie wäre fast mit dem Anwalt, der für die Strafe ihrer Schwester zuständig war, ins Bett gegangen.

Raymond und Francine Bechmenton aus Western Springs freuen sich, die Verlobung ihrer einzigen Tochter Lara Bechmenton mit Douglas Whitmore, Sohn von Jack und Louise Whitmore aus Park Ridge und Bruder von Michael Whitmore bekannt zu geben ....

„Michael Whitmore."

Der Mann, den sie aus ganzem Herzen hassen sollte, anstatt an seine Küsse und an seine Hände zu denken ... Verdammt!

Sie hatte Lust, etwas zu zerreißen. Sie wollte hingehen und ihn ohrfeigen.

Mit welcher Entschuldigung? Du hast keine, sagte sie sich kleinlaut. Es war unmöglich, dass sie Michael hätte erkennen können. Es waren mehrere Jahre seit dem Prozess vergangen. Ein Prozess, bei dem sie nicht dabei gewesen war, weil ihre Schwester sie darum gebeten hatte. Unter Tränen hatte sie ihr gesagt, dass ein Gericht kein Ort für sie sei. Aber hauptsächlich war es wegen ihrer Sicherheit gewesen, denn unter den Beschuldigten befanden sich gefährliche Personen und Piper hatte gesagt, sie wolle nicht, dass sie sie kennenlernten. Widerwillig hatte Rachel auf sie gehört.

Jetzt bereute sie es, denn dann hätte sie Michael getroffen und sie hätte nie, nie erlaubt, dass er sie auch nur mit einem Finger berührte. Nicht einmal sie, die so dumm war, hätte sich erlaubt, praktisch zu schmelzen.

„Du hättest mich während des Prozesses die Zeitungen lesen und fernsehen lassen sollen Tante Ariel ..."

Ariel runzelte die Stirn.

„Warum sagst du das?", wollte sie wissen und kam um den Tisch herum, aber Rachel schützte ihre Zeitung, als wenn sie ihre Tante damit verbrennen würde, so wie die Seiten sie verbrannten.

„Nur Blödsinn", sagte sie abwehrend und stand auf. „Ich habe heute Nacht unruhig geschlafen. Du weißt ja dass ich auf die Antwort von der Uni warte."

„Nur deswegen?"

„Ja, ja .... mach dir keine Sorgen."

Ariel seufzte und ging zu ihrem Stuhl zurück.

„Okay, Schatz ...."

Ihre Tante hatte ihr damals erzählt, dass in dem Fall ihrer Schwester zwei Söhne von einflussreichen Familien beteiligt gewesen waren. Einfluss, den sie nicht nutzten, um ihre Söhne ungeschoren davon kommen zu lassen, denn laut Tante Ariel wurden alle Beteiligten verurteilt, aber sie nutzten diesen Einfluss, um die Presse zu stoppen. Und sie hatten es geschafft. Aber Piper Galloway war die leichte Beute, auf die die Journalisten sich stürzten, weil sie kein Vermögen hatte.

Sie stöhnte innerlich.

Sie fühlte sich, als wenn sie Piper betrogen hatte. Sie hatte diesen Mann fast angefleht, nicht aufzuhören, sie anzufassen. Dieser Schuft, der seine Hände dazu benutzt hatte, Papiere fertigzustellen, die ihre Schwester ins Gefängnis gebracht hatten.

„Tante Ariel, erinnerst du dich an den Richter von Piper?", fragte sie mit zitternder Stimme.

„Wir haben doch schon darüber gesprochen,... du hast doch gerade gesagt, dass ..."

„Bitte Tante Ariel, es ist wichtig", unterbrach sie und setzte sich wieder hin. Ariel seufzte. „Erinnerst du dich an den Anwalt, der sie ins Gefängnis geschickt hat?", fragte sie erneut.

„Es waren mehrere Anwälte. Nicht nur einer."

„Ja, aber..."

„So ein Whitmore. Ich weiß gerade seinen Vornamen nicht ... da müsste ich noch mal nachdenken", antwortete sie stirnrunzelnd.

„Kein Problem. Ich wollte es nur bestätigen", murmelte sie. Was hast du erwartet? Das es wie durch ein Wunder nicht Michael wäre? Sie war eine komplette Närrin.

„Rachel, du verhältst dich ein wenig merkwürdig."

„Ich muss mal ein wenig raus", sagte sie mit erstickter Stimme. Sie drückte sich die Zeitung an die Brust. Als wenn sie vor ihrer Tante irgendwas beschützen müsste. „Ich werde deinen Rat annehmen und ein wenig an den Strand gehen."

Ariel sah sie beunruhigt an.

„Natürlich ...", antwortete sie nicht wirklich überzeugt. „Willst du die Zeitung mitnehmen?"

„Ja, damit ich sie zu Ende lesen kann. Danke für das Frühstück, ich hab dich lieb Tante Ariel." Sie gab ihr einen Kuss auf die verrunzelte Wange. Und dann ging sie in ihr Zimmer.

Ein wenig später verließ Rachel das Haus.

Sobald sie eine einsame Stelle am Strand gefunden hatte, weinte sie vor Wut. Eines Tages würde sie einen Weg finden, Michael Whitmore öffentlich zu vernichten, genauso wie er es mit Piper gemacht hatte, indem er es geschafft hatte, dass das Gericht sie ungerechterweise für schuldig erklärte. So hatte man ihnen ein gemeinsames Leben verwehrt.

***

Drei Wochen später erhielt Rachel Galloway den Brief der Universität von Chicago. Sie hatten sich für den Studiengang Betriebswirtschaft akzeptiert. Vielleicht ist das Schicksal doch nicht ganz so grausam, dachte sie, während sie lächelnd die Anmeldekarte in der Hand hielt und Ariel in einer Umarmung ihre Arme um sie geschlungen hatte.

KAPITEL 3

Neun Jahre danach.
Illinois, Amerika.

Der kalte Wind und die starken Schneefälle waren charakteristisch für die Stadt Chicago. Ihre Einwohner waren daran gewöhnt. Die Ausländer, welche die Kultur, die Kunst und die Geschäfte der Elite liebten, genossen die Großstadt, aber sie quälten sich, wenn die niedrigen Temperaturen in einer der bekanntesten Städte der Vereinigten Staaten Einzug hielten.

In den Büros von Salmann & Buckend, einer angesehenen Rechtskanzlei, die in der East Randolph lag, dekorierte der Luxus die Büros der Anwälte. Unter den besagen Luxus befand sich auch eine ultramoderne Heizung, die Wunder wirkte. Das hatte Michael Whitmore bereits bemerkt, er war der jüngste Sozius.

Vor neun Jahren hatten seine persönlichen Bemühungen und Opfer Michael eine Beförderung verschafft. Der leitende

Anwalt Dereck Salmann unterstützte ihn bei einer Abstimmung des Partnergremiums, die über seinen Aufstieg in die Berufselite einer der besten Anwaltskanzleien in ganz Chicago entscheiden könnte.

Mit achtunddreißig war Michael einer der einflussreichsten Anwälte geworden, genauso wie sein Opa und sein Vater in ihren tätigen Anwaltszeiten. Sie waren sehr enttäuscht gewesen, als er ihnen seine Entscheidung mitgeteilt hatte, die Familienfirma W&W zu verlassen und Teil von Salmann & Buckend zu werden. Er dachte, das sei die beste Entscheidung nach dem schrecklichen Fall, der ihn dazu gebracht hatte, das Strafrecht sein zu lassen und sich stattdessen dem Bereich Banken und Finanzen zu widmen.

Jetzt konnte er aus dem Fenster seines gemütlichen Büros zusehen, wie die Schneeflocken die Stadt in Weiß verwandelten. Ihm lag die Welt zu Füßen, aber seine Seele war leer. Die einzige Frau, die es geschafft hatte, sein Herz zu erobern, war nicht mehr da.

Er bewunderte noch einmal die Stadt, die sich vor ihm ausbreitete und versuchte die wenig Geduld, die ihm noch von der Klientin am Morgen übrig geblieben war, wiederzufinden. Er wandte sich mit einem Lächeln um. Dieses professionelle Lächeln, das er sich von seinem Opa abgeschaut hatte und dann von seinem Vater.

„Frau Stevenson", sagte er mit freundlichem Ton. „Nach diesen zwei Stunden wiederhole ich noch einmal, dass die Firma ihren Fall nicht übernehmen kann. Es tut mir leid."

Die Frau war elegant, gebildet und dachte, dass man mit Geld alles kaufen konnte. Sogar die Möglichkeit, ihre Mutter in eine psychiatrische Anstalt einzuweisen, obwohl die Arztberichte sagten, dass sie gar nicht bipolar und schizophren war. Dennoch versuchte sie das als Argument zu nutzen. Das Investigationsteam von Salmann & Buckend hatte Nachforschungen angestellt und war zu dem Schluss gekommen, dass Henrietta Stevenson ein Wirtschaftshai war, die viele Schulden und wenig Mitgefühl für Menschen hatte.

Aber da abstrakte Werte nicht im Gericht nutzbar waren, beriefen sie sich auf die roten Zahlen der Bank. Sie war keine zahlungsfähige Klientin und auch kein Fall der Ruhm versprach.

Im Büro gab es kein Risiko.

„Ich biete ihnen ein außergewöhnliches Honorar, Michael. Wie können Sie das ablehnen?", fragte sie mit greller Stimme. Sie war daran gewöhnt, dass man ihrem Willen nachkam. Henrietta kam näher und strich ihm leicht über den Arm. „Haben Sie mich gehört?"

Er biss sich auf die Lippen. Die Frau, die ungefähr siebzig war, ließ ihn schnell los.

„Ich habe Ihre Argumente gehört. Ich habe Ihren Fall eingehend betrachtet sowie mein Rechtsteam, aber wir können Sie nicht vertreten. Es gibt keine überzeugenden Beweise, die darauf hinweisen, dass Ihre Mutter geistig krank ist und das das eine Gefahr darstellt oder dass sie eingewiesen werden muss. Außerdem ist mein Fachgebiet nicht Familienrecht, sondern Banken und Finanzen."

„Mein Mann arbeitet seit mehr als 5 Jahren mit dieser Firma und er sagte mir, ich kann hier hergekommen und man wird mich so behandeln, wie ich es verdiene. Sie weisen mich ab, Herr Whitmore", erklärte sie, als wenn es die größte Schande in ihrem Leben wäre.

„Herr Edward ist ein wertvoller Klient für uns, aber anscheinend hat er meine Rolle und mein Fachgebiet verwechselt. Auf jeden Fall ..."

In diesem Augenblick kam Angelique Cooper herein, die Anwältin, die das Familien- und Zivilrecht bearbeitete. Die jährliche Partnertagung des US-Hauptsitzes des Unternehmens wurde organisiert, und Angelique war beauftragt worden, das Veranstaltungsteam in Zusammenarbeit mit der Personalabteilung zu koordinieren. Sie bemerkte das Stirnrunzeln ihres Chefs und befragte ihn mit ihrem Blick. Als Michael nickte, kam sie herein. Noch nie war Michael so froh über eine Unterbrechung gewesen.

„Helfen Sie mir jetzt oder nicht", fragte Henrietta und verlor ihre Haltung und klackerte mit ihrem Jimmy Choo Schuhen wütend über den Teppich des Büros. „Dieses Erbe soll für wohltätige Zwecke bestimmt sein. Meine Mutter ist dement. Sie hat den Prozess verloren!"

Michael dagegen setzte ein freundliches Lächeln auf, anstatt zu diskutieren.

„Wie wäre es, wenn Sie Ihre Argumente erneut der Anwältin Cooper vortragen Frau Stevenson? Sie ist versierter als ich mit diesen familiären Angelegenheiten", sagte er und schaute Angelique an. Mit kastanienbraunem Haar und kaffeebraunen Augen war die Frau ein großes Talent, die in verschiedenen Bereichen im Gericht glänzte. „Ich bin mir sicher, dass sie all Ihre Sorgen beschwichtigen kann und Ihnen eine gute Beratung bietet."

Henrietta machte eine Faust und nahm schlecht gelaunt die blaue Tüte von Hermes.

„Begleiten Sie mich bitte", sagte Angelique, ehe sie das luxuriöse Büro verließen.

„Sie wissen sicher, wie man Klienten bedient", sagte Henrietta, als die Tür hinter ihnen ins Schloss fiel.

Michael trank einen Schluck Whiskey und wischte sich über die Stirn. Er schloss ein paar Sekunden die Augen und rief anschließend seinen Bruder an, um zu bestätigen, dass er heute Abend kommen würde, um den Geburtstag seiner Schwägerin zu feiern. Lara war eine tolle Frau und hatte einen süßen Charakter, mit dem sie seinen kleinen, jähzornigen Bruder Douglas gezähmt hatte. Und nicht nur das, sie hatten auch zwei wunderschöne Kinder bekommen, die der ganze Stolz der Familie waren. Michael liebte diese teuflischen Zwillingen, die fünf Jahre alt waren. Alan und Moses.

Er bezeichnete sich als Familienmensch, aber genoss auch die Vorzüge des Single Lebens. Am Wochenende besuchte er meistens Heidi, die Frau, mit der er eine Nutzbeziehung führte. Sie begleitete ihn zu sozialen Veranstaltungen und er versorgte sie mit allem, was sie sich wünschte. Sie waren bereits seit sechs Monaten zusammen und der Sex war gut. Sie ergänzten sich in einigen Aspekten, aber er war nicht bereit zum Heiraten, nicht noch einmal und auf keinen Fall mit ihr. Das war ein Thema, das Heidi auf nicht subtile Weise und immer wieder ansprach.

Michael hatte kaum Zeit zu überlegen, wie er sie los wurde oder um einen Ersatz zu finden, die einen körperlichen Austausch als Erleichterung akzeptierte, aber nichts weiter. Er hatte einen sehr schwierigen Fall zu Händen mit zwei wichtigen Banken in Chicago und daran arbeitete er bereits mehr als vier Monate. Die folgenden zwei Wochen waren entscheidend. Eine Trennung, egal wie oberflächlich die Beziehung oder Bindung auch sein mochte, und erst recht angesichts Heidis weinerlicher Art kam vorerst nicht infrage. Er wollte lieber weiterhin ein wenig Sex nach einem anstrengenden Arbeitstag genießen.

Er fuhr seinen Bentley Mulsanne Speed Edition Beluga durch die kalte Nacht bis zum Haus seines Bruders. Heidi begleitete ihn nicht zu Familientreffen. Das machte er mit all seinen Liebhaberinnen so. Das war am besten, um die Distanz und die Konditionen klarzustellen.

Er ließ seinen schwarzen Anzug von Brioni Vanquish II im Auto liegen. Dann löste er den Knoten der lilafarbenen Krawatte mit den zum Anzug passenden feinen Streifen, die das gleiche Schicksal ereilte wie die Jacke. Entspannter ohne die übliche Etikette ging er den Weg herunter, bis er die Tür des zweistöckigen Hauses von Douglas erreichte.

Das Lächeln auf seinem Gesicht, gepaart mit einem sorgfältig verpackten Gucci-Geschenk, ging er in die Hocke, nachdem er seine Neffen sah. Beide umschlangen ihn mit ihren Händen. Einer an jedem Bein.

„Onkel Mike! Onkel Mike! Mama hat eine Erdbeertorte für ihren Geburtstag gemacht."

Er lächelte und hob den Blick, um seine Familie mit einem Zwinkern zu begrüßen. „Wirklich?"

„Ja! Aber Papa sagt, wir dürfen sie nicht anfassen, bis die die Leute kommen, die noch mehr Essen liefern", antwortete Moses. Blond und mit grünen Augen war er ein Abbild seines Bruders.

Michael schloss die Tür und ging weiter mit seinen Neffen, die neben ihm herliefen und beantwortete ihre Fragen mit Stichwörtern, um sie noch mehr zum Reden zu animieren.

„Ich glaube, du verdienst ein tolles Geschenk, weil du diesen Dummkopf aushältst", sagte Michael, als er Lara begrüßte. „Alles Gute zum Geburtstag Lara."

Das freudige Lächeln der braunen Schönheit mit blauen Augen ließ nicht lange auf sich warten.

„Danke Mike!"

„Wo ist denn die Prinzessin des Hauses?", fragte er seine Schwägerin und bezog sich auf seine Nichte Galia. Sie war ein quirliges und lustiges Mädchen und wusste ihn zu nehmen.

„Sie hat ein wenig Verstopfungen und ist eingeschlafen."

„Oh, ich hoffe, es geht ihr bald besser."

„Sie hat nach deinem üblichen Geschenk gefragt." Michael lächelte und holte eine Tüte Gummibärchen mit Erdbeergeschmack hervor, die Galia liebte. Er gab sie Lara. „Sie wird sicher sauer sein, dass sie die Party verpasst und vor allem, dass du ihr die Gummibärchen gibst. Wir freuen uns, dass du hier bist, wir wissen doch, wie beschäftigt du bist."

„Ach komm, Schatz", unterbrach Douglas sie und schaute seine Frau an. Dann streckte er seinem Bruder die Hand hin. „Wenn dieser Gauner will, dann nimmt er sich Zeit für die Familie. Außer er ist ähm mit seiner Eroberung der Saison beschäftigt." Er brach in Gelächter aus, aber hörte sofort auf, als er den strafenden Blick sah, den ihm seine Mutter Louise zuwarf. „Auf jeden Fall ist das Catering, das wir gebucht haben, das Beste."

Louise Whitmore näherte sich mit ihrem Mann Jack und umarmte ihren Ältesten.

„Ich habe dich lange nicht gesehen Mike", sagte sie liebevoll. „Die Party findet hinten im Hof statt, aber wir wollten die Familie ein wenig früher einladen, um ein wenig zu quatschen."

„Das hört sich gut an Mama. Aber ich kann nicht so lange bleiben. Ich habe einen wichtigen Fall, den ich vorbereiten muss."

„Du hättest nicht so viele Probleme bei der Vorbereitung von Fällen, wenn du nicht die Familienfirma verlassen hättest", unterbrach ihn eine Stimme, die rau vom Tabakrauchen war.

„Bitte, wir wollen doch nicht wieder damit anfangen", sagte Louisa. „Lass den Mann doch eine Party ohne deinen juristischen Kram genießen. Einverstanden?"

Jack nickte widerwillig.

„Trinken wir etwas Papa. Wie findest du das? Vielleicht könnte ich ein paar deiner Ratschläge gebrauchen", sagte Michael. „Ich muss mich demnächst mit einigen deiner Bekannten im Gericht auseinandersetzen. Niemand kann mir einen besseren Standpunkt geben als du."

Dieser Kommentar ließ die grauen Augen von Jack leuchten. Es gefiel ihm, sich nützlich zu fühlen und er vermisste seinen Beruf. Er hatte es mit dem Herzen und der Stress, den er für komplexe Fälle brauchte, tat ihm nicht gut. Er hatte sich schon vor einigen Jahren zurückgezogen, gleich zwei Monate nachdem Michaels Opa gestorben war. Jetzt war W&W in den Händen von Douglas und die anderen drei tollen Anwälte gehörten nicht zur Familie.

„So ist es richtig immer übers Büro reden", sagte Louise und war erleichtert, dass Michael keinen Streit mit seinem Vater angefangen hatte, wie sie es sonst immer machten. Sie wandte sich zu Douglas. „Warum gehst du nicht mit. Du kannst doch helfen, jeden Fall zu lösen."

Douglas lachte, aber er wusste, dass seine Mutter nur verhindern wollte, dass der starke Charakter von Michael zum Vorschein kam, der oftmals mit den professionellen Kriterien, die sein Vater hatte, zusammenstieß.

„Für dich mach ich das, Mama. Aber versuche das Lara hier nichts tun muss. Okay?"

„Nur, weil es mein Geburtstag ist", protestierte die Frau von Douglas.

„Genau Schatz", sagte er, ehe er seiner schönen Frau einen Kuss gab. „Heute möchte ich nicht, dass du dich um irgendwas kümmerst, sondern dich einfach mit deinen Freundinnen amüsierst, die gleich kommen und das du eine gute Zeit mit der Familie hast. Versprichst du mir das?"

„Nur, wenn du mir versprichst, dass du dafür sorgst, dass dein Bruder, der so arbeitswütig ist, bleibt, bis die Party zu Ende ist oder zumindest mit meinen Freundinnen tanzt."

„Mike fehlt ein wenig Unterhaltung, er arbeitet zu viel", sagte Louisa. Sie wusste, wie verheerend die Scheidung ihres Sohnes gewesen war, auch wenn er sein Herz heilen wollte, wusste er, dass er das mit der Zeit erreichen würde oder mit einer Frau, die es schaffte, durch die harte Mauer zu dringen, die Michael aufgebaut hatte. „Stimmts Douglas?"

Der jüngste Anwalt der Whitmores zuckte mit den Schultern. Er wusste, dass sein Bruder recht erfolgreich bei Frauen war und das der Spaß im Bett garantiert nicht zu kurz kam, aber das war ein Detail, das er seiner Mutter nicht erzählen konnte. Erst recht nicht, weil seine Mutter eine unheilbare Romantikerin war und schon seit langer Zeit versuchte Amor bei seinem Bruder zu spielen.

„Natürlich Mama." Dann schaute er seine Frau an. „Schatz, ich gebe mir Mühe, damit er ein wenig länger bleibt, hast du vielleicht eine Freundin, die du ihm vorstellen kannst ...?"

Lara lächelte und Louise rollte mit den Augen, ehe sie ging, um sich mit ihren Enkeln zu beschäftigen.

„Geht dein Bruder nicht mit dieser Keramikfachfrau aus?"

„Heidi Antholl. Sie gehen seit sechs Monaten miteinander aus, aber ich weiß, dass er von ihr belästigt wird."

„Hat er dir das gesagt?"

„Ich kenne ihn und die Zeit mit seinen Liebhaberinnen dauert nie länger als ein halbes Jahr." Er zuckte mit den Schultern. „Der Tag, an dem mein Bruder sich wieder verliebt, wird ein sehenswertes Ereignis sein."

„Vielleicht hat keine meiner Freundinnen das Potenzial, ihn zu überzeugen."

Douglas runzelte die Stirn.

„Und, warum das nicht?

Lara lächelte und umarmte ihren Mann.

„Alle sind verheiratet."

Mit einem Lachen ging Douglas zu seinem Vater und seinem Bruder, jedoch nicht ohne seine Frau zu küssen mit dem Wissen, dass niemand ihnen zusah. Er hoffte, dass Michael irgendwann Ingrids Betrug überwinden konnte.

***

Sie war 28 Jahre alt und mit einer vielversprechenden Karriere als Buchhalterin vor sich und jetzt musste sie sich anziehen wie eine Tänzerin im Moulin Rouge, dachte sie belustigt. Rachel schaute sich im Spiegel von der Seite an. Es gefiel ihr nicht so viel von sich zu zeigen. Nicht wenn der Anzug eine moderne Version dessen war, was man im berühmten Kabarett in Paris trug. Einen Pailletten-Tanga, der kaum von einem langen Schwanz aus falschen Pfauenfedern verdeckt wurde; einen passenden BH, der ihre Brüste voluminöser als normal erscheinen ließ, und Make-up, dass sie selbst nie benutzen würde, einen hohen, eleganten Kopfschmuck (zumindest hatte ihre beste Freundin ihr diesen geschenkt) und schicke Can-Can-Absätze. Eine skurille Kombination, aber eine moderne Moulin Rouge, da hatte sie keinen Zweifel.

„Rachel, bitte gib dein Bestes. Wenn diese Kundin zufrieden ist, dann wird sie meinen Service an ihre Freundinnen weiter empfehlen", sagte Delaney Garth und schnäuzte sich die Nase. Sie hatte sich eine starke Erkältung eingefangen.

„Ich bin ja schon angezogen, ich glaube schlimmer gehts nicht", erwiderte sie und schaute ihre Freundin mit ihren leuchtenden blauen Augen an. „Wann holt mich dein Chauffeur ab, Del?"

Mit schwarzem Haar war Delaney Garth das Gegenteil von Rachel und eine braune Schönheit. Sie sah aus wie ein Victorias Secret Model.

Rachel sagte immer, dass die schönen Kleider, die Delaney wie eine zweite Haut trug, ihr nie stehen würden. Wie zum Beispiel dieser Anzug, der sie anstatt sinnlich auszusehen eher wirken ließ wie ein üppiges Angebot an Lust und sinnlichen Erfahrungen, die sie auf keinen Fall anbot.

Delaney lachte. Sie nahm eine Tablette gegen das Fieber und dann legte sie sich aufs Sofa im Wohnzimmer und schaute Rachel an. Sie waren wie Schwestern. Sie verbrachten die Ferien zusammen, außer eine von ihnen hatte einen Freund und im Allgemeinen fuhren sie im Sommer nach Kentucky auf die Ranch, welche die Familie Garth außerhalb von Louisville besaß.

Sie lebten beide im selben Gebäude in Chicago in der Gegend der Gold Coast. Es ging ihnen finanziell gut, es war also kein Problem, in einem der teuersten Wohnviertel der Stadt zu wohnen. Rachel lebten im zwölften Stock und Delaney im neunten.

Die einzigen Momente, in denen sie nicht in der Nähe voneinander gewohnt hatten, war, als Delaney sich vor fünf Jahren mit einem Elektriker verlobt hatte, der sehr vielversprechend gewesen war. Mauricio McCormann war jedoch an einem plötzlichen Aneurysma gestorben und seitdem bevorzugte Del ein wenig die Einsamkeit und widmete sich ihrer Firma für thematische Single Partys. So wie die in dieser Nacht, die das Thema Wünsche im Moulin Rouge hatte.

„Ich habe den Ablauf bereits erklärt", antwortete sie und legte die Beine über das gepolsterte Sofa. „Jim kommt dich gleich abholen. Wenn du ankommst, dann steig nicht aus dem

Firmenauto aus, sondern Jim wird dir mit den zusätzlichen Aufgaben helfen. Der Tanz ist das Wichtige."

„Was für ein Klischee diese Anforderung", murrte Rachel und verschränkte die Arme über der Brust. „Schau dir das mal an Del! Das quillt doch alles über", ärgerte sie sich, „Ich bin Größe zehn und nicht acht wie du."

Delaney lachte lauthals und fing an zu husten.

„Es ist ein wenig eng für dich, aber du siehst nicht vulgär aus. Ich glaube, du solltest mehr engere Kleidung benutzen, um deine Kurven zu zeigen."

Rachel verdrehte die Augen.

„Es fällt mir schwer, sie mit dem Fitnessstudio im Einklang zu bringen. Uff. Aber okay rede weiter, ehe ich mich entscheide, deine Firma zu ruinieren, indem ich nicht zu dem Event gehe", drohte sie mit einem falschen Lächeln.

„Nimm dieses Thema philosophisch. Hör zu. Sobald Jim dir hilft, singst und tanzt du und dann gehst du zu dem Geburtstagskind und umarmst ihn."

„Was? Das hast du mir nicht gesagt."

„Es ist nur eine Umarmung, Rachel. Du sollst ja nicht mit ihm schlafen."

„Und dann?"

„Dann verabschiedest du dich und verschwindest mit Jim, der dich wieder nach Hause bringt."

„Oder ich kann einfach das ganze Catering der Party aufessen", sagte sie mit verschränkten Armen.

„Zumindest machst du etwas anderes, als im Büro zu sitzen und die Expansionsstrategien des Unternehmens, das dich ausbeutet, zu analysieren."

Rachel ließ ihre Arme sinken, nicht ohne vorher ihrer Freundin eine neue Packung Kleenex hinzustellen, als sie sah, dass die letzte gerade im Mülleimer gelandet war.

„Das Arbeitstempo ist anstrengend und ich bin Perfektionistin. Nutz mich nicht aus, Del, übertreibe es nicht."

„Ah stimmt ja, ich habe vergessen, dass der Chef verrückt nach dir ist und möchte, dass du länger bleibst, bis er dich davon überzeugt hat, dass ihr das perfekte Paar seid."

Paul Eckhart, Rachels Chef, war unglaublich gut aussehend. Warum sollte sie das abstreiten? Er war nur fünf Jahre älter als sie und er war der Hauptanwalt so wie Vizepräsident des gefragtesten Unternehmens für industrielle Kunststoffe. Eckhart Enterprises.

Paul war manchmal ziemlich unwiderstehlich. Er machte ihr keinen Druck, dennoch hatte er klar seine Absichten gezeigt. Es hatte sie viel gekostet, befördert zu werden, die Kontakte von Delaney waren unbezahlbar, wenn es um Vorstellungsgespräche ging und sie wollte nicht wegen einer Attraktion alles aufs Spiel setzen.

Die akadamischen Verdienste trugen nach den Vorstellungsgesprächen ihren Teil bei und sie erhielt mehrere Arbeitsangebote. Das von Eckhart Enterprise war das Beste gewesen. Sie arbeitete jetzt seit sechs Jahren in der Firma. Eine Chance, die sie sich nicht durch eine Affäre mit dem Chef kaputtmachen wollte, wenn es doch andere interessante Männer gab, wie zum Beispiel Henry Duncan.

„Ich gehe mit Henry aus, falls du dich noch erinnerst", stellte sie klar. Sie ging jetzt einen Monat mit diesem charismatischen Internisten aus. Sie hatten sich durch gemeinsame Freunde kennengelernt. Ihr gefiel Henry und auch wenn sie sich erst fünf Mal getroffen hatten, als er sie um ein Date bat, gefiel ihr der Gedanke, ihn wiederzusehen."Ehe du fragst, es ist noch nichts Ernstes, auch wenn wir darüber gesprochen haben und anscheinend hat er genauso wie ich nicht viel Zeit zum Flirten mit mehreren, wenn er eine mag."

„Henry gefällt mir, aber ich glaube, ihm fehlt der Pep. Scheint er dir zu perfekt ...?"

„Ich glaube ich bin mit vielen Dummköpfen ausgegangen, die Antwort ist also „Nein." Wenn ich einen perfekten Mann finde, warum soll ich mich beschweren, weil er zu perfekt ist?"

„Mmmh ... vielleicht weil es später keine Abenteuer mehr gibt, wenn er so geradlinig ist. Zumindest ..." Sie brach ab und fing an zu lachen, als sie sah, dass Rachel sie ungeduldig ansah. Sie zuckte mit den Schultern. Dann schaute sie auf die Uhr. „Keine Predigten mehr tut mir leid."

Rachel näherte sich und setzte sich zu ihrer Freundin.

„Ich sehe das nicht so, Del. Ich glaube, nach dem schrecklichen Bruch meiner Beziehung mit Ian bevorzuge ich eher eine ruhige Beziehung. Henry scheint mir ideal. Er behandelt mich wie eine Königin und hört mir zu."

„Auch im Bett?"

Rachel wurde rot.

„So weit sind wir noch nicht ..."

Delaney zog eine Augenbraue hoch.

„Dann gibt es also noch Dinge über den „perfekten" Mann Duncan zu besprechen oder?"

„Del!", lachte sie. „Du bist unmöglich."

„Aber du magst mich also gehst du jetzt besser. Und denk dran, dass du im Rhythmus der Musik tanzen solltest, langsam ..."

„... und dabei soll ich singen, als wäre ich Marilyn Monroe", vervollständigte Rachel den Satz, ehe sie aufstand und ihre Tasche nahm. Dann zog sie ihren Mantel an.

„Du bist meine Rettung", sagte Delaney und zwinkerte.

„Oder dein Sündenbock."

Delaney lächelte.

„Du weißt doch, dass Elizabeth gekündigt hat, weil sie zu ihrer kranken Mutter außerhalb der Stadt zieht, und ich kann die Stelle nicht besetzen, obwohl ich aus nahe liegenden Gründen die Eigentümerin des Unternehmens bin. Und als wenn ihr Körper das bestätigen wollte, nieste sie.

„Vergiss nicht, dass du mir nächstes Wochenende eine Maniküre und einen Haarschnitt schuldest. Und klar, wir können auch noch Piper mit einbeziehen ... wenn ich sie überreden kann."

Delaney verdrehe die Augen.

„Wenn das die Bezahlung ist, dann ist die dir sicher. Piper könnte ein bisschen mehr Verwöhnung vertragen, wenn es um weibliche Launen geht", sagte sie kopfschüttelnd. „Auf dieser Party sind nur vierzig Personen. Jim wird die ganze Zeit auf dich aufpassen, falls einer glaubst, du bist mehr als nur die Tänzerin von Moulin Rouge und eine extra Nummer will. Okay?"

„Super. Ich bin dann mal weg", sagte sie, als es bei Delaney klingelte. Beide wussten, dass nur der Chauffeur Jim sechs Mal klingelte. „Ich nehm diese Mandelkekse mit. Ich habe Hunger und bis ich diese Nummer nicht fertig habe, kann ich nichts essen. Tschüss." Sie schloss die Tür hinter sich und dann drückte sie auf den Knopf für den Fahrstuhl.

Piper Galloway war vor vier Monaten aus dem Gefängnis entlassen worden, nach dem ihr ein Richter die vorzeitige Entlassung wegen guter Führung zugestanden hatte und weil sie der Polizei geholfen hatte, einen der meist gesuchten Drogenhändler in Chicago zu finden. Rachel hatte immer noch Mühe, die Jahre zu überwinden, welche ihre Schwester im Leben wegen Michael Whitmore verloren hatte. Der Gedanke, sich zu rächen, ging ihr nicht aus dem Kopf.

Sie und ihre Schwester hatten sich darauf geeinigt, nicht über die Zeit im Gefängnis zu sprechen und vor allem nicht über den Gerichtsprozess. Rachel gefiel der Gedanke nicht, aber sie ließ ihre Schwester ihr eigenes Tempo und vielleicht würde sie sich im Laufe der Jahre öffnen und reden. Obwohl sie wusste, dass Michael in Chicago wohnte, war sie viel zu beschäftigt gewesen, ihre Karriere aufzubauen als ihn zu suchen.

Dennoch ließ sie der Gedanke daran, Michael zu erniedrigen, nicht los. Ihrer Schwester ging es jetzt besser, aber sie war nicht mehr die lustige Frau, an die sie sich erinnerte. Sie glaubte an Karma. Sie wusste das Whitmore sich früher oder später seinem Schicksal stellen müsste ...

KAPITEL 4

„Onkel Mike!", sagte Moses als er die Menge an Essen sah, welche das Catering im Hof des Hauses abgestellt hatte. „Onkel Mike", drängelte er, als er sah, dass sein Onkel mit seiner Mutter und anderen Gästen sprach. Er war nicht schüchtern und ging zielstrebig auf ihn zu, jedoch nicht ehe er vorher die Hand seines Zwillings Alan genommen hatte.

„Was ist los Kleiner?", fragte Michael und schaute in die aufgeregten Augen seines Neffen. Er wuschelte ihm sanft durchs Haar. Der Junge ließ sich nicht beirren und wies auf eine Öffnung im hinteren Teil des Zeltes.

Michael kniff die Augen zusammen. Er sah nichts außer die Kellner, die von einer Seite zu anderen liefen, den DJ und die Gäste drumherum, die sich sehr über den Geburtstag von Lara zu freuen schienen.

„Da Onkel Mike!"

„Ich sehe nichts außer ein Zelt Moses", antwortete er lächelnd.

In weniger als einer Stunde hatte sich das blaue Zelt, das im großen Hinterhof aufgestellt worden war, gefüllt. Da alle an die Kälte in der Stadt gewöhnt waren, waren die äußeren Kamine ausreichend, um die Gäste aufzuwärmen. Es waren ungefähr fünfzig Personen.

Sowohl Lara als auch Douglas gefiel es, ihren Geburtstag zu feiern. Michael stieg seit seiner Scheidung lieber ins Flugzeug und lag mit einer schönen Frau am Strand, anstatt sich daran zu erinnern, dass seine Ehe an seinem Geburtstag den Bach herunter gegangen war.

„Lass deinen Onkel in Ruhe Schatz", unterbrach Lara.

Douglas umarmte seine Frau und gab ihr einen Kuss auf die Wange.

„Papa, aber da ist eine Riesentorte gekommen", rief das Kind und fuchtelte aufgeregt mit den Händen in der Luft. „Ich will sie jetzt essen."

Die Erwachsenen lächelten.

„Ich will sie auch essen!", rief Alan, der immer alles wiederholte was sein Bruder sagte oder tat und der zwei Minuten jünger war als sein Bruder.

Plötzlich gingen die Lichter aus. Die Gäste beschwerten sich. Der Einzige der nichts sagte war Douglas. Er hatte den besten Magier beauftragt, den es in Las Vegas gab, weil er wusste, dass Lara diese Art von Spektakel gefiel. Er umarmte seine Frau und flüsterte in ihr Ohr. „Überraschung Süße! Genieß die Vorführung von Jasper Blake."

„Du bist der Beste", flüsterte Lara grinsend.

Langsam tauchten schummrige Lichter aus dem hinteren Teil des Zeltes auf. Michael musste den Zwillingen zustimmen, als er eintrat und die riesige Torte sah. Sein Bruder hatte die Angewohnheit, immer irgendeinen Quatsch zu machen, um Lara zum Lachen zu bringen. Manchmal fragte er sich, ob er jemals wieder an eine längere Beziehung glauben würde. Aber das waren keine Gedanken, die ihn nachts wach hielten. Während er weiterhin die professionellen Vorzüge genoss und eine Frau hatte, die sich auf seine Lust und die Zweckmäßigkeit einstellte, war ihm der Rest egal.

Douglas kannte den Trick des berühmten kalifornischen Zauberers nicht, spielte aber lachend mit, als mehrere Kerzen gleichzeitig auf der dreistöckigen Torte angezündet wurden. Die Torte war so groß, dass sich eine Person darin verstecken könnte.

Das Geburtstagslied erklang zusammen mit Gitarrenakkorden. Eine improvisierte Musikband und der DJ beobachten die Show. Jetzt klatschten die Gäste, als die Torte von ein paar Kellnern in den Hof gefahren wurde, die im Smoking und mit roter Krawatte bekleidet waren.

„Du hast dich mal wieder selber übertroffen", flüsterte Michael, während Douglas die Stirn runzelte, weil er Blake nirgendwo sah. Lara beobachtete ihn freudig. Moses und Alan schaute beide mit großen Augen zu. Mal sehen, welche Tricks der Magier so drauf hatte.

Als Antwort erhielt Michael nur ein Grunzen von seinem Bruder.

Der obere Teil der Torte öffnete sich inmitten eines Wirbels aus Luftschlangen. Dann stieg ein Model mit umwerfendem Lächeln aus der Torte. Kurven zum Sterben schön und ein Körper, der direkt zum Sündigen einlud", dachte Michael und verschluckte sich an dem Likör, den er trank, als die exotische Frau ganz aus der Torte geklettert war.

„Bestimmt kommt gleich Jasper Blake", flüsterte Douglas immer weniger davon überzeugt. Er machte seine Mutter ein Zeichen und sie nahm die Kleinen mit. Die Kinder protestierten, aber der wütende Blick ihrer Oma ließ sie verstummen. Louisa war süß, aber sie konnte auch wütend sein, wenn man ihr nicht gehorchte.

„Ich verstehe nichts mehr", flüsterte Lara und lächelte nicht mehr. Sie runzelte die Stirn. „Ich hoffe, du hattest nicht vor, an meinem Geburtstag eine Party für Junggesellen zu geben."

„Genauso sieht es aus", unterbrach Michael und stupste seinen Bruder in die Seite.

***

Rachel hatte nicht gedacht, dass sie Platzangst bekommen würde, als Jim ihr sagte, sie musste so lange im Inneren der falschen Torte bleiben, bis sie die ersten Klänge der Band hören würde. Sobald sie das Zeichen bekommen hatte und der Deckel der Torte sich öffnete, betätigte sie den kleinen Schalter, der eine kleine Plattform nach oben hob. Als sie die Gruppe Menschen sah, die sie neugierig ansahen, führte sie Aufgabe aus und verfluchte Del im Stillen. Was für eine Party war das? Es waren Frauen anwesend, was komisch war, wenn es doch ein Junggesellenabschied war und der Geburtstag des besagten Junggesellen.

Erschwerend kam hinzu, dass die Kleidung dieser Menschen im Vergleich zu ihrer Kleidung wie meterhoher Stoff aussah. Sie würde Delaney auf jeden Fall umbringen. Aber die Show musste weitergehen und falls sie die Nachricht falsch verstanden hatte und falls das eine Party war oder ein Witz oder irgendetwas anderes für dass sie ihre beste Freundin bezahlt hatten, dann kam sie nicht umhin, die Präsentation durchzuziehen. Sie würde Delaneys Ruf ruinieren. Das konnte sie nicht bringen.

Sie sammelte ihren Mut und nahm Ronalds Hand, einer der Kellner der Show, der ihr half, die Treppe herunterzusteigen, die sich durch die Betätigung des Griffs herabgelassen hatte. Sie nahm ihren Mut zusammen und sang Happy Birthday. Sie hatte keine tolle Stimme, aber zumindest konnte sie den Ton halten.

Als sie fertig gesungen hatte, erklang die sinnliche Musik im französischen Stil. Jetzt hatte sie bereits gemerkt, dass ihre Freundin sie ins falsche Haus geschickt hatte. Sie wusste nicht, was sie tun sollte und entschied sich so schnell es ging, von dieser Plattform zu steigen. Es war ein riesiger Irrtum mit der Adresse gewesen.

„Ich habe keine Ahnung, wo Bronson ist", sagte Rachel und nahm mit zitternden Knien das Mikrofon. Sie versuchte fest zu sprechen. „Wahrscheinlich werde ich ihn auf einer anderen Party finden", sie lachte nervös „Auf jeden Fall, was auch immer hier gefeiert wird, alles Gute", rief sie, ehe sie sich umdrehte und so schnell sie konnte durch die Hintertür des Zeltes verschwand.

Oh mein Gott. Sie entfernte sich so schnell es ging, bis sie eine abgelegene Stelle erreichte. Sie suchte in ihrer Tasche nach ihrem Handy. Dann rief sie Delaney an.

„Was zum Teufel, Delaney? Das war kein Junggesellenabschied und auch kein Geburtstag", schimpfte sie, sobald Del am Hörer war.

„Hä?"

Rachel fand einen alten Stuhl, der ihr zum Sitzen reichen würde. Sie hatte das Gefühl, ihr Hintern würde einfrieren. Sie machte Jim ein Zeichen, damit er auf sie wartete, und der Mann nickte, während Delaneys Team die riesige Torte zum Auto trug.

„Wach endlich auf", rief sie eher beschämt als wütend. Ich bin grade aus deiner tollen Torte gestiegen und habe eine erstaunte Familie getroffen, während ich mit meinem zwei Nummern zu kleinem Anzug gesungen habe, als gäbe es keinen Morgen. Es war nirgendwo ein Bronson zu sehen, sondern nur gerötete Gesichter, verhaltenes Lachen und beschämtes Husten. Ich habe mich noch nie so geschämt.

„Oh Gott. Warte mal eben ..." Delaney durchsuchte ihren Nachttisch, um ihr Arbeitsbuch zu finden. Dann machte sie das Licht an ihrem iPhone an. „Ist 833 W Webster Straße die Adresse?"

Rachel bedeckte die Sprechmuschel und fragte einen der Kellner, der gerade vorbeikam, welches die genaue Adresse dieses Hauses sei. Als dieser antwortete, schüttelte sie den Kopf und seufzte frustriert.

„Del ... das ist die 866 ...", sagte sie zähneknirschend.

„Oh ... oh nein", stöhnte Delaney und machte die Augen zu. „Jetzt werden sie den doppelten Preis zurückverlangen, weil ich den Vertrag nicht erfüllt habe", murmelte sie verzweifelt.

„Und was ist mit mir? Ich habe mich grade wie nie zuvor in meinem Leben blamiert und das ist nicht mal die richtige Adresse." Delaney wollte etwas antworten, aber Rachel fuhr fort. „Jetzt sag mir nicht, ich soll das philosophisch nehmen!"

Obwohl sie müde war und Kopfschmerzen hatte, fing Delaney an zu lachen und Rachel stimmte mit ein. Del entschuldigte sich aber machte klar, dass die Freundin dieses Bronson Clark und die Person, die ihre Firma beauftragt hatte, sie im besten Fall verklagen würden.

„Ich hätte das nicht tun sollen ... Morgen muss ich mich mit einer wütenden Kundin auseinandersetzen", beschwerte sie sich und zog sich die Decke über den Kopf.

„Das geschieht dir recht", flüsterte Rachel. „Ich ziehe mich jetzt um, ehe ich noch eine Lungenentzündung bekomme."

„Es tut mir leid, Rachel."

Die Rothaarige seufzte.

„Ich nehme an, das wird einer dieser Anekdoten, die man noch seinen Kindern erzählt und ich werde mit dir und deiner Familie lachen."

„Siehst du? Das heißt es philosophisch nehmen", antwortete Delaney und dachte an die Erklärung, die sie morgen abgeben würde müssen. Sie streckte die Hand nach dem Lichtschalter aus und machte das Licht aus. „Es tut mir wirklich leid Rachel. Jim wird dich nach Hause bringen."

„Ich glaube, dafür ist es zu spät", murmelte sie, als sie sah, wie Delaneys Chauffeur davon fuhr. „Ich kann ihm ja nicht hinterherrufen, das er wartet. Jim schien zu glauben, ich hätte Lust, weiterhin auf der Party zu bleiben. Ich habe ihm gesagt, er soll auf mich warten, aber ..."

„Er ist weg?"

„Ja genau."

„Ruf ihm hinterher, dass ich ihm die extra Stunden bezahle!"

„Ich glaube, ich habe mich für heute genug blamiert Del."

„Okay ... ich schicke dir ein Taxi!"

„Keine Sorge. Ich werde mich umziehen und mir selbst ein Taxi rufen. Diese Art von Villen haben doch Gästebäder im hinteren Teil."

„Und Schwimmbäder", murmelte Delaney. „Ich schlafe weiter ..."

„Ja, ruh dich aus. Bis morgen."

Rachel steckte das Handy wieder in ihre Tasche und wartete leise, während sie das Gelächter der Menschen im Zelt hörte. Wahrscheinlich machten sie sich über das Geschehene lustig. Seufzend nahm sie den kleinen Koffer, in dem sie ihre gewöhnliche Kleidung zum Umziehen aufbewahrte. Sie fand ein kleines Gästehaus im hinteren Teil des Gartens am anderen Ende des Hauses. Von ihrer Stelle aus konnte sie die Schatten im Zelt sehen.

Die Tür des Hauses war offen. Sie betrat das Haus und als sie die Toilette fand, trat sie ein. Sie nahm den echten Straußschwanz ab und verstaute ihn schlecht gelaunt in ihrem Koffer. Es dauerte zwanzig Minuten, um sich umzuziehen.

Das Make-up konnte sie sich nicht abwischen, aber das machte nichts, sie würde das zu Hause machen. Sie zog sich Jeans und schwarze Stiefel an, die ihr bis zum Unterschenkel gingen, eine graue Bluse, einen weißen Schal und eine Lederjacke, die sie gegen die Kälte schützte. Das Bild im Spiegel war weniger beschämend als das, was sie sicherlich bei den Gästen hinterlassen hatte, die nur wegen Meter entfernt waren.

Sie lächelte und öffnete die Tür. Sie nahm ihre Sachen und kam bis zum Haupteingang, als sie eine Person im Licht sah. Sie schrie auf und ließ ihre Sachen auf den Boden fallen. Sie wollte weglaufen, aber die Stimme, die sie hörte, ließ sie erstarren.

„Na schau mal einer an, die Tänzerin aus ... Moulin Rouge?", fragte der Mann, der ihr vor vielen Jahren, vor sehr vielen Jahren den Kopf verdreht hatte. Sie erkannte ihn, als er sich näherte und das spärliche Licht der Umgebung das von einem Renaissance-Meister gemeißelte Gesicht beleuchtete.

„Ich habe dich schon gesucht, weil niemand sagt, was genau passiert ist."

„Eine rühmliche Mission die man dir da auferlegt hat", sagte sie mit klopfendem Herzen. Sie konnte nicht glauben, dass das passierte.

Michael Whitmore war immer noch sehr attraktiv. Er war gründlich rasiert und hatte diese leuchtenden grünen Augen, an denen man nicht leicht vorbeisehen konnte. Der informale Anzug hob seine Muskeln hervor. Sie hatte ihn athletisch in Erinnerung. Jetzt hatte er eine breite und männliche Figur. Er strahlte Kraft und Manneskraft aus. Sie wünschte, sie könnte sich selbst ohrfeigen, weil sie eine Analyse erstellt hatte, die ihm nicht zustand. Nicht bei so einem Mann wie diesem hier.

„Zum Glück habe ich einen echten Straußenschwanz gesehen, der sich im breiten Hof meiner Familie entfernt hat." Er sah sie von oben bis unten an „und der jetzt verschwunden ist. Komisch oder?"

Rachel zuckte mit den Schultern. Sie war nicht darauf vorbereitet, ihm entgegenzutreten. Sie hatte improvisiert und gehofft, sie hatte es gut gemacht. Sie wollte ihm nicht ins Gesicht sagen, was sie von ihm hielt. Sie würde wie eine Verrückte aussehen, die aus der nahen Anstalt entflohen war. Was für eine Ironie des Schicksals.

„Eine Verwechslung der Chefin von Party Themes", antwortete sie. Ihre Stimme zitterte nicht. Sie sollte wütend sein wegen allem, was sich seid Jahren in ihr aufgestaut hatte, aber stattdessen kam die Lust wieder zu wissen, ob diese so sinnlichen Lippen immer noch so wie früher küssten. „Und du bist?", sagte sie und täuschte Ignoranz vor. Sie hätte dieses Gesicht auf keinen Fall verwechselt.

Michael hatte das Gefühl, dass ihm das Gesicht wage bekannt vorkam, aber er konnte sich nicht daran erinnern, woher er es kannte. Sie zu fragen, ob sie sich kannten, war eine Anmache und er war schon zu alt, um dieses Spiel mit einer Frau zu spielen. Er wäre sie nicht suchen gegangen, wenn Lara, die sich halb tot gelacht hatte, ihn nicht darum gebeten hatte. Seine Schwägerin wollte eine Erklärung. Sein Bruder war wütend und sein Vater Jack konnte nicht aufhören, Witze darüber zu machen, dass es er und nicht Douglas war, der die Überraschung für Lara organisiert hatte.

Von Weitem hatte er die Frau, die er jetzt vor sich hatte, als schön eingeschätzt, aber jetzt von Nahem ... er konnte sie nicht beschreiben. Das Bild dieses Körpers, das in glänzender und provokativer Kleidung gekleidet war, würde ihm lange Zeit im Gedächtnis eingebrannt bleiben.

„Michael Whitmore", sagte er und streckte Rachel seine Hand hin. Sie streckte ihm ebenfalls die Hand hin, aber ließ sie schnell wieder fallen, als wenn sie sich mit heißem Eisen verbrannt hätte. „Ich bin der Schwager der Geehrten. Möchtest du mir erklären, was passiert ist? Mein Bruder ist ziemlich empört, weil sich seine Überraschung als Witz herausgestellt hat."

Sie war nicht in der Situation, jemandem etwas zu erklären und erst recht nicht diesem Mann, der ihre Familie zerstört hatte. Sie versuchte sich zu beruhigen.

„Meine Freundin, der ich diesen Gefallen getan habe, hat sich in der Hausnummer geirrt. Anscheinend gibt es noch eine andere Party, auf die ich heute gehen sollte", erklärte sie. „Ich würde mich gerne bei deiner Schwägerin entschuldigen. Ich hoffe ..."

„Blödsinn, es braucht keine Entschuldigung. Lara ist sehr entspannt mit solchen Dingen. Es hat ihr gefallen. Ich glaube, die am meisten Gedemütigte bist du. Oder etwa nicht", fragte er. Ohne nachzudenken, was er tat, streckte er die Hand aus und richtete eine Spange, die im glatten Haar von Rachel zu rutschen drohte. Instinktiv wich sie zurück. „Tut mir leid, ich wollte dir nicht zu nahekommen", sagte er.

„Es gefällt mir nicht, wenn Fremde sich mir auf so eine Art nähern. Du hast mich überrascht, und jetzt gehe ich..." Er trat zur Seite. „Und ja, ich schäme mich. Ich dachte, ich wäre auf einen Junggesellenabschied eingeladen und am Ende stehe ich nackt im Hof einer Familie, die ziemlich konservativ scheint."

Michael lachte laut. Das Geräusch war so schön wie Schokolade, die im Mund zerlief. Warm und verführerisch.

„Meine Familie ist nicht konservativ, aber diese Arten von Überraschungen kommen so selten vor, dass es unmöglich ist, nicht rot zu werden. Hast du es eilig?"

Sie wollte weglaufen, aber sie würde es aushalten. Jetzt, wo sie Michael in Fleisch und Blut vor sich hatte, würde sie diese Möglichkeit ausnutzen, die ihr das Schicksal bot.

„Es ist ein wenig kalt. Ich würde gerne mit deiner Schwägerin sprechen und dich dann bitten, mir etwas Warmes zu trinken zu geben, damit ich mich ein wenig aufwärmen kann."

Michael nickte.

„Natürlich." Er lächelte. „Ich habe wohl meine anwaltlichen Fähigkeiten verloren, weil ich nicht gefragt habe, wie der Name der Moulin Rouge Tänzerin ist."

Also erinnerte er sich nicht an sie, dachte Rachel. Sie konnte nicht verstehen, warum ihr diese Lächerlichkeit ein leichtes, sehr leichtes Unbehagen bereitete. Warum hätte er sich an sie erinnern sollen? Es war fast ein Jahrzehnt vergangen.

„Veronica Marsh", sagte sie schnell. Sie musste irgendwie seine Schwächen herausfinden und ihn das Gefühl des Verlustes und der Trostlosigkeit spüren lassen. Erst dann würde sie das Gefühl haben, dass sie etwas für Piper erreicht hatte. Für ihre Familie. Im Moment zählte nur das Schicksal. Sie sollte es ausnutzen.

„Es freut mich, dich kennenzulernen Veronika", sagte Michael völlig ahnungslos den Racheplänen der Frau ihm gegenüber. Rachel log nicht. Veronica war ihr zweiter Vorname und der Nachnahme war der Geburtsname ihrer Mutter. Theoretisch war sie immer noch sie selbst. Oder? „Meiner Familie und meinen Freunden würde es sicherlich gefallen zu hören, was passiert ist."

Ohne ihr Zeit zu geben, beugte Michael sich herüber und nahm den leichten Koffer Rachels. Sie schaute ihn an und wollte etwas einwenden, aber dann sagte sie lieber nichts. Sie ließ sich von ihm bis zu einer Seitengasse führen und legte ihre Sachen schließlich in einem privaten Saal ab.

Ohne weitere Worte nahm er sie mit auf die Party, wo sie auf die Besitzer des Hauses traf. Das war der Anfang vom Ende für Michael Whitmore, dachte Rachel mit einem strahlenden Lächeln, welches der schöne Anwalt mit der Freude verwechselte, welche er glaubte, seiner Begleitung zu machen.

***

Michael beboachtete die Rothaarige mit Freude. Sie war quirlig und hatte ein Lachen, dass die ganze Party zu erfüllen schien. Lara und Douglas hatten der Situation noch etwas Gutes abgewonnen, genauso wie die anderen Gäste, die sich näherten, als Jack Whitmore in lautes Gelächter ausbrach, sobald Veronica ihm die Anekdote mit dieser Delaney erzählte.

Mittendrin klingelte plötzlich sein Handy. Als er sah, dass es Heidi war, ignorierte er den Anruf und stellte das Handy auf leise. Dann steckte er es wieder in seine Tasche.

Mit den Händen in der Tasche lehnte er sich in den Türrahmen der Tür, die zum Hof führte. Er mochte seine Familie. Er würde alles für sie tun, besonders für seine Neffen. Diese Teufel waren seine Schwäche. Als er den Blick von Veronica bemerkte, die ihn zu suchen schien, näherte er sich ihr wieder.

„Deine Familie ist sehr nett", sagte sie, als er zu ihr kam. „Aber ich muss jetzt gehen. Ich muss morgen arbeiten und spät aufzustehen gehört nicht zu meinen Plänen."

„Kann ich dich nach Hause fahren?", fragte er und konnte es selbst nicht glauben. Er hätte ihr vorschlagen sollen ein Taxi zu rufen, aber nicht sie selber fahren, als wenn es sich um ein Date handelte. Was zum Teufel war mit ihm los?

Rachel überlegte. Sie schaute sich vorsichtig um und bemerkte, dass die Menschen, die ihre Geschichte über Delaney, die Grippe und die Verwechslung gehört hatten, jetzt Lara zuhörten. Die Hausherrin hatte ihr sofort gut gefallen und Douglas auch. Letzterer war eine jüngere Ausgabe von Michael, aber mit einem ruhigeren Charakter und weniger stärkeren Gesichtszügen. Zumindest hatten sie die Möglichkeit, zusammen aufzuwachsen, dachte sie wehmütig. Das erinnerte sie wieder daran, dass das letzte, was sie für diese Familie fühlen sollte, Sympathie war. Und erst recht nicht für Michael.

„Okay, danke", murmelte sie. Der Plan war, den Feind auf seinem Gebiet kennenzulernen und aus dem Grund und aus keinem anderen akzeptiere sie, dass er sie nach Hause brachte.

Die Fahrt war erfüllt von Jazzklängen. Das war die Art von Musik, die Rachel sehr gefiel. Sie genoss die Melodie. Michael erzählte ihr Banalitäten und sie antwortete mit anderen. Es war ein unterhaltsames Gespräch und sie wurde wütend, als sie anerkennen musste, dass er unterhaltsam war. Sie wollte ihn nicht groß kennenlernen, sie wollte nur eine Schwäche finden. Eine Art, ihn zu erreichen und ihm wehzutun.

Das elegante Auto hielt direkt vor dem Wohngebäude von Rachel. Noch ehe sie aussteigen konnte, hatte er ihr die Tür geöffnet. Jetzt war er auch noch ein Gentleman. Ja!

„Danke Michael. Das war wohl wie Delaney sagte, eine Anekdote, die man noch seinen Kindern erzählt. Und du vielleicht deinen", sagte sie mit gezwungenem Lächeln, während sie ihren Schlüssel suchte und er die Koffer im Flur abstellte. Zu seinen Füßen.

„Vielleicht", er lächelte. „Wann musst du morgen zur Arbeit? Es ist doch Samstag, da arbeitest du doch nicht den ganzen Tag oder doch?"

Der intensive Blick, den er ihr zuwarf, ließ ihre Beine zittern. Nur ein wenig. Es waren diese Augen, die sie seit Jahren verfolgten. Ein Kuss, den sie nie vergessen hatte. Der Takt seines Mundes auf ihren Brüsten. Ihre sexuellen

Erfahrungen waren nicht schlecht gewesen, dennoch war sie überzeugt, dass die mit ihm die besten waren.

„Wahrscheinlich bis vier Uhr nachmittags. Wie ich dir sagte, hat das Unternehmen, mit dem ich arbeite, viele Projekte auf fortlaufender Basis. Ich bin für das Team der Koordination der Geschäfte verantwortlich. Sie müssen mich fragen und ich gebe ihnen Informationen."

„Eine unabhängige Frau und dann noch intelligent dazu. Das gefällt mir", sagte er und strich über ihre Wange. „Ich nehme an, du musst niemanden beim Tanzen als Mädchen aus Moulin Rouge ersetzen." Rachel musste lachen. Sie hasste es, dass es so einfach war, sich mit ihm wohlzufühlen. „Dann kannst du doch morgen mit mir zu Abend essen."

Sie hatte plötzlich eine Idee. Man konnte auf zwei Arten einen Mann für sich gewinnen. Die Erste würde nicht aufgehen, weil sie nicht kochen konnte. Die Zweite könnte sie schaffen. Sie mochte den Sex genauso sehr wie jede gesunde Frau, und obwohl sie es noch nie versucht hatte, war sie davon überzeugt, dass sie Gefühle und Lust trennen konnte. Das konnte doch nicht so schwer sein, oder?

Sie würde Michael verführen. Sie würde ihn dazu bringen, sich in sie zu verlieben und wenn das passierte, dann würde sie ihn vor denen erniedrigen, die ihm am meisten etwas bedeuteten. Ein Mann wie Michael würde sozialen Spott nie ertragen können. Das wusste sie besser als alle anderen. Während all dieser Zeit, die sie in Chicago lebte, hatte sie viele Personen kennengelernt, die zu dem Typ Mensch passten, die ein Whitmore als „Freunde" bezeichnen würde.

„Wie wäre es", sagte sie mit klarem Ziel vor Augen, „wenn du mich morgen um sieben abholst?"

Michael nickte. Er wollte jubeln. Aber noch lieber wollte er sie küssen. Sie verführen und sich in ihrem weiblichen Duft verlieren. Aber vorher musste er mit Heidi sprechen. Er war nicht der Typ Mann, der mit einer Frau zusammen war und dann eine andere küsste oder mit ihr schlief. Er wollte nicht gegen seine eigenen männlichen Prinzipien verstoßen, so sehr er es auch wollte. Er hatte gelernt, dass es Zeitverschwendung war, sich in Gefühlen zu verlieren.

Am nächsten Morgen wäre seine erste Tat Heidi zu verlassen. Zum Teufel mit den Einladungen zu Veranstaltungen, die sie bereits gemeinsam akzeptiert hatten. Er würde Veronica mitnehmen und ihre Gesellschaft genießen. Das Schicksal hatte die schönste Art, ihn zu überraschen, und er war mehr als zufrieden mit dieser wunderschönen Rothaarigen.

„Das hört sich gut an. Dann schlaf mal gut Veronica", murmelte er nahe an ihren Lippen.

Sie dachte, dass Michael sie küssen würde. Sie hätte schwören können, dass dieser gequälte Blick und die Sehnsucht gleichermaßen waren. Sie hatte sich getäuscht. Sie ließ sich ihre Enttäuschung nicht anmerken, als er sich schließlich abwandte und seine Lippen ihre Wangen berührten.

Als Michael ging, bedeckte der kalte Wind ihre warmen Lippen.

„Ich ... danke."

Mit einem Zwinkern verabschiedete sich Michael.

Als sie die Tür ihrer Wohnung schloss, erteilte Rachel sich selbst eine strenge Lektion. Sie konnte seine Küsse spüren, aber sie wollte sich nicht von Gefühlen leiten lassen. Sie sollte sich an ihr Ziel erinnern. Wer den Vorteil hatte und sich zu kontrollieren wusste, gewann das Spiel. Ein Spiel, von dem Michael in diesem Fall keine Ahnung hatte, dass er es spielte und auf große Weise verlieren würde.

KAPITEL 5

Michael konnte es nicht glauben, dass er in nur wenigen Stunden von erwartungsvoll zu verzweifelt gekommen war. Er ging in der Notaufnahme auf und ab. Seine Neffen hatten einen Unfall gehabt, als sie vom Volleyballtraining am Samstag mit dem Bus des Kinderteams verunglückt waren. Obwohl Alan nicht spielte, begleitete er seinen Bruder immer. Sie waren unzertrennlich, auch wenn sie nicht die gleichen Hobbys hatten.

Eines der zwanzig Kinder im Bus war gerade gestorben. Der verzweifelte Schrei der Mutter hatte ihm eine Gänsehaut verursacht. Seine Familie stand unter Schock und erwartete die Nachrichten des Arztes. Sie waren bereits seit Stunden im Krankenhaus.

Moses war schlimmer verletzt, weil er am Fenster gesessen hatte, als der Getränkebus die Kontrolle verlor und in die Seite des Busses rutschte. Alan war gegen einen der Sitze geschlagen und hatte einen schweren Schlag erhalten. Sowohl der Fahrer des Kinderbusses als auch der Fahrer des Getränkebusses waren dabei gestorben.

Das Krankenhaus, in dem sie sich befanden, war das, in dem Michael regelmäßig für die verschiedenen medizinischen Forschungen spendete und daher hatten sie ihm und seiner Familie einen privaten Raum gegeben.

Er war nervös. Aufgewühlt. Diese beiden Kinder hatten einen wichtigen Platz in seinem Leben. Sein Bruder tat ihm aufrichtig leid. Er hatte Douglas noch nie so niedergeschlagen erlebt.

„Herr und Frau Whitmore", sagte die Ärztin Anastasia Collins, als sie in den Raum trat.

Das Gesicht der Frau strahlte Ruhe aus. Michael konnte sehen, dass sie ihm schlechte Nachrichten brachte. Etwas in ihm schrie innerlich. Er spürte, wie Louisa sich fest an seinen Arm klammerte und Jack versuchte die Angst zu kontrollieren, indem er seinen Kiefer zusammenpresste. Das schlimmste für Michael war, seinen Bruder und seine Schwägerin so verzweifelt zu sehen. Sie standen auf, als die Ärztin sie aufrief.

„Wie geht es unseren Kindern?", fragte Douglas der seinen Flug nach Delaware wegen eines Falles mit einem multinationalen Unternehmen ausgesetzt hatte, als er von dem Unfall erfuhr. Lara sah die Ärztin flehend an, als wenn sie auf diese Weise die Nachricht erhalten würde, die sie sich wünschte: dass ihre Kinder außer Gefahr waren. „Lassen sie uns nicht so lange warten", bat sie.

Die kleine Galia nahm die Hand ihrer Mutter. Ihre Mutter drückte ihre weichen kleinen Finger mit Zuneigung und Angst zugleich.

„Moses wird sich erholen. Wir werden ihn operieren müssen, er hat sich den linken Arm in Höhe des Handgelenks gebrochen. Wir brauchen ihre Erlaubnis dafür." Sie überreichte ihnen ein paar Formulare, die das Paar sofort in die Hand nahm und sie auszufüllen begann und sie anschließend wieder der Ärztin überreichten. „Er ist noch klein und seine Gliedmaßen sind flexibel, er wird sich schnell erholen." Die Eltern nickten.

„Und Alan?", flüsterte Michael besorgt.

Obwohl sie an die Überbringung von schlechten Nachrichten gewöhnt war, war es für die Ärztin Collins furchtbar, das verzweifelte Gesicht und den Schmerz der Eltern zu sehen. Sie behandelte ihre Patienten, als wären sie ihre eigene Familie. Es war ein Fehler sagte ihr Mann immer, aber Anastasia konnte es nicht verhindern.

„Tut mir leid, das Kind ist ins Koma gefallen." Das genügte, damit Lara mit einem herzzerreißenden Heulen in Douglas' Armen zusammenbrach. „Wir beobachten ihn und die Prognose ist sehr vertraulich."

„Auch für die Familie?", wollte Michael wissen, während er Galia an seine Seite zog, als wenn das Kind im Kraft geben würde.

„Im Moment ist es so. Sobald sich etwas verändert, geben wir ihnen Bescheid", wiederholte sie. „Sie sollten jetzt zum Chirurgen gehen wegen der Operation bei Moses. „Sie las sich schnell die Formale durch, um sich zu vergewissern, dass die Whitmores nicht vergessen hatten, auf einem der Papiere zu unterschreiben. Sobald sie zufrieden war, nickte sie. „Ich werde sie ausführlich informieren, aber es handelt sich nicht um einen riskanten Eingriff."

Als die Ärztin gegangen war, zog Galia an Michaels Hand. Er sah sie an.

„Er wird doch wieder gesund der Alan oder Onkel Michael?"

„Wir müssen darauf hoffen, dass es so ist. Wie wäre es, wenn du mit mir eine heiße Schokolade trinkst Prinzessin?", fragte er und war sich bewusst, dass sein Bruder, seine Eltern und seine Schwägerin ihre Sorgen nicht vor dem Kind zeigen konnten.

Galia mit ihrem schönen Haar so dunkel wie die Nacht und mit leuchtenden grünen Augen wie die von Michael, sah ihre Eltern an. Sie nickten ihr lächelnd zu. Ein Lächeln das nicht ganz ihre Augen erreichte. Aber das bemerkte die Kleine mit ihren neun Jahren noch nicht.

„Klar Onkel Mike."

Das Krankenhaus Saint Cleare war nicht weit von Rachel entfernt. Ihre Eltern waren dort gewesen nach ihrem Unfall. Sie hatte mehrere Tage auf dem Flur dort verbracht, bis man ihr sagte, dass sie ihre Eltern nicht wiedersehen würde. Jedes Mal, wenn sie an diese vier schrecklichen Tage dachte und den Geruch nach Desinfektionsmittel roch, wurde ihr schlecht.

Als sie die Nachricht von Michael bekam, der ihr sagte, dass er einen familiären Notfall in diesem Krankenhaus hatte, hatte sie ihn gefragt, ob sie etwas für ihn tun könnte. Er antwortete, dass es nichts gäbe, was sie tun könnte, da er bereits damit beschäftigt war, seine Familie zu trösten. Ein Teil von ihr, der nicht mit ihren Absichten, sich an dem Mann zu rächen, verbunden war, bewegte sie dazu, zum medizinischen Zentrum zu gehen. Zu erfahren, dass es zwei unschuldige Kinder waren, die dort in der Notaufnahme lagen, bewegte sie.

Die Gesundheit der Kinder waren kein Teil ihres Plans. Sie würde das vorerst lassen oder so lange, bis Michael sich von dem allem erholt hatte. Ein durch das Schicksal gefallener Feind bedeutet nicht denselben Sieg, als wenn er den Sturz herbeigeführt hätte. Oder etwa nicht?

Wenn es anders herum gewesen wäre und es Michael wäre, der sich rächen wollte, hätte er nicht genauso gehandelt? War die Rache eines Mannes anders als die einer Frau? Sie glaubte nicht daran.

„Wie sagten Sie, war Ihr Name?", fragte die Fremde mit nasaler Stimme. Ich habe Sie auf keiner der Partys gesehen, auf die Michael und ich immer gegangen sind."

„Veronica", antwortete sie und kreuzte die Arme im Wartebereich. Sie hatte Michael bereits eine Nachricht geschickt und gesagt, dass sie im Krankenhaus war. Ihr war übel und sie wollte am Liebsten einfach rausrennen, aber sie war kein Feigling. Sie stellte sich ihren Ängsten der Vergangenheit und sie erinnerte sich auch an den Grund, warum sie so freundlich mit den Whitmores war.

Die Frau lächelte.

„Ich bin Heidi, Michaels Freundin", sagte sie und streckte ihre perfekt manikürten Finger aus, die mit Gold verziert waren. Es schien überhaupt nicht geschmacklos zu sein. Die Frau strahlte aus jeder Pore Kultiviertheit aus. „Ich bin so schnell gekommen, wie ich konnte. Ich habe zufällig davon erfahren", sagte sie, ohne das sie jemand gefragt hätte, „Weil eine der Krankenschwestern meine Freundin ist. Michael ist so zurückhaltend. Der Arme oder? So überarbeitet, dass er mir nicht mal Bescheid gesagt hat", sagte sie und zog einen Flunsch.

„Der Arme auf jeden Fall", antwortete Rachel zähneknirschend. Dieser Arsch hatte eine Freundin und wollte mit ihr zu Abend essen. Sie sollte überhaupt nicht wütend sein. Diese Heidi hatte wohl einfach seine Pläne durchkreuzt und sonst nichts oder?

„Wie hast du davon erfahren?", fragte die Frau und schaute sich um.

„Es war einfach Schicksal", sagte Rachel lächelnd.

Vierzig Minuten später erschien die unverwechselbare Gestalt von Michael vor Rachel. Obwohl er müde und sein Haar unordentlich war, sah er genauso aus, wie sie ihn in Erinnerung hatte. Sie dachte, er würde Heidi umarmen, aber sie wurde von seiner Reaktion überrascht.

„Was machst du denn hier Heidi? Ich habe dir doch heute Morgen gesagt, dass zwischen uns Schluss ist."

Rachel schaute auf die andere Seite.

„Ich dachte, das hättest du nur gesagt, weil du so erschöpft von der Arbeit bist. Unsere Vereinbarung ist doch für uns beide angenehm, Schatz", flüsterte sie lächelnd, während sie ihre Hand auf das blaue Hemd legte. Sie fuhr mit ihren roten Fingernägeln über seinen Hals.

Er nahm die Hände weg.

„Dann hast du eben falsch gedacht Heidi", antwortete er. „Danke für deine Solidarität, aber ich würde es bevorzugen, wenn du nicht in diesem familiären Moment dabei bist."

„Und diese Frau?", fragte sie verärgert und sah Rachel an.

Rachel schaute zur Decke. Als wenn sie gar nicht da wäre. Sie bereute es ins Krankenhaus gegangen zu sein. Das kam davon, weil sie so dumm gewesen war. Wer hatte ihm die Nachteile von Rachenplänen erklärt, ohne das Terrain zu kennen?

„Veronika ist willkommen. Sie kennt meine Familie bereits", antwortete Michael unwirsch. Er hatte keine Zeit, sich mit Heidi abzugeben und er hatte keine Ahnung, wie sie davon erfahren hatte.

„Was du nicht, sagst ... was für eine Überraschung. Ist sie mein Ersatz?", wollte sie wissen und nahm wütend ihre Guccitasche.

„Keine Frau ist der Ersatz einer anderen und besonders dann nicht, wenn gar keine Liebe existiert, Heidi."

„Nur Sex", sagte die Frau, ehe sie Rachel wütend ansah und eilig aus dem Warteraum verschwand.

Michael fuhr sich durch das Haar.

„Es tut mir leid Veronika. Ich behandele niemanden so, aber Heidi und ich ..."

„Oh, du musst mir keine Erklärungen geben", log sie. „Ich bin uneingeladen gekommen. Wenn du also lieber alleine sein willst, dann verstehe ich das. Ich dachte nur dir tut vielleicht ein wenig Gesellschaft ganz gut" – sie lachte freudlos, – „manchmal neige ich dazu, in meinem Kopf Annahmen zu machen, die nicht unbedingt die besten sind."

Michael schaute sie an.

„Danke, dass du gekommen bist. Ich brauche ein wenig frische Luft und ein ehrliches Lächeln. Es waren schwierige Stunden", sagte er und näherte sich ihr.

Ohne darüber nachzudenken, was sie tat, schloss Rachel die Distanz zwischen ihnen, um ihn zu umarmen. Die Wärme, die von Michael ausging, umfing sie. Als sie seine starken Arme um sich fühlte, fühlte sie sich wohl. Das war nicht, was sie brauchte, also besann sie sich und löste sich von ihm.

„Gibt es etwas Neues von deinen Neffen?", fragte sie.

Er spürte die Veränderung in ihr, sagte aber nichts. Er biss sich auf die Lippen, als er sich an seine kleinen Neffen erinnerte.

„Moses ist im OP. Alan ist im Koma."

„Oh ... das tut mir so leid, Michael." Sie erinnerte sich daran, wie die beiden Kleinen gestern von einer Seite auf die andere gehüpft waren. Sie hatte mit beiden Mitleid. „Hast du schon etwas gegessen?"

Er schüttelte den Kopf.

„Meine Eltern sind gerade nach Hause gegangen, um sich umzuziehen, aber mein Bruder und seine Frau sind noch da. Als ich ihnen sagte, dass die Tänzerin aus Moulin Rouge hier ist, haben sie gelacht." Rachel lachte. Das war das erste Lachen seit zehn Stunden. Das war zumindest ein Signal, dass es gut gewesen war, hier herzukommen. „Danke Veronica. Es ist wohl das Beste, wenn ich etwas esse, ehe ich noch umkippe und sie sich noch mehr Sorgen machen müssen ...."

Sie wollte Michaels Dankbarkeit nicht, denn das erzeugte bei ihr ein leichtes, wirklich nur leichtes schlechtes Gewissen. Aber hatte er vielleicht ein schlechtes Gewissen gehabt, als er eine unschuldige Frau ins Gefängnis geschickt hatte? Natürlich nicht!

„Sollen wir einen Tee trinken gehen? Dein Neffe ist sicherlich noch eine Weile im OP und es kann ja nicht sein, dass sein Onkel ihn dann nicht sehen kann, weil er nicht die Kraft dazu hat."

Er nickte und sie gingen zum Ausgang.

Rachel kamen mehrere Bilder in den Kopf, die sich sehr von denen unterschieden, die sie von Michael hatte. In zwei Tagen und ein paar Stunden schien er alles andere als der skrupellose, gemeine und herzlose Anwalt zu sein, für den sie ihn hielt. Aber sie hatte eines im Laufe der Jahre gelernt, sich nicht von den ersten Eindrücken leiten zu lassen. Sie musste weiter herumstochern.

„Anscheinend haben wir am Ende doch noch unser Abendessen", murmelte Michael und lächelte sie an und holte sie aus ihren Gedanken. „Es ist nur ein wenig anders."

Sie lächelte ihn an.

„Du weißt doch Pläne können sich ändern."

„Abgesehen von der Absicht, die dahinter steckt", fuhr er in rauem Ton fort und betrachtete sie, während er die Tür zum Restaurant öffnete, das sich gegenüber vom Krankenhaus befand. Es war ein Wendys, aber er wollte sich nicht groß von seiner Familie entfernen.

„Bist du sicher?", sagte Rachel, während sie sich in die Schlange zum Bestellen stellten.

„Auf jeden Fall", antwortete er und starrte in ihre blauen Augen.

Zumindest lenkte ihn der Gedanke mit ihr zu flirten von den familiären Sorgen ab. Wenn diese Hölle hier vorbei war, hatte er auf jeden Fall die Absicht, Veronica Marsh zu verführen, egal wie die Pläne sich geändert hatten.

KAPITEL 6

Rachel kam nach Hause und war bereit, das törichte Gefühl, sich um das Wohl der Whitmores zu sorgen, mit einer Dusche zu vertreiben. Diese liebevolle Art, mit der sich alle gegenseitig umsorgen zu schienen, erzeugte in ihr ein bittersüßes Gefühl. Diese familiären Szenen waren alles, was sie sich wünschte und das, was sie glaubte, dass Michael es ihr gestohlen hatte.

Jetzt saß sie mit einer Schüssel Popcorn vor dem Fernseher und hatte die Beine über die Sofalehne gelegt und schaute sich die Nachrichten an. Sie zappte durch die Kanäle. Schlecht gelaunt machte sie den Fernseher aus und schloss die Augen.

Sie war eingeschlafen, als sie plötzlich von der Türklingel geweckt wurde. Die Schüssel Popcorn fiel auf den Boden und der Inhalt verschüttete sich. Verdammt. Sie schaute auf die Uhr. Fast Mitternacht. Was zum Teufel?

„Mach auf. Ich bins Piper."

Das ließ sie sich nicht zwei Mal sagen. Sie drückte den Öffnen Knopf und wartete, dass ihre Schwester aus dem Fahrstuhl stieg. Piper besuchte sie nie. Sie erwartete immer, dass sie es tat. Im Allgemeinen war ihre Schwester schnell aufbrausend, rebellisch, und auch wenn sie weiterhin liebevoll war, waren ihre Zeichen der Verbundenheit weniger im Vergleich zu früher.

Sie sagte, dass die Erfahrungen im Gefängnis für alle nur schwer anzuhören waren und noch schlimmer war es, sie selbst zu erleben. Sie wollte dieses Wissen von Rachel fernhalten, sie wollte die Erlebnisse in der Vergangenheit lassen. Ein Teil dieser Aufsässigkeit war es gewesen, das Angebot ihrer kleinen Schwester mit ihr zusammenzuwohnen, abzulehnen. Sie bevorzugte es, in einem nicht ganz so sicheren Stadtdteil zu leben, aber dafür für alles selbst zu bezahlen.

„Piper", rief Rachel, als sie sie sah. Sie stellte mit Erschrecken fest, wie ausgemergelt sie aussah. „Komm rein. Warum hast du dir nichts übergezogen?", fragte sie, als sie sah, wie sie zitterte. Sie näherte sich dem Kamin und erhöhte die Menge der Holzscheitel darin.

Stumm und ohne auf die Einladung zu warten, ließ Piper sich auf das Sofa fallen.

„Ich habe Probleme", erklärte sie ohne Weiteres und schaute ihre kleine Schwester an. Sie hasste es, um Hilfe zu bitten, aber heute Abend hatte ein Freund von ihr ihr etwas erzählt, was sie nervös machte. Sie konnte nicht bis zum nächsten Tag warten.

Rachel spürte, wie ihr Herz schneller schlug. Wenn ihre Schwester damit zu ihr kam, dann müsste es etwas Schlimmes sein.

„Was ist los? Was brauchst du?", fragte sie und baute sich vor ihrer Schwester auf und nahm ihre Hände in ihre.

„Der Mann, den ich angezeigt habe, ist immer noch frei, weil sie keinen Weg gefunden haben, die Anschuldigungen zu erhärten, um ihn zu verhaften." Rachel öffnet ihren Mund und schloss ihn wieder. „Ich bin nur auf Bewährung draußen, weil der Richter auf mein gutes Verhalten im Gefängnis gesetzt hat und die Informationen, die ich ihm über die

Drogenhändler gegeben habe. Diese Daten habe ich dank der Kontakte im Gefängnis herausbekommen. Wenn dieser Mafioso mich findet, wird er mich töten."

„Seit wann weißt du, dass sie begonnen haben, diesen Plan zu organisieren, um Beweise mit deinen Informationen zu beschaffen ...??", fragte sie mit zitternder Stimme.

„Seit sieben Stunden. Ich habe die Nummer angerufen, die du mir gegeben hast, aber du hattest keinen Empfang."

„Tut mir leid. Ich war beschäftigt. Woher weißt du denn das alles, was die Polizei und diese Menschen glauben?", fragte sie verblüfft.

Piper seufzte. Ihre Schwester war so unschuldig.

„Rachel, ich war im Gefängnis. Ich war umgeben von Menschen, die wirklich skrupellos sind. Das Essen besonderer Süßigkeiten oder Dinge, die es nur selten gab, konnte man manchmal für Informationen von draußen oder für Gefallen für Familien tauschen. Als meine Zellengenossin hörte, dass ich wegen guter Führung entlassen werden sollte, sagte sie mir auch, dass sie noch etwas anderes bräuchte, um meine Entlassung zu garantieren."

„Du hast der Polizei die Daten geboten."

„Genau. Ich habe immer gesagt, dass ich nichts weiß..."

„Weil du unschuldig bist."

Piper seufzte.

„In diesem Fall spielt die Unschuld keine Rolle. Man muss lernen, Ecken und Kanten zu schließen und Verbündete zu finden, Rachel. Wenn ich im Gefängnis jemanden getroffen hätte, der die kennt, die ich während des Prozesses hätte anzeigen können oder nicht, dann hättest du in dem Moment Blumen auf mein Grab gelegt." Rachel zog eine Grimasse. „Sobald du aus dem Gefängnis kommst oder diese Welt gelegentlich besuchst, dann umgeben dich Personen aus dieser Welt. Einige reden und wissen, wer du bist ... andere warten, bis du in denselben Kreis wie sie fällst ... es ist schwierig, Schwester."

Rachel schüttelte sanft Pipers Hände.

„Und welchen Unterschied gab es diesmal, damit du sprichst ...?"

„Meine gute Führung und mein einwandfreies Profil im Gefängnis hat die Aufmerksamkeit der Leiterin Martha Forrester auf sich gezogen. Sie hat mich sehr geschätzt. Ich weiß nicht wie, aber Martha hat es geschafft, dass der Richter sich meinen Fall erneut angesehen hat. Mit den Daten von Stacy, meiner Zellengenossin, haben sich meine Möglichkeiten erhöht."

„Und diese Stacy, was hat sie eingelöst ... oder was hast du eingelöst im Austausch für diese Daten?"

„Stacy war die Liebhaberin von einem der Feinde von Emilio Gordov. Der Drogenhändler, den die Behörden suchen, als sei er Gold wert. Es war also nicht einfach für Stacy zu erfahren, wo Gordov ist."

„Wenn du im Gefängnis bist, kann man da Sex haben ...?"

„Rachel, ich glaube nicht, dass es Sinn macht, über solche Tricksereien, sexuelle Themen und so weiter zu sprechen und was sonst noch so im Gefängnis vor sich geht. Was ich von dir möchte, ist, dass du mir einen guten Ort suchst, an dem ich mich verstecken kann."

„Hier?", fragte die Rothaarige.

„Nein, das wäre gefährlich für dich. Kennst du keinen anderen Ort?"

„Du kannst heute Nacht hier schlafen und morgen rufe ich Delaney an. Sie kennt bestimmt irgendwelche Orte. Okay?"

Die Wärme hatte endlich ihre Knochen erreicht und Piper nickte. Sie fühlte sich ein wenig schuldig, weil sie ihre Schwester in ihre Intrigenspiele mit hineinzog, aber sie hatte niemand anderen, zu dem sie gehen konnte.

„Ja."

Plötzlich wurde Rachels lachen noch breiter.

„Und was ist mit dem Haus von Tante Ariel in Maine? Sicherlich würde sie sich freuen, dich zu sehen."

Piper machte eine Geste. Ariel war eine Schnüfflerin. Sie hatte sich noch nie gut mit ihrer Tante verstanden. Aber sie wusste, dass Rachel mit ihr gelebt hatte, also schuldete sie ihr zumindest nicht schlecht von der Schwester ihres Vaters zu reden.

„Ich will lieber hier in der Nähe bleiben, falls der Beamte, der für meine Freiheit zuständig ist, mich sehen will. Ich will kein Chaos."

Rachel setzte sich auf. Sie verschränkte die Arme und schaute ihre Schwester an.

„Tante Ariel ist eine tolle Person Piper. Ich bin mir sicher, sie freut sich, wenn du sie besuchst."

„Gib mir ein wenig Zeit. Ich gewöhne mich gerade noch an das Leben in Freiheit. Ich hätte nicht gedacht, dass ich jemals aus diesem Drecksloch rauskomme." Dieser Kommentar ließ Rachels Gesichtszüge weich werden. „Schritt für Schritt okay?"

„Okay. Komm, ich zeig dir, wo du heute schlafen kannst. Aber ich habe noch eine Frage. Was ist mit der Person für Schutz von Zeugen?"

„Der habe ich gekündigt, weil es absehbar war, dass sie dieses Schwein fangen würden."

„Piper!"

Das Mädchen schloss ihre Augen. Vielleicht hatte ihr Urteilsvermögen ihr einen Streich gespielt. Sie hatte sich frei von jeglichen Finten geglaubt, in ihrem Eifer die Tage im Gefängnis hinter sich zu lassen. In der kurzen Zeit, in denen sie wieder frei war, hatte sie es geschafft, weniger ehrenhafte Freundschaften für die Gesellschaft zu schließen, aber mit guten Verbindungen in die Unterwelt. Einer ihrer alten Freunde aus der Oberschicht, aus den Jahren, als alles noch gut zu laufen schien und sie sich halb vom Tod ihrer Eltern erholt hatte, hatte sie ihn in der modernen Cafeteria kennengelernt, in der sie als Kellnerin arbeitete.

Theo Vanekkis war eine Freude, aber auch gefährlich, wenn man ihn provozierte. Mit ihr hatte er sich immer korrekt verhalten. Damals in der Cafeteria hatte er sie nach ihrem Leben gefragt. Piper hatte keine Probleme etwas zu erzählen, wenn man sie fragte, und noch weniger, wenn es sich um einen Mann wie Theo handelte, der andere nicht verurteilte ... sondern sie nur zu seinen Gunsten nutzte.

Theo versicherte ihr, dass er auf sie aufpassen könnte. Sie weigerte sich. Piper verstand, dass die Attraktion zwischen ihnen beiden unterschwellig war, das war immer so, aber jetzt wollte sie niemandem mehr etwas schulden. Sie hatte bereits einen hohen Preis für ihre Dummheit bezahlt. Das einzige, was sie wollte, war, dass sie Emilio fanden und sie so eine Möglichkeit finden könnte, nach Amerika auszuwandern und dort ein neues Leben zu beginnen.

„Ich bin müde. Ich habe ein paar Sachen mitgebracht für den Fall, dass du nicht da wärst und ich irgendwo anders hätte schlafen müssen. Ich will duschen und ein wenig schlafen, ohne das ich Angst haben muss, dass mir jemand plötzlich ein Messer an den Hals hält", sagte sie mit müder Stimme. Sie fuhr sich mit den Fingern durch ihr langes Haar, das jetzt ungepflegt und an den Ohren abgeschnitten aussah.

Rachel umarmte Piper. Diese widerstand ein wenig, aber dann ließ sie es zu.

„Du bist meine Schwester und ich würde alles für dich tun."

„Ich weiß. Du bist die Einzige, die auf meinem Gewissen lastet", flüsterte sie mit einem Lächeln, das nichts mit Freude zu tun hatte, sondern mehr mit dem Gefühl von Reue.

„Sei nicht dumm Piper. Nichts, was passiert ist, hat etwas mit dir zu tun, sondern mit Ungerechtigkeit." Sie nahm den Arm ihrer Schwester. „Jetzt ist es Zeit zum Ausruhen. Morgen mache ich dir Frühstück, weil es dein Geburtstag ist. Ich habe dir etwas gekauft und hoffe, es gefällt dir!"

„Das musst du doch nicht..."

„Natürlich, das schulde ich dir. Du bist meine Schwester und wenn mir etwas gefällt, dann dass ich wieder Sachen mit dir teilen kann."

„Du bist viel zu gut zu mir."

„Glaub nicht, dass du die Einzige bist, die sich geändert hat", sagte sie plötzlich mit ernster Stimme.

Piper zuckte mit den Schultern. Sie hatte keine Lust, ihre kleine Schwester zu analysieren.

„Wahrscheinlich nicht", flüsterte sie gähnend.

***

Die Zwillinge wurden nach fünfzehn schrecklichen Tagen für die Whitmores entlassen. Normalerweise dauerte es Monate, Jahre ehe man aus dem Koma erwachte, aber die Ärzte hatten ihnen versichert, dass es ein Wunder sei, dass der Kleine nach zwei Wochen trotz der schweren Verletzungen aufgewacht war. Im Haus von Douglas und Lara war die Anspannung zu fühlen, obwohl sie über alle möglichen Mittel für die Genesung der Zwillinge verfügten. Die Großeltern der Zwillinge versuchte die Tage unterhaltsam zu gestalten, aber die Erinnerung daran, diese zwei Schmuckstücke fast verloren zu haben, suchte sie immer wieder heim.

Die Whitmore sparten nicht an Ausgaben und ließen befreundete Spezialisten aus der Schweiz und Frankreich kommen. Dank der guten Beziehung von Michael mit den Leitern des Krankenhauses erlaubte man den ausländischen Ärzten, sich dem Team der Pfleger der Kinder anzuschließen. Überwachungen per Monitor, ständige Untersuchungen und bevorzugte Aufmerksamkeit hatten sich am Ende ausgezahlt. Und natürlich hatte auch das Universum den Ärzten in die Hände gespielt.

Inmitten dieser Familienkrise fühlte Michael sich erschöpft, denn im Büro war viel los. Dennoch war er noch einmal nach diesem einen Abend, an dem sie sich im Krankenhaus gesehen hatten, mit Veronika ausgegangen. Anschließend musste sie nach Washington D. C. reisen, um ein Projekt für ihre Firma zu koordinieren und würde erst morgen zurückkommen.

Sie telefonierten so oft es ging, auch wenn es manchmal schwierig war, weil beide so beschäftigt waren. Mit jedem Tag, der verging, sehnte Michael sich nach dem Lachen oder den klugen Antworten der Rothaarigen. Es war nicht dasselbe, ein paar Stunden am Telefon miteinander zu sprechen als persönlich. Er mochte es ihr zuzuhören, er fühlte die Vibration ihres Lachens und stellte sie sich in seinen Armen vor.

Es war merkwürdig, sich danach zu sehnen, eine Frau besser kennenzulernen, denn nach Ingrid reichte es ihm normalerweise das Grundlegende über jemanden zu wissen. Dennoch hatten die verführerische Energie und das Geheimnisvolle, dass Veronica umgab, sein Interesse geweckt. Er wollte jeden Teil dieses schönen Körpers mit seinen Händen entdecken und ihre Gesellschaft genießen.

In dieser Nacht hatten sie endlich ein ganz normales Date, nachdem sie so viel geschrieben und telefoniert hatten. Manchmal sahen sie sich über Skype. Er sehnte sich danach, mit dem verdammten Papierkram auf seinem Tisch fertig zu werden und die übrigen Aufgaben an seine Rechtsanwaltsgehilfen aufzuteilen. Sozius zu sein war ein großer Vorteil, aber die Verantwortung war ebenfalls hoch.

„Michael, du hast noch Meeting mit Charlie Guildford in zwanzig Minuten", erinnerte ihn seine Assistentin über den Lautsprecher. „Es ist noch ein wichtiger Fall reingekommen."

„Welche Art von Fall hat man dir das gesagt?"

Die Frau schaute ihn ungeduldig an.

„Straftat."

„Diese Fachrichtung mache ich nicht ... "

„Chef, das sind Worte von einem der Hauptsozius. Bring deswegen nicht die Nachrichtenüberbringerin um", unterbrach sie ihn mit diesem effizienten Lächeln einer gut bezahlten Assistentin. „Das ist nur der Bereich, auf den ich mich beziehe, aber es hat mit Banken und Finanzen zu tun."

„Okay, danke."

Michael seufzte laut.

Ein paar Minuten später näherte er sich dem Versammlungssaal. Es war bereits sechs Uhr abends. Es gefiel ihm überhaupt nicht, dass er über ein Thema sprechen musste, dass er bereits vor Jahren in der Rechtskanzlei der Familie hinter sich gelassen hatte. Er wollte nicht wieder dorthin zurück.

Die Tür des eleganten Saals mit Blick auf den Fluss öffnete sich vor ihm. Fünf der zwölf Soziusse der Filiale Salmann & Buckend in Chicago saßen bereits. Sie begrüßten ihn mit einem Nicken.

„Hallo Michael", sagte Eileen Roberts, einer der wenigen Soziusse, die den Bereich Gesetzeskriminalität versorgten. Michael nickte allen Soziussen zu. „Wir wissen, dass du in der Vergangenheit einen Drogenfall betreut hast, der sehr in der Öffentlichkeit stand und das du das sehr erfolgreich gemacht hast. Wir hatten bei unserer üblichen Arbeit nicht viel mit der Presse zu tun, wie du weißt, sind unsere Fälle von einer bestimmten Art und wir versuchen, so diskret wie möglich zu sein. Dennoch hat der mögliche Klient, der gekommen ist, um uns um seine legale Vertretung zu bitten, sich ein wenig als .... polemisch herausgestellt. Er wird des Drogenhandels beschuldigt und hat eine Bande von „Mitarbeitern." Dennoch verbinden wir uns nicht mit diesem Teil seiner Geschäfte. In der Tat ignorieren wir Details und ziehen es vor, so weiterzumachen wie bisher..."

Unwohl rutschte er auf seinem Stuhl hin und her. Diese lächerliche Grenze zwischen juristischen und nicht-juristischen Personen, unter der seine Kollegen solche potenziellen Kunden versteckten, erzeugte eine moralische Reibung, die er nur ungern erlebte.

„Ich möchte nichts mit so einer Art von Klienten zu tun haben", wiederholte er streng. „Vielleicht habe ich mal in der Vergangenheit einen komplexen Fall gewonnen, aber die persönlichen Konsequenzen, die ich dafür gezahlt habe, waren sehr hoch. Ich erwarte nicht, dass ihr das versteht, obwohl ich es für angemessen halte, den Sachverhalt darzulegen. Ich empfehle auch nicht, Klienten mit solchen Vorgeschichten anzunehmen, nur weil er Geschäfte hat, die

„legal" sind und weswegen er jetzt eine Gruppe Anwälte braucht, die die Beratung übernimmt."

Ein leises Gemurmel ging durch den Saal. Michael war einer der wenigen Soziusse, der sich nicht daran störte, sein Missfallen oder seinen Standpunkt auszusprechen, anders als alle anderen, die ihn umgaben. Diese Tatsache war es gewesen, die Dereck Salmann dazu geführt hatte, ihn als Kandidat für den Plan der Soziusse aufzustellen.

„Wir müssen zeigen, das wir weiterhin führend in Chicago sind, Michael. Das wir weiterhin die Besten sind, ohne dabei die aktuelle Krise zu bedenken, die uns dazu treibt, Personal in anderen Firmen zu reduzieren", unterbrach Mikos Arthemis, ein Grieche mit amerikanischer Staatsangehörigkeit, der eine schärfere Zunge hatte als ein Schwert. „Wir werden diesen Klienten nur in seinen gesetzlichen Geschäften vertreten, wie Eileen gesagt hat. Die Zahlung, die wir erhalten würden, wäre sehr hoch. Die legalen Firmen in der Stadt verlieren Klienten und Einkommen. Dieser Klient wird uns keine unmoralischen Unannehmlichkeiten bereiten, denn wie Eileen bereits gesagt hat, kümmern wir uns um seine Geschäfte, die in Ordnung sind."

Am Tisch herrschte eine erwartungsvolle Stimmung.

Michael trommelte mit den Fingern auf dem Tisch.

„Was meint Dereck?", fragte er und meinte den Anwalt mit den grünen Augen. Die Meinung des Mannes der ihn auf den höchsten Posten der Firma gebracht hatte, war unentbehrlich.

„Wie Mikos sagte, auch wenn ich den Bereich der Kriminalgesetze leite, bräuchte ich deine Hilfe, außerdem möchte der mögliche Klient, dass man sich auf Hilfe im Bereich der Banken und Finanzen konzentriert. Das ist doch dein Fachgebiet. Was den Betreff mit der Polizei angeht und einige Themen mit Verträgen, das wirst du im Bereich Zivilrecht ebenfalls erledigen. Dereck konnte heute nicht hier sein, weil er einen Termin mit Richter Robinson hat, der für das Jugendgericht zuständig ist", antwortete Eileen.

„Dennoch habe ich gerade eine E-Mail geschickt und ihm gesagt, was immer du entscheidest, muss er respektieren. So werden wir es machen, aber vorher will ich dir noch sagen, dass deine Hilfe sehr wichtig ist. Nicht nur wegen deiner Erfahrung, sondern weil du das Charisma besitzt, mit der Presse umzugehen, und das wäre unvermeidlich, falls es viel Presse gibt, wenn es durchsickert. Und es wird auf jeden Fall durchsickern, eine der größten Kanzleien in Chicago arbeitet mit einem Klienten mit komplexem Profil zusammen", beendete sie ihre Rede.

„Wer ist denn die Person, die unsere Dienste in Anspruch nehmen will?", fragte Michael und spürte wie er sich anspannte. Es nervte ihn, wenn seine Kollegen so geheimnisvoll taten.

„Emilio Gordov."

Ein stadtbekannter Name, dachte Michael. Es handelte sich um einen unbedeutenden Dealer, der jedoch einen brutalen Einfluss auf gefährdete Gruppen wie Schüler öffentlicher Schulen ausübte, die es sich leisten konnten, ab und zu Drogen zu nehmen. Auf der Straße sagte man, dass Emilio Gordov nicht groß zögerte, wenn er seine Schulden eintrieb und wenn man ihn betrog, dann kannte er keine Gnade.

Die Polizei hatte es nicht geschafft, Beweise gegen ihn zu beschaffen und auch keine Zeugen gefunden, die mehr Details oder Informationen preisgeben wollten und so war Gordov weiterhin ein freier Mann unter der Fassade der Aufrechterhaltung rechtmäßiger Geschäfte. Wegen Letzterem konnten die Behörden nichts tun, denn die Friseure und Vertreiber von Schönheitsprodukten waren sauber. Die Polizei konnte nicht beweisen, dass die Finanzierung zum größten Teil aus den besagten Geschäften kam. Wenn es zumindest jemanden gab, der ausreichend mutig war ... oder dumm genug, um eine Anzeige zu machen, die dazu führen würde, dass man Gordov inmitten seiner illegalen Tätigkeiten verhaftete.

„Stimmen wir also ab, ob wir Gordov als Klient akzeptieren?", fragte Mikos und schaute Michael an. Letzterer nickte. „Wofür ist die Demokratie sonst gut ...?"

Dreißig Minuten später kam Gordov durch die Tür.

Michael hatte die Abstimmung verloren und die Firma würde mit dem bekannten Drogenhändler zusammenarbeiten.

Klein und schmal, mit hellem Teint und Augen, die wie ein schwarzer Abgrund ohne Boden aussahen, bekam man schon eine Gänsehaut, wenn man Gordov nur sah. Der Mann schritt mit zwei Leibwächtern an seiner Seite und seinem anscheinend gewöhnlichen Anwalt voran. Mit einer Geste verabschiedete er sich von allen außer dem Anwalt.

„Meine Herren, ich stelle euch Emilio Gordov vor", sagte Eileen, nachdem sie dem Mann die Hand geschüttelt hatte. „Die Polizei versucht die Legalität seiner Friseurläden und die Vertreiber von Schönheitsprodukten zu überprüfen, also braucht er ein wenig Hilfe, um zu wissen, ob alles in Ordnung ist und damit ich Dokumente falls nötig vorweisen kann."

„Sie haben sich also der Aufgabe angenommen, mich zu repräsentieren", sagte Gordov mit einem Lächeln so falsch wie die Goldzähne, die seinen linken Kiefer schmückten.

Mikos nickte. Eileen stellte ihn kurz den Soziussen vor.

„Dann muss ich Ihnen wohl danken", sagte er in süffisantem Ton und setzte sich auf einen der Sessel im Raum. „Ich würde Ihnen gerne von einer unangenehmen Situation erzählen, von der ich hoffe, dass Sie sich ihr ebenfalls annehmen ... als meine zukünftigen Anwälte."

„Je klarer unsere Beziehung Herr Gordov, umso besser werden wir uns verstehen", sagte Michael und konnte sich das nicht verkneifen.

Sofort ging der berechnende Blick von Gordov zu Michael. Er kniff die Augen zusammen und dann lächelte er, als er ihn wieder erkannte.

„Ah, Sie sind der Anwalt, der den bekannten Fall hier in Chicago vor einem Jahrzehnt geleitet hat. Ich habe mich mit meinen achtunddreißig Jahren damals gewundert, dass sie so jung sind Anwalt Whitmore."

Michael wusste nicht, ob er beleidigt sein oder sich geschmeichelt fühlen sollte, dass seine Arbeit ihn so weit gebracht hatte, dass selbst so ein gefährlicher Mann wie Gordov ihn wiedererkannte.

„Wollen sie uns erzählen, worum es bei der Ankündigung geht, Herr Gordov?", wiederholte Michael ohne sich Illusionen über die Erwähnung der Vergangenheit zu machen.

Emilio schaute seinen Anwalt an. Der nickte.

„Die Polizei macht Jagd auf mich und will mich verhaften. Sie suchen Hinweise auf meine Geschäfte. Anscheinend gibt es jemanden, der auf Kosten meines Rufes vor ein paar Monaten entlassen wurde."

Was für ein Zynismus, dachte Michael innerlich.

„Und wer ist die Person, die Hinweise über mich gibt?", wollte Michael resigniert wissen. „Vielleicht können wir sie finden und das Thema lösen. Ohne Konflikte für beide Seiten", sagte er trocken.

Emilio schaute ihn an und ehe er antwortete, breitete sich auf seinem Gesicht Stück für Stück ein Lächeln aus. Michael rann ein kalter Schauer über den Rücken.

„Eine Freundin aus ihrer Vergangenheit, Herr Anwalt, Piper Galloway."

KAPITEL 7

Piper hatte dank Delaney eine Wohnung zu einem guten Preis gefunden. Jetzt war sie sicherer oder zumindest erwartete Rachel das. Sie hatte Piper gebeten, ihr alles zu sagen, was passierte und wenn sie erneut die Hilfe der Polizei für ihren Zeugenschutz bekommen konnte, dann sollte sie das tun. Immerhin hatte Piper sich ihr nicht widersetzt und jetzt war ihr ein Polizist zugeteilt worden, der ihr rund um die Uhr zur Seite stand, bis Gordov im Verhörsaal der Polizei saß und sich solide Beweise für seine Festnahme gefunden hatten.

Mit dem Gedanken daran und den Hass, dass ihre Schwester weiterhin mit den Geistern ihrer Haft leben musste, zog Rachel sich für das Abendessen heute Abend um. Nachdem sie sich Tage nicht mehr gesehen hatten und kaum am Telefon miteinander gesprochen hatten, hatten sie und Michael sich endlich auf einen Tag für ein Date geeinigt.

Sie wusste nicht, ob sie wegen des Gedankens, Michael zu verführen aufgeregt war oder aus Angst, dass ihr Plan ihr aus den Händen gleiten könnte. Sie konnte sich nicht gerade als Expertin in der Liebe bezeichnen. Ja, sie hatte ein paar leidenschaftliche Zusammentreffen gehabt, aber nicht ausreichend genug, um die Erwartungen eines Mannes zu erfüllen, der wahrscheinlich ausreichend Übung hatte, um sie zu beeindrucken.

Sie wollte nicht klein beigeben. Sie würde nutzen, was sie zur Verfügung hatte. Wenn sie etwas in der Vergangenheit gelernt hatte, dann war es ihre Stacheln auszufahren, wenn es nötig war.

Sie fuhr sich mit den Händen über den weichen Stoff des schwarzen Kleides und zog es zurecht. Auf Brusthöhe trug es kleine glänzende Ornamente, die wie eine Spur von Miniatur-Sternbildern aussahen. Der Stoff des Kleides mit V-Ausschnitt reichte ihr bis zu den Knien. Der BH war trägerlos, da ein Teil des Rückenteils des Kleidungsstücks unbedeckt war. Das Höschen war ebenfalls schwarz, aber aus Seide wie ein Bikini.

Sie trug einen Strumpfhalter. Ja, das war die perfekte Gelegenheit für einen. Das einzige Merkmal der Dunkelheit, das die Kleidung an diesem Abend kennzeichnete, waren die roten Strumpfbänder. Sie fühlte sich gewagt. Rachsüchtig. Sinnlich. Es war eine Mischung, welche die Erwartung erhöhte, was bei dem Abendessen passieren könnte oder nicht.

Sie nahm einen roten Schal und legte ihn sich um den Hals. Dann zog sie sich einen leichten Pullover an und darüber einen dicken Wintermantel. Anstatt Stiefel trug sie hochhackige Schuhe der Marke Miu Miu. Ein wenig Luxus, aber sie genoss es.

Sie trug ein wenig Rouge, Lippenstift und ein wenig blauen Eyeliner auf, um die Farbe ihrer Augen hervorzuheben. Das war der Effekt, den sie haben wollte: Eine Mischung und Wirkung aus sinnlich und unschuldig.

Die Klingel ertönte, während Rachel sich konzentriert im Spiegel anschaute. Sie zuckte zusammen und legte sich die Hand aufs Herz. Ein pünktlicher Anwalt dachte sie sarkastisch, ehe sie ihre schwarze Tasche nahm und ging.

„Veronika", sagte Michael zur Begrüßung.

Der Klang seiner Stimme verursachte ihr eine Gänsehaut und die Härchen stellten sich durch den Stoff auf ihrer Haut auf und es war wie eine nackte Liebkosung. Sie zitterte. Sie hatte sich noch nicht daran gewöhnt, dass er sie so nannte, aber es gefiel ihr. Als wenn sie ein verbotenes Spiel spielte. Und irgendwie war es das ja auch.

„Hi, ich komme gleich ..."

„Ich wollte dich fragen, ob ich einen Moment hochkommen kann", unterbrach er sie.

Rachel musste schlucken.

„Klar komm hoch. Zwölfter Stock", sagte sie. Sie drückte auf den Knopf, damit sich die Haupttür des Gebäudes öffnete und Michael den Fahrstuhl nehmen konnte. Am Tag nach ihrem ersten Treffen mit der Familie Whitmore hatte Rachel Saul dem Mann an der Rezeption angewiesen, dass, wenn Michael Whitmore nach Veronica Marsh fragte, er sie damit meinte. Bei dem fragenden Blick von Saul zwinkerte sie nur und dankte ihm. Warum sollte sie ihm eine Erklärung geben?

Michael glaubte nicht, dass er sich noch länger von Veronica fernhalten könnte. Nach diesem schrecklichen Tag im Büro wollte er nicht freundlich zu Menschen und Restaurantangestellten sein, obwohl er ihr versprochen hatte, sie zum Abendessen auszuführen.

Der Gedanke, sich wieder mit dem Mädchen Galloway abgeben zu müssen, wenn auch indirekt, drehte ihm den Magen um. Das war damals eine verhängnisvolle Zeit gewesen und es war Jahre her. Piper war viel zu jung gewesen, um ihr Leben so zu verschwenden. Die Gerechtigkeit hatte gesiegt, ja, obwohl ihn das Gefühl nicht losließ, ihr die Jugend gestohlen zu haben.

Als Veronica die Tür öffnete, hechelte Michael beinahe mit ausgestreckter Zunge. Was für eine Frau. Sie war eine Wucht. Nur ihr Anblick ließ ihn all das vergessen, was im Büro passiert war. Er musste alle seine Sorgen vergessen und Veronica war perfekt für diesen Zweck.

Die übermütige Rothaarige schaffte es, seine Vorsicht zu untergraben. Nicht einmal bei Ingrid, seiner Ex-Frau, war die Anziehungskraft bei der Begegnung mit ihr so stark wie bei Veronica. Etwas sagte ihm, dass die Verbindung, die er mit ihr spürte, ihm bekannt vor kam. Oder vielleicht war das der Stress des Tages.

„Du siehst toll aus", sagte er ehrlich.

„Danke du auch", antwortete sie und hielt sich mit Worten zurück, die ihn vielleicht besser beschrieben hätten, aber sie wollte sein Ego nicht aufwerten. Denn wer sagt denn, dass GQ nur auf Laufstegen und Fotoshootings modelt? Hier vor ihr stehend mit seinem Anzug ohne Krawatte und drei offenen Knöpfen an seinem Hemd, machte Michael Whitmore den Eindruck, dass er für eine Frauenzeitschrift posierte. Aber er war allein. An der Tür ihrer Wohnung. Er wartete auf sie. Auf sie. „Kann ich dir etwas zu trinken anbieten?", fragte sie ehe, sie ihn einlud hereinzukommen und die Tür hinter ihm schloss.

„Wenn du Whisky hast, wäre das schön", antwortete er und folgte ihr ins Wohnzimmer.

„Wie wäre es mit Wein?", fragte sie unschlüssig. Sie trank keinen Whisky, aber ein guter Wein half ihr den Stress abzubauen, wenn es unerträglich wurde.

Michael lächelte.

„Eine ausgezeichnete Option. Danke."

Sie nickte und ging in die Küche.

Der Blick des Anwalts fuhr durch ihre Wohnung. Es war gemütlich. Der Boden war aus Parkett. Zentralheizung. Er kannte die Gegend. Sie war sicher und einige Gegenden darum herum waren sehr teuer. Die Gegend war nicht so weit entfernt von seinem Haus in Lincoln Park.

Es freute ihn, ein Regal zu sehen, dass voller kleiner bunter Elefanten war. Anscheinend hatte sie eine Sammelleidenschaft, denn die vier Regalbretter waren voll. Es gab auch ein Foto vermutlich von ihren Eltern, als sie jung waren mit zwei Kindern. Er wollte aufstehen, um es sich genauer anzusehen, aber Veronica kam bereits zurück.

„Hier bitte, setz dich doch", sagte sie und überreichte ihm ein Glas Wein. Er lehnte sich an das Sofa und nahm einen Schluck. „Du siehst so ernst aus. Gibt es etwas Neues von deinen Neffen?"

Er schüttelte den Kopf.

Veronica machte es sich an seiner Seite bequem, auch wenn sie ein wenig Distanz beibehielt.

„Die Zwillinge sind in guter Form und erholen sich. Meine Nichte Galia spielt freiwillig Krankenschwester, sie liebt ihre Brüder. Und jetzt, wo ich heute Abend mit dir zusammen bin, kann es gar nicht mehr besser werden", sagte er und schaute ihr in die Augen. Er trank noch mehr Wein und dann stellte er das Glas auf den Tisch. Als er bemerkte, dass Veronica einen beträchtlichen Platz zwischen ihnen gelassen hatte, lachte er. „Ich beiße nicht", witzelte er.

Sie erwiderte die Geste, aber innerlich fühlte sie sich unbehaglich. Sie fühlte sich, als würde sie versuchen, einem Pfau nachzueifern, obwohl sie in Wirklichkeit ein gewöhnlicher wilder Schwan war. Wie lange würde sie es schaffen, diese selbstgefällige Haltung beizubehalten? Sie konnte in Michaels Blick sehen, dass er sie wollte. Es lag an ihr, ihren Mut zusammenzunehmen. Die Show hatte begonnen.

„Ich weiß", antwortete sie. „Wenn wir uns verspäten, dann verlieren wir unsere Reservierung oder ist das eine Art Restaurant, das die Reservierung auch noch länger aufrecht hält?"

Er schaute sie an. Und sagte nichts. Dann näherte er sich ihr. Sie rührte sich nicht. Sie konnte es nicht. Sie war in die Ecke gedrängt und auch wenn sie gekonnt hätte, ihre Beine und ihr Körper wollten sich dieser Anziehungskraft des nächsten Schrittes von Michael nicht verwehren.

Er nahm ihr das Glas aus der Hand und stellte es zur Seite. Er konnte das blumige Parfüm von Veronica riechen. Die blauen Augen glänzten vor Überraschung, als die Distanz zwischen ihnen nur noch wenige Zentimeter betrug. Michael war der sehnsuchtsvolle Blick der Frau nicht entgangen. Er hatte ein kleines Deja Vu. Er hatte das Gefühl, als hätte er diese Situation schon einmal erlebt. In einem anderen Moment in seinem Leben.

„Ich glaube, den Besitzern des Restaurants ist es egal, Veronica. Aber weißt du, wen es interessiert, wenn ich dich nicht jetzt gleich küsse?", murmelte er praktisch über den rosafarbenen Lippen.

„Michael ...", hauchte sie umgeben von dem männlichen Parfüm, das mit einem Hauch Aftershave vermischt war. Die Wärme seiner Stimme verzauberte sie.

„Genau", sagte er leise und streckte seine Hand aus, um die weiche Wange zu streicheln. „Und du meine Schöne Veronica, bedeutet es dir auch etwas?"

Was sie in diesem Moment sagte, sollte den weiteren Verlauf ihrer Beziehung verändern. Es war der Moment gekommen, auf Delaney zu hören. Sie hatte ihr gesagt, dass das Leben sich mit der Zeit rächen würde und dass es sie nichts anginge, was Piper getan oder nicht getan hätte, geschweige denn der Prozess und seine Höhen und Tiefen. Sie hatte sie gebeten, den Anwalt in Ruhe zu lassen, außer sie fühlte sich wirklich von ihm angezogen und es hatte nichts mit Rache zu tun. Rachel dachte nicht mehr an Delanys Worte. Sie würde nie verstehen, wie man sich fühlte, wenn einem alles genommen wurde.

Michael sollte auf seinen Platz verwiesen werden. In diesem Fall musste sie ihr Ziel weiter verfolgen. Sie musste sein Vertrauen gewinnen und anschließend, Schritt für Schritt seine Grenzen kennenlernen. Wenn sie währenddessen auch noch Spaß hatte, dann war das gut, aber sie dachte nicht daran, das Ziel aus den Augen zu verlieren. Sie war eine pragmatische Frau und so würde sie auch weiterhin ihr Ziel verfolgen.

In dieser Sekunde mit diesem glühenden Blick von Michael dachte sie nur noch an das Kitzeln seiner Lippen und an den Wunsch, ihn zu küssen. Ihre Brüste waren schwer und die Brustwarzen hatten sich gegen den Stoff des trägerlosen BHs gestellt. Das leichte Gefühl von Nässe zwischen ihren Beinen war echt sowie das verrückte Schlagen ihres Herzens. Sie hatte das Gefühl, als hätte man die Zeit zurückgedreht und dieses Mädchen mit neunzehn Jahren würde endlich das bekommen, was sie in dem Moment, als ein jüngerer Michael sie küsste, gewollt hatte.

„Es bedeutet mir etwas ... viel", sagte sie und war ganz verliebt in diese grünen Augen.

Michaels Antwort raubte ihr den Atem. Er berührte ihre Lippen mit seiner Zunge und knabberte daran, dann drang er zu Rachels erstaunter Miene in den Hohlraum ein, der die Geheimnisse ihrer Küsse enthielt. Der Geschmack seiner Sehnsüchte und die Verführung seiner Zunge.

Sie hatte bereits erlebt, wie es war, wenn man völlig betrunken war, dennoch konnte Rachel sich nicht daran erinnern, gefühlt zu haben, wie die Welt um sie herum verschwand, die Geräusche der Straße existierten nicht mehr, und sie konnte nur noch das Geräusch keuchenden Atems hören, der in einem unerbittlichen Kuss verschmolz.

Mit sanften Fingern entfernte er ihren roten Schal. Sie half ihm mit dem Rest der Kleidung, ohne aufzuhören, ihn zu küssen. Der Mantel fiel, dann der Pullover und dann hatte sie nur noch das Kleid an. Gierig und mit Sehnsucht steckte Rachel ihre Finger in das weiche Haar von Michael und klammerte sich an den vibrierenden Rhythmus ihrer glühenden Lippen. Sie spürte die warme Hand über ihre Schultern fahren und dann über ihren Rücken zum Verschluss des Kleides.

„Oh Gott", rief er ungläubig. „Und du wolltest so mit mir in ein Restaurant gehen?"

Sie musste lachen.

„Ich habe damit gerechnet, dass wir das Restaurant nach dem ersten Gang verlassen." Er ließ sie los. Er betrachtete die vollen weiblichen Lippen. „Ach ja?", fragte sie kokett.

„Und zwar ziemlich Veronica", wiederholte er, während er die eleganten Finger der Frau betrachtete, die sein Hemd öffneten. „Es sind Tage vergangen und ich habe meine Arbeit gehasst, weil ich dich nicht sehen konnte. Ich bin verrückt nach dir."

„Mmm ... dann werde ich dafür sorgen, dass du weißt, da es mir genauso geht", gab sie zu, ehe sie das Hemd öffnete und mit vollen Händen über den breiten Körper Michaels fuhr. Sie berührte ihn bewundernd. Er war ein schöner Mann und so männlich.

Michael fühlte sich in dem Takt dieser weichen Hände gefangen und sein Glied pochte an dem Stoff seiner Hose. Er konnte keine Zeit mehr mit Vorgeplänkel verschwenden, auch wenn er es sich wünschte. Er wollte aber auch nicht wie ein Flegel wirken, aber Veronica war unwiderstehlich. Nicht ohne Bedauern unterbrach er den warmen Kontakt, nahm ihre Hand und keuchte, als er endlich den Strumpfgürtel bemerkte.

„Dein Schlafzimmer?", fragte er und nahm sie in seine Arme. Diese Geste ließ Rachel in Gelächter ausbrechen. „Ich glaube nicht, dass da irgendetwas komisch ist?"

Sie wies auf den Flur und dann nach rechts. Die zweite Tür neben dem Arbeitszimmer.

„Du bist wie ein Höhlenmensch."

Mit der Schulter drückte Michael die Tür auf.

„Ich fühle mich gerade sehr primitiv mit dir, Veronica", sagte er mit rauer Stimme, ehe er sich mit ihr aufs Bett legte. Das Hemd war im Wohnzimmer geblieben. Sein Oberkörper war nackt und die Reibung des Stoffes des schwarzen Kleides an seiner Haut war ein interessantes Gefühl. „Jetzt ziehen wir mal diese Kleidung aus", murmelte er und küsste ihr Schlüsselbein. Sie bog unbewusst den Rücken durch. „Ah ein sensibler Punkt."

„Ziemlich sensibel ...", antwortete sie und fuhr mit ihren Fingernägeln über den muskulösen Arm bis hin zu den Schultern. Er war so stark. „Ich mag deinen Körper."

„Und ich mag Frauen, die so offen ihre Meinung kundtun", antwortete er und zog den Reißverschluss ihres Kleides herunter. Rachels Hüften bewegten sich und halfen ihm, bis sie nur noch ihre Unterwäsche anhatte. Er pfiff anerkennend, während er sich eilig die Schuhe auszog. Dann zog er auch Rachels Schuhe aus und warf sie auf den Boden.

„Küss mich", bat sie inmitten der weißen Laken liegend.

Michael verlor sich in dem Geschmack dieser Frau, die seinen Willen wie Ikarus zur Sonne fliegen ließ. Er hatte das Gefühl, den Himmel erreichen zu können mit dem Schwung, welche die Möglichkeit des bevorstehenden Vergnügens erzeugte. Rachels Händen fuhren zu seinem Gürtel und zog ihn unter Lachen und Küssen ab. Michaels Hose wurde bald darauf dasselbe zu teil.

Beide betrachteten sich nackt mit vor Verlangen leuchtenden Augen, schwerem Atem und leicht geschwollenen Lippen. Der südliche Teil von beiden, der primitive und begehrliche, war jedoch verzweifelt. Michael beugte sich zu ihr, um sie zu küssen, machte es sich zwischen ihren Beinen bequem und trennte langsam mit seinen Händen ihre Schenkel. In einer Art Reflex umfassten Rachels Beine die männliche Hüfte. Er bewegte sich gegen die Weichheit, die er spürte, diesen zentralen Punkt, in dem er sich bald verlieren wollte und der noch von dem seidenen Stoff bedeckt war.

„Du bist so sexy Veronica..."

Und jedes Mal, wenn er diesen Namen sagte, erinnerte Rachel sich daran, dass sie nicht zulassen durfte, dass die Sehnsucht sie übermannte. Es gab einen Grund, warum sie verführt wurde und warum sie sich verführen ließ. Das sollte sie nicht vergessen, auch wenn sie das nicht davon abhielt, es zu genießen.

„Du auch", flüsterte sie und verlor sich in der Hand, die ihr in diesem Moment den Schlüpfer vom Leib riss und die Strumpfbänder wegwarf. Die große warme Hand fuhr über ihre Hüften und anschließend zum BH. „Oh", keuchte sie, als er ihre linke Brustwarze berührte. Er streichelte sie vorsichtig, ehe sein Mund die Finger ersetzte.

„Lecker ... das ist besser als der Nachtisch." Er fuhr mit der Zunge über den Warzenhof und anschließend saugte er fest an einer Brustwarze. Rachels Hüften schlackerten und ihr Kopf fiel nach hinten, während ihre Fingernägel sich in den muskulösen Rücken Michaels krallten. Mhh ... dich zu schmecken ist wie der Himmel, Veronica", flüsterte er, während er der anderen Brustwarze dieselbe Aufmerksamkeit zu Teil kommen ließ. Seine Hand fuhr über die Brust, die sein Mund feucht hinterlassen hatte. Sein Penis rieb sich an ihrer sensibelsten Stelle. Rachel war so erregt, dass es ihr schon wehtat.

„Ich will ...."

„Ich weiß, Süße, aber wir machen es langsam."

„Ich glaube nicht", keuchte sie und drückte ihre Finger in Michaels Fleisch.

Er lachte nur als Antwort. Rachel keuchte, als sie spürte, wie Michaels Finger zwischen ihren Schamlippen verschwanden. Sie war angeschwollen und feucht vor Begierde. Er bewunderte diese Feuchtigkeit ausreichend, um sie noch feuchter zu machen. Als er sicher war, dass sie bereit war, küsste er sie und dann drückte er seinen Finger in das weiche Fleisch.

Die lustvollen Schreie, die ihr entwichen, ließen Michaels Penis in seiner Boxershorts unruhig pochen. Er hielt die Lust auf, in Veronica zu gleiten und liebkoste sie weiter mit seinen Fingern. Mit dem Zeigefinger und Mittelfinger drang er aus dem feuchten Kanal rein und raus, während sein Daumen mit der Klitoris spielte. Sein Mund übte Magie über ihrem Mund aus, aber ab und zu fuhr er über ihre sinnliche Brüste und ließ gierige Lust durch sie hindurchfahren. Die Geräusche auf seine Liebkosungen machten ihn verrückt.

„Die Boxershorts. Zieh sie aus. Jetzt", drängte sie aber in dem Moment entschied er, seine Bewegungen mit den Fingern zu erhöhen, um sie dorthin zu schicken, wo sie Erlösung fand.

Eine nie gekannte Lust überfiel jede Zelle im Körper von Rachel. Der Orgasmus überflutete ihre Sinne und fuhr wie glühende Lava über ihre Haut. Ihr Schrei erschütterte Michael bis ins Mark, und bevor sie sich von dem blendenden Gefühl erholen konnte, zog er seine Boxershorts aus, beugte sich über die Bettkante, um ein Kondom aus der Hosentasche zu ziehen, und kehrte bald zu ihr zurück.

„Du Heuchler", flüsterte Rachel, als sie das durchtriebene Lächeln Michaels sah.

„Ich wollte sehen, wie du kommst", murmelte er keuchend, „jetzt bereite dich darauf vor, erneut zu fliegen", sagte er, bevor er mit einem genüsslichen Stöhnen zwischen ihre Schenkel glitt.

Die Küsse waren primitiv und fordernd. Die Liebkosungen ihrer Hände drückten, streichelten und machten sich alles, was sie berührten, zu eigen. Michaels Angriffe waren hart und manchmal weich. Sie folgte dem Takt der männlichen Hüften und keuchte, auf der Suche diese Ekstase der Lust zu wiederholen.

Verschwitzt und erregt spürten sie, wie der Höhepunkt kam, als Rachel ihre Fersen gegen Michaels Pobacken drückte und ihn noch tiefer in sich hinein zog. Er drang mit einem besitzergreifenden Angriff tief in sie ein. Er kam bis in Rachels Innerste und füllte sie, wie sie noch nie ein Mann zuvor gefüllt hatte. Sie begann, die hoffnungslose Verlassenheit zu erleben, die vor ihr lag, und versuchte, die scharfe, zynische innere Stimme abzuschütteln, die sich über ihren Glauben lustig machte, dass das, was sie mit Michael teilte, immer noch nur ein Mittel zum Zweck war. Ein letzter Stoß von Michael verdrängte ihre Vernunft und stieß sie stattdessen in den Abgrund, den sie bevorzugte, die sexuelle Befriedigung.

„Veronica", keuchte Michael, während er alles aus sich heraus pumpte und erschöpft und zufrieden zurückblieb.

Der beste Orgasmus seines Lebens.

Michael konnte es nicht anders beschreiben. In seinem Kopf drehte sich alles. Die Finger fuhren über Veronicas weiches Haar. Er atmete ihren Duft ein. Mit dem Gesicht immer noch an ihrem wunderbaren Hals vergraben, stieß er vorsichtig die Luft aus. Sie streichelte ihn ebenfalls.

Vorsichtig löste Michael sich.

Rachel wollte protestieren, aber hielt sich zurück. Sie konnte nicht betteln oder noch etwas außer der Lust fordern. Diese merkwürdige Leere, die sie spürte, als er nicht mehr in ihr war. Wenn sie ehrlich mit sich selbst war, konnte sie die Wahrheit nicht vermeiden. Das war der beste Sex, den sie je gehabt hatte ... ! Das ließ bei ihr die Alarmglocken klingeln. Sie musste erst mal wieder zu Atem kommen. Wenn er sich von ihr löste, würde ihr das helfen. Wer wollte schon Umarmungen und Kitsch? Sie nicht auf keinen Fall. Jedenfalls nicht von Michael.

„Die Toilette?", fragte er und holte sie aus ihren etwas widersprüchlichen Überlegungen.

Rachel zeigte mit dem Finger auf eine Tür in der Ecke ihres Schlafzimmers. Ehe er sich erhob, beugte Michael sich herüber und gab ihr einen Kuss auf die Wange.

„Ich komme gleich wieder Schatz."

Sie blieb liegen und schaute an die Decke.

Sie hatte das Gefühl, als wenn ein Hurrikan über ihren Körper gefegt wäre. Es gab nicht eine Stelle auf ihrer Haut, die er nicht geküsst hatte. Er verhielt sich großzügig und schien es zu bevorzugen, ihr Lust zu verschaffen und anschließend sich selbst. Das hatte sie nicht von Michael erwartet. Natürlich war sie darauf vorbereitet gewesen, einen Mann im Bett zu haben, der zuerst seine Lust befriedigen wollte und anschließend, wenn möglich seine Liebhaberin.

Sie hörte das Wasser laufen. Ein paar Minuten später kam Michael, der sich nackt sehr wohlzufühlen schien, wieder an ihre Seite. Ehe sie noch etwas sagen konnte, küsste er sie. Ein langer und leidenschaftlicher Kuss.

„Alles in Ordnung?", fragte er, ehe er sich hinlegte und Veronica an seine Seite zog. Sie war eine sehr empfängliche und sensible Frau. Sie in seinen Armen zu halten, war, als wäre man in den schönsten Samt gehüllt.

„Mehr als in Ordnung, das weißt du", antwortete sie und liebkoste ihre Wange. „Es war toll."

„Das beschreibt es gar nicht richtig" murmelte er und betrachtete sie. „Kann ich dir etwas beichten Veronica?"

„Klar."

„Ich weiß nicht, warum ich das Gefühl habe, dass ich dich kenne."

„Es gibt viele Personen, die glauben, mit dem Sex baut sich eine bestimmte Verbindung auf", sagte sie vorsichtig. Sie versuchte sich nicht anzuspannen. „Meinst du nicht?"

„Vor vielen Jahren habe ich ein Mädchen kennengelernt, dass rotes Haar hatte wie du", fuhr er mit einem Ton fort, der eine bestimmte Nostalgie enthielt." Vielleicht glaube ich das nur, denn die Ereignisse in der Nacht waren ein wenig konfus. Damals war sie ein frischer und unschuldiger Hauch“, sagte er und streichelte zärtlich ihre Schulter. Sie versuchte bei seiner Liebkosung nicht zu zittern. „Irgendwie sehe ich etwas von ihr in dir. Ohne dich beleidigen und erst recht nicht vergleichen zu wollen." Rachel neigte den Kopf, als wenn er etwas Dummes gesagt hätte. „Wahrscheinlich schweife ich nur ab", witzelte er. „Du hast recht, wenn du mich so verwirrt ansiehst ..."

Rachel runzelte die Stirn. Ihr Herz pochte. Obwohl sie sicher war, dass er nicht wissen konnte, wer sie war ...

„Und ist deine Erinnerung noch lebendig?", fragte sie und fuhr mit ihrem linken Daumen Michaels Augenbrauen nach.

Michael streichelte ihre Wange.

„Manchmal glaube ich, wenn ich sie wiedersehen würde, würde ich sie erkennen."

„So sehr hat sie dich beeindruckt?"

Mit einer schnellen Bewegung schob er sie unter sich und legte seine Hände an ihre Hüften. Im Gegensatz zu anderen sexuellen Erfahrungen fühlte sie sich wohl mit ihrem nackten Körper und vor Michael.

„Ich habe sie kennengelernt, als mein Leben ein Desaster war. Sie kennenzulernen war wie ein frischer Wind in meinem Leben." Er beugte sich hinunter und berührte mit seiner Nase Rachels. „Genauso wie es mir mit dir passiert ist."

„Warum war das so eine schlimme Zeit in deinem Leben?", wollte sie wissen. Das war es was Rachel schon vor einem Jahrzehnt hatte wissen wollen von diesem Fremden, der ihre emotionale Welt für ein paar Stunden durcheinandergebracht hatte, nur um sie dann fallen zu lassen. Wie ein schlechter Scherz.

Michael presste den Kiefer zusammen. Er teilte nicht gerne private Themen mit seinen Freundinnen, aber etwas an diesem Mädchen brachte ihn dazu, das zu tun. Er wollte ihr vertrauen. Seine berufliche Seite, der Anwalt in ihm würde ihn wahrscheinlich schlagen, weil er so dumm war und nicht besser die Seiten betrachtete. Aber er hatte keine Lust mehr, alles zu rationalisieren.

Seine Beziehungen waren heiß im Bett, aber kalt außerhalb davon. Aus diesem Grund und weil so viele Jahre vergangen waren, hatte er das Gefühl, das es Zeit für eine feste Beziehung sei. Heiraten jedoch nicht. Ingrid hatte bei ihm Spuren hinterlassen. Dennoch wäre eine Beziehung ein guter Schritt. Und er hatte das Gefühl, dass er das mit der Rothaarigen beginnen könnte. Ihm gefiel ihre Ehrlichkeit und Offenheit. Er dankte dem Universum, dass die Firma dieser Delaney die Adressen verwechselt hatte und Veronica direkt zu ihm nach Hause geschickt hatte.

„Ich wurde geschieden. Ich habe die Firma meiner Familie verlassen und das hat mich von meinem Vater und Opa distanziert ..."

Sie runzelte die Stirn. Sie fuhr mit ihren Fingern über Michaels Haar.

„Wegen deiner Scheidung?"

„Es war eine Mischung aus verschiedenen Situationen. Ich habe mich entschieden, eine Auszeit von Chicago zu nehmen. Ich bin an den Strand gefahren. Ich habe dort ein Eigentumshaus, das mir meine Oma mütterlicherseits hinterlassen hat, als ich klein war. In Maine. Meinem Bruder Douglas hat sie eine Ranch in Kentucky hinterlassen.

„Ich verstehe..."

„Wirklich?", fragte er mit einem Lächeln.

Sie nickte.

„War die Scheidung so schlimm?"

„Ich glaube Ingrid und ich waren ziemlich leichtsinnig, als wir geheiratet haben. Wir waren jung. Uns lag die Welt zu Füßen, aber ich konnte in ihr nie das Gefühl beseitigen, das sie sich eingesperrt und eingeschränkt fühlte, weil mein Job plötzlich so anspruchsvoll wurde."

„Wart ihr lange verheiratet?"

Er schüttelte den Kopf.

„Drei Jahre. Anscheinend ausreichend Zeit dafür, dass Sie sich entschied, sich besser mit einem Kollegenanwalt im Bett zu vergnügen, ehe mir direkt zu sagen, was sie braucht", sagte er und klang enttäuscht.

„Ohje, das tut mir leid, Michael."

„Das ist Vergangenheit."

„Dann mochten deine Eltern deine Ex-Frau so sehr, dass sogar deine Familie beleidigt ist."

„Nein, ... das mit meiner Familie hat nichts mit Ingrid zu tun, sondern mit einem Fall, mit dem ich mal zu tun hatte. Ich habe früher Strafrecht bearbeitet. Jetzt mache ich Banken und Finanzen."

„Was war das für ein Fall ...?", fragte sie höflich, aber nicht so interessiert, wie sie es eigentlich war. Sie wollte alles wissen.

Michel seufzte.

„Eine ziemlich junge Drogenhändlerin, die ihr Leben verpfuscht hat." Ehe Rachel noch genauer nachfragen konnte, schlossen Michaels Lippen ihre. „Lassen wir die Vergangenheit. Du bist meine Gegenwart und ich möchte meine Zeit genießen", murmelte er an diesen provokativen Lippen. „Außerdem gibt es noch Interessanteres, was wir heute Nacht noch machen können."

Sie lachte. Es war ein angespanntes Lachen, weil Michael ihr gerade bestätigt hatte, dass er der Schuldige für Pipers Gefängnisaufenthalt war. Ein Teil, bei dem sie sich gewünscht hatte, er wäre unschuldig. Es gab kein Weg zurück. Er hatte angefangen, sich ihr gegenüber zu öffnen. Schritt für Schritt und dann könnte sie einige von Michaels unerledigten Dingen aufdecken und sie zu ihrem Vorteil nutzen.

„Ich freue mich darauf, die kennenzulernen." Er warf ihr ein kokettes Lächeln zu. „Auf jeden Fall hast du jetzt die Antwort, dass es sich nur um ein ähnliches Gefühl handelt, das du mal mit einer Frau erlebt hast und deswegen glaubst du mich zu kennen", sagte sie.

Michael biss sich auf die Innenlippe und zog mit seinen Zähnen daran. Dann fuhr er wieder über ihren Mund und kostete ihn intensiv aus. Erschöpft und erneut erregt zitterte sie und sie betrachteten sich intensiv. Ihr Blick enthielt außer Leidenschaft auch Entschlossenheit. Der von Michael Lust und heiße Versprechungen.

„Vergleich dich mit niemanden Veronica. Du bist einzigartig und ich möchte, dass du es erneut fühlst", sagte er nachdrücklich. Er beugte sich hinüber, damit sie spürte, wie seine Erektion hart wurde. „Was hältst du von einer guten Fortsetzung dieses Abends?", fragte er und leckte über eine Brustwarze und schaute sie mit seinen durchdringenden grünen Augen an.

Rachel stieß ein sehnsuchtsvolles Keuchen aus und wandt sich in den Laken. Die Wärme, die Michaels Körper ausstrahlte, breitete sich in ihr aus wie ein Lauffeuer.

„Das ist die beste Fortsetzung, die ich seit langer Zeit hatte", grinste sie. Und das war nicht gelogen.

KAPITEL 8

Der einzige Hinweis, den ihre Bettlaken von dem Sex bis in die frühen Morgenstunden preisgaben, war Michaels Duft. Eine tödliche Kombi aus teurem Parfüm und Männlichkeit. Mit einem Lächeln auf dem Gesicht streckte Rachel die Hand aus und streichelte die leere Seite ihres Liebhabers. Sie hatte ihn vor ein paar Stunden geweckt, weil sie einen dringenden Termin hatte. Er hatte sich mit einem Kuss verabschiedet, der lauter Versprechungen enthielt.

Sie rieb sich die Augenlider.

Heute Morgen hatte sie ein Meeting mit Paul. Der Vertrag, weswegen sie nach Washington D. C. gefahren war, schien sich zu konkretisieren und es sollte eine endgültige Revision des Angebots erfolgen. Da sich die Materialkosten verdreifachen können, war es wichtig, einen Lieferanten zu haben, der Qualität und Produkte zu Großhandelspreisen anbietet. Der örtliche Lieferant wäre nicht in der Lage zu liefern, da die Bestellung des südafrikanischen Kunden kontinuierlich und in Mengen erfolgen würde, die die vierteljährlichen Rekorde, die das Unternehmen gewohnt war, übertreffen würden.

Faul stand Rachel auf und ging ins Bad, um zu duschen.

Die Erinnerung daran, was sie und Michael heute Morgen getan hatten, überfiel sie wie eine Schutzwolke. Sie fuhr sich mit der weichen Seife, die nach Rosen duftete, über den Körper. Als ihre Hände über ihre Brüste glitten, streichelte sie sie und drückte ihre Brustwarzen mit den Fingern und dachte daran, wie er sie noch vor Stunden liebkost hatte ...

„Was zum Teufel. Lass den Quatsch, Galloway", sagte sie laut zu sich selbst. Sie nahm die Shampooflasche und wandte eine großzügige Menge auf ihrem Haar an. Sie rieb sich den Kopf, als wenn es kein Morgen gäbe und versuchte, ihre Wut an ihrem Haar auszulassen, weil sie etwas wollte, von dem sie wusste, das es nur zeitweilig war und nur ein einzelnes Ziel hatte.

Als sie ins Büro kam, ging Rachel beschwingt in das Büro des Chefs.

Elegant und überzeugt von sich selbst war Paul Eckhart ein großzügiger und bewusste Chef, aber gleichzeitig erlaubte er keinem Angestellten aus dem Blick zu lassen, dass er derjenige war, der hier das sagen hatte. Die großen Fenster des Büros machten den Saal trotz des düsteren Winters in der Stadt hell. Das schwache Licht und die Heizung kombiniert mit der Deko erzeugten ein Luxusambiente, das dennoch gemütlich war.

„Paul?", rief Rachel von der Tür aus.

Er war am Telefon, aber machte eine Geste mit der Hand, damit sie hereinkam. Sie machte es sich auf einem blauen Sessel vor Paul bequem. Rachel war gespannt auf die Nachrichten bis er endlich fünfzehn Minuten später den Anruf beendete.

„Rachel, es tut mir leid. Hast du den Kostenvoranschlag mitgebracht?", fragte er lächelnd. Pauls Augen hatten die Farbe von Benzin, ebenso wie sein modisch geschnittenes

Haar. Seine Erscheinung war imposant, aber nicht so, dass er seine Lieblingsuntergebene in den Wahnsinn treiben würde.

Sie nickte zustimmend. Dann holte sie den Ausdruck der Archive hervor.

„Ich habe dir die Informationen an deine Mail geschickt, aber ich habe sie für mich ausgedruckt, damit wir die Daten zusammenstellen können." Paul öffnete das Archiv auf seinem Computer. „Wie du siehst, haben wir es geschafft, die Investitionskosten für die Materialien zu reduzieren, aber nicht die Menge der Klienten. Wir werden die Qualität unserer Produkte weiterhin beibehalten, und wenn wir das Geschäft mit Südafrika jetzt abschließen, wird es für uns von Vorteil sein, einen neuen Lieferanten zu beauftragen, um die Produktion gleichmäßiger zu verteilen, die Kosten für die Kunden niedrig zu halten und unsere Gewinne zu verbessern."

Sie redeten noch fast eine halbe Stunde. Nicht nur über die Arbeit, Kostenvoranschläge und Strategien, sondern auch über jeden der sieben Fachkräfte, die unter Rachel arbeiteten. Zwei Tassen Kaffee und ein wenig Pasta später lehnte Paul sich in seinem Stuhl zurück und lächelte.

„Ich bin immer wieder überrascht von deiner Fähigkeit, alles perfekt zusammenzufassen und zu erklären.

Sie nickte unbehaglich wegen des Lobs.

„Deswegen hast du mich doch unter anderem angestellt, nehme ich an", antwortete sie. Sie wusste, dass Paul sehr einschüchternd sein konnte, wenn er wollte, und auch gefiel es ihm nicht, dass seine Angestellten und besonders die, die ein Team unter sich hatten, wie Rachel, den Kopf einzogen oder vor einer Herausforderung zurückschreckten. Ihm gefiel die Direktheit. Und das war eine Eigenschaft, welche die junge Ingenieurin bei Geschäftsverhandlungen bewunderte. „Bist du mit den Zahlen im Vergleich zu der im letzten Jahr umgesetzten Strategie zufrieden?"

„Auf jeden Fall und ich glaube, dass die Veränderungen, die du in diesem Fall gemacht hast, die Ergebnisse gebracht hat, die ich dir gerade erklärt habe. Ach ja, Rachel, es gibt eine weitere Reise."

„Südafrika?", fragte sie und runzelte die Stirn. Sie reiste für gewöhnlich zu Meetings in verschiedene Städte in Amerika, aber das kam nicht so häufig vor, früher kamen Abwesenheiten bis zu einer Woche häufiger vor.

Er schüttelte den Kopf.

„Las Vegas", sagte er. „Es gibt einen möglichen Teilhaber, der Kapitel einbringen will, das würde uns gut nützen, aber es fehlt uns auch nicht. Es ist ein guter Kontakt unabhängig vom Ausgang des Gesprächs. Es ist nur ein Gespräch, aber du hast eine angeborene Fähigkeit zu wissen, ob man ihm als Unternehmer vertrauen kann oder nicht. Ich würde mich freuen, wenn du mich begleitest. Hast du deine Assistentin mitgebracht?"

Eine Reise. Ohne das ganze Team. Mit Allison, ihrer Assistentin, eine Frau von sechzig Jahren, die lieber früh schlafen ging, als sie zu abendlichen Terminen zu begleiten. Sie wusste, dass Paul nichts tun würde, was sie nicht wollte, aber dennoch ...

„Ist das ein Befehl oder eine Frage?", fragte sie mit einem Lächeln das nichts mit Flirterei zu tun hatte.

Paul beugte sich zu ihr und stützte sich mit den Händen auf den Schreibtisch.

„Eine Frage, Rachel. Ich habe klar gesagt, dass mich deine Begleitung freut, weit über das Arbeitsverhältnis hinaus. Und du weißt auch, dass ich nichts tun würde, was deine Karriere in dieser Firma schaden könnte. Du bist effizient, intelligent und wunderschön. Letzteres hat nichts mit deinem Berufsprofil zu tun auch nichts damit, dass ich dich angestellt habe. Und das Vorherige ist eine Frage, weil ich, sobald wir das Meeting mit diesem Unternehmer verlassen, die Absicht habe, dich zum Abendessen einzuladen. War ich klar, direkt und ehrlich?"

Rachel konnte nicht anders und musste lachen. Vielleicht war es das, was sie an Paul reizte. Sie hielt es nicht für gut, mit einem Mann zu schlafen und mit einem anderen auszugehen.

„Wie immer", antwortete sie, „kann ich nicht." Sie wollte ihrem Chef nicht ihr Privatleben erzählen, aber sie wollte das Thema der gegenseitigen Anziehung ein für alle Mal vom Tisch haben. „Ich würde gerne ja sagen Paul, aber mein Beruf ist wichtig für mich und ich möchte nicht, falls etwas schief läuft, in eine Firma kommen, in der ich statt Motivation nur Tortur erlebe."

Paul war eine Weile ruhig.

„Ich wollte es zumindest versuchen", sagte er mit breitem Lächeln. „Du verdienst eine Lohnerhöhung wegen deinem ausgezeichneten Arbeitseinsatz im letzten Jahr. Ich werde der Personalabteilung eine Nachricht schicken. Okay?"

Sie war völlig verblüfft, bis ihr Gehirn wieder einsetzte.

„Okay, danke ..."

„Im Gegenteil." Sein Ton klang gleichgültig und in keinem Moment schien es, dass er von der Ablehnung Rachels enttäuscht war. „Bitte bereite eine Liste mit den letzten Verträgen vor, die wir geschlossen haben und und erstelle eine Prognose auf der Grundlage der Expansionsstrategie des Unternehmens. Nimm Kontakt mit der Abteilung Investitionen und Fusionen auf, sie werden dir vollständige Information über Ausgaben und Einnahmen außerhalb deines Gebietes aushändigen, so können wir diesem Unternehmer aus Kalifornien alles darlegen, falls ich mich entscheide, ihn als Partner aufzunehmen."

„Okay". Das war das vierte Mal in sechs Monaten, dass er sie zum Ausgehen einlud. Und sie war überzeugt, dass es das letzte Mal war.

Sie ging zur Tür und ihr Chef sprach bereits am Telefon mit jemandem auf Französisch, der sicherlich eine zusätzliche Gewinneinnahme für Eckhart Enterprises versprach. Rachel lächelte und schloss die Tür hinter sich.

„Paul ist schon ein Typ für sich."

***

Michael beobachtete den Mann, den er vor sich hatte, gelangweilt. Er versuchte, sich seine Bedenken und sein Misstrauen nicht anmerken zu lassen. Salmann & Buckend verteidigten keine Mafiosos, Drogenhändler oder ähnliche Personen. Der zweite Hauptsozius an Bord, Eugene Matthews, hatte entschieden, die Wahl der Versammlung zu akzeptieren und der Vertrag mit Gordov wurde unterschrieben.

„Hat Eugene Ihnen gesagt, dass der Vertrag, den ich mit dieser Anwaltskanzlei unterzeichnet habe, mit meinen geschäftlichen Aktivitäten im Zusammenhang mit Friseursalons und dem Vertrieb von Schönheitsprodukten zu tun hat? Rechtliche Geschäfte Anwalt Whitmore", sagte er mit einer Stimme, die von übermäßigem Zigarettenrauch zeugte.

Michael hielt eine bissige Antwort zurück.

„Natürlich mein Arbeitsteam geht gerade die Papiere mit einem Anwalt durch, damit sie uns die Informationen weitergeben. Und währenddessen bringen wir uns auf den neusten Stand in der Firma. Können Sie mir erklären, worum es bei den Anschuldigungen von Frau Galloway gegen sie geht? Auf diese Weise können wir uns mit ihr einigen", sagte er mit einer Geduld, die er eigentlich nicht hatte.

„Herr Anwalt, ich möchte keinerlei Gespräche über dieses Ungeziefer führen, dass mich ohne Grund im Gefängnis sehen will. Wie ich bereits sagte, was ich möchte, ist, dass Sie meine Situation mit der Gemeinde durch legale Aktivitäten, die ich ausübe, verstärken, damit die Polizei aufhört, falsche Beweise gegen mich zu sammeln."

„Um ihr Ansehen in der Gesellschaft, insbesondere bei der Polizei, zu erhöhen, darf Frau Galloway nicht eingeschüchtert oder erpresst werden."

„Wollen Sie mir eine Lektion erteilen?"

Michael presste den Kiefer zusammen.

„Meine Aufgabe ist es, sie zu beraten, Herr Gordov. Ich gehe davon aus, dass meine Kollegin Eileen Sie im Voraus über das Für und Wider von Maßnahmen informiert hat, die gegen den Strich der Legalität gehen. Einer der Nachteile ist, dass wir uns verpflichtet sehen würden, den kürzlich unterschriebenen Vertrag ungültig zu machen ...”

Gordov kniff die Augen zu. Anschließend lehnte er sich bequem auf seinem Stuhl zurück. Er öffnete das Revers seines teuren Anzugs in grellem Rotton und nahm eine Zigarre heraus. Er nahm sich Zeit, sie anzuzünden. Er nahm einen Zug und anschließend blies er den Rauch in die Luft hinaus.

„Ich arbeite nur zum Wohlergehen meiner Familie. Ich habe ein Kind von fünfzehn Jahren. Ich möchte ihnen ein Vorbild sein und ein gutes Leben bieten. Meine Frau ist vor zwei Jahren an einer Lungenentzündung gestorben. Warum sollte ich meinem Kind den Vater vorenthalten Herr Anwalt?”

„Ich wollte klar und deutlich zu Protokoll geben, dass ich Ihnen diesen Vorschlag unterbreitet habe.”

Gordov streckte die Hand aus, um in den Aschenbecher zu aschen. Er nahm einen weiteren Zug an seiner Zigarre.

„Um das Thema fallenzulassen, ich möchte gerne, dass Sie einen meiner Mieter benachrichtigen, der das Lokal nicht verlassen will, dass er für vier Jahre gemietet hat und jetzt ist der Vertrag abgelaufen. Natürlich alles legal. Der Mietvertrag wird annulliert durch einer der Klauseln, er hat seit sechs Monaten keine Miete mehr bezahlt. Sie wissen doch, niemand mag es gerne, wenn man sich über ihn lustig macht. Ich möchte es auf dem korrekten Weg machen mit Dokumenten in meinen Händen.”

Michael fummelte an seine Tebaldis Crew 60th White Gold Füllfederhalter herum. Das war eines der kleinen Luxusdinge, die er sich erlaubte. Die Welt der Mafia, besonders diejenigen, welche die Geschäfte steuerten, waren gefährlich. Gordov hatte Verbindungen zu allen gesellschaftlichen Bereichen und diese Verbindungen könnten alle Personen mit einbeziehen.

Er hatte keinen Zweifel daran, dass ein Mann so gerissen, wie er bereits hohe Beamte in hohen Positionen eingeschüchtert hatte. Alle hatten Dreck am Stecken und so ein Typ wie Gordov hatte Informanten, die tief genug gruben, um über Munition zu verfügen, die als Aufhänger und Einschüchterungsmittel dienen konnte.

„Die Anwältin Angelique Cooper wird sich der Dokumente annehmen. Sie wäre die Verbindung und bei mir geht es nur um bestimmte Einzelheiten und eindeutige Betreffs mit Banken und Inversionen."

Gordov nickte und stand auf.

„Wissen Sie, warum ich diese Anwaltskanzlei gewählt habe, Michael? Kann ich Sie beim Vornamen nennen?"

„Natürlich." Er stand ebenfalls auf und rückte sich das Jackett zurecht.

„Ich weiß, dass Sie ein intelligenter Mann sind, Michael, aber Sie wissen auch, wie man mit dem Mädchen Galloway umgeht, wenn es notwendig ist."

„Können wir feststellen, dass ich überhaupt keinen Kontakt zu Fräulein Piper Galloway habe?", sagte er ohne auf die vorherige Anspielung einzugehen. Dachte dieser Rüpel, er hätte es mit seinesgleichen zu tun? Was für ein Typ!

„Wir könnten sagen", drückte Emilio mit herablassendem Tonfall aus, „egal wo sich das Fräulein Galloway befindet, ich habe kein Interesse daran, sie zu finden ... ich will vermeiden, dass die Polizei versucht, mich zu verhaften, als wäre ich ein Krimineller." Letzteres sagte er mit sarkastischem Ton und machte klar, dass er wusste, dass dieses Treffen gefilmt wurde, und auch wenn es nicht so wäre, würde er vor niemanden die Art der Geschäfte, die er machte, zugeben.

„Ich bearbeite keine Fälle in Verbindung mit strafrechtlichen Themen, wie gesagt, ich bin nur hier wegen der Verträge mit Banken und Finanzen. Besonders Letzteres."

„Verstanden. Ich fand es auf jeden Fall sehr lehrreich, Sie zu begrüßen."

„Ein Teil meiner Arbeit ist es, neue Klienten oder diejenigen, die ein Meeting wünschen, zu betreuen. Da Salmann& Buckend Ihre Rechtskanzlei ist, können Sie auf uns vertrauen. Andernfalls wird es uns unmöglich sein, Ihnen zu helfen ... wenn Sie in Zukunft Hilfe benötigen.

Emilio fing an zu lachen. Er war grob. Teuflisch.

„Ich traue nicht mal meinem eigenen Schatten, Michael." Er stützte sich mit einer Hand an der Glastür des Hauptversammlungsraumes ab. „Ich danke Ihnen, dass sie die Präsentation meiner legalen Geschäfte so gut wie möglich repräsentieren. Man muss das beste aus den positiven Sachen machen. Meinen Sie nicht?"

„Jeglichen besonderen Vorfall mit Piper Galloway müssen Sie direkt mit der Anwältin Eileen Roberts klären. Ich bin, wie ich erklärt habe, für die Verwaltung des Bankbereichs zuständig. Das Thema der Verträge müssen Sie mit der Anwältin Cooper klären."

Emilio neigte den Kopf auf eine Seite. Er hatte das Gesicht voller Narben.

„Vielen Dank für die klärende Information."

„Herr Gordov", rief Michael und passte seine Tom-Ford-Krawatte an. Der Angesprochene schaute ihn schlecht gelaunt an. „Als Anwalt dieser Kanzlei sollte ich klar sagen, dass, falls Sie mir irgendwelche Informationen erzählen, die sich mit Aktivitäten, Handlungen oder unrechtmäßige Handlungen in Verbindung bringen lässt, ich die moralische und verfassungsmäßige Pflicht habe, Sie den Behörden vorzuführen."

Der Mann mit spanisch marokkanischer Herkunft näherte sich ihm. Er war viel kleiner als Michael, aber dennoch hatte er eine perfide Aura und Feindlichkeit an sich, die ihn größer erschienen ließ.

„Ich schätze das Leben der Menschen sehr .... Michael. Guten Tag", sagte er. Dann ging er.

Michael stand noch lange da.

Das war eine Drohung, aber er hatte keine Angst. Er schwor sich, sich so gut wie es ging, von Gordov fernzuhalten und von allem, was mit dem Nachnamen Galloway zu tun hatte. Da steckte schon fast ein Fluch hinter.

***

Drei Wochen. Rachel konnte nicht glauben, dass die Zeit so schnell vergangen war. Seit sie Michael kennengelernt hatte, befand sie sich zwischen der Alternative, ihm zu beichten, wer sie war oder ihm zu sagen, dass sie ihn hasste und nichts mehr von ihm wissen wollte oder die Gespräche noch zu vertiefen, um mehr Informationen zu erfahren. Letzteres hätte dafür gesorgt, dass Michael argwöhnisch über ihr Interesse an seiner Vergangenheit werden könnte. Sie sollte nicht vergessen, dass er Anwalt war. Bei dieser Sorte musste man vorsichtig sein.

Während dieser Zeit hatte er sie eingeladen, mit ihm auszugehen. Er stellte sie Kyle Bronson vor, seinem besten Freund und dessen zehnjähriger Tochter, dessen Taufpate Michael war. Sie waren tanzen gegangen und sie war überrascht, dass Michael sogar auf der Tanzfläche geschickt war.

Die Nächte waren eine andere Sache. Die Art, wie sie sich liebten, war jedes Mal intensiver, besitzergreifender und leidenschaftlicher. Sie fühlte sich in seinen Bann gezogen, so wie er sie jedes Mal berührte und sie an ihre Grenzen brachte. Und dann brachte er sie erneut in andere Höhen, die ganze Nacht lang.

Sie hatten schon fast eine Routine gefunden. Sie sahen sich jeden Tag. Am Abend. Michael blieb jede zweite oder dritte Nacht bei ihr und sie blieb manchmal bei ihm. Es gefiel ihr, das Haus kennenzulernen, in dem er lebte. Lincoln Park war eine klassische und einladende Gegend.

Michaels Haus hatte zwei Stockwerke. Die Veranda, welche dazu einlud, den Nachmittag zu verbringen und einige große Zimmer. Es war nicht übermäßig dekoriert. Alles war ordentlich. Michaels Bett war bequem und bot ihnen viel Platz zum Bewegen. Sie hatte entdeckt, dass sie die Gesellschaft dieses Mannes genoss und die Gefühle, die sie dabei erlebte, beunruhigten sie.

Sie war bei ihren Nachforschungen nicht weiter gekommen, obwohl sie versucht hatte, zwischen den Zeilen zu lesen bei den Gesprächen, die sie mit Michael führte. Es war unmöglich, dass dieser Mann so durchschaubar war. Sie hielt das nicht für möglich. Etwas musste er doch haben. Weiterhin ohne Aussicht auf ein Ende als Liebhaberin an seiner Seite zu sein war bescheuert. Sie musste sich eine Frist suchen. Dennoch verursachte nur der Gedanke nicht wieder Sex mit Michael zu haben, ihr einen Schmerz in der Brust. Ja, sie wusste, worum es ging. Es war das Schuldgefühl, weil sie so schnell keine Ergebnisse gefunden hatte. Was sonst?

Andererseits hatte Henry sie vor fünf Tagen angerufen.

Sie waren einen Kaffee trinken gegangen und Henry beichtete ihr, dass er unsicher war, weil sie kaum seine Nachrichten beantwortete. Also entschied sie sich ehrlich zu sein. Sie erzählte ihm, dass sie sich mit jemanden traf und entschuldigte sich, weil sie nicht vorher mit ihm gesprochen hatte. Henry reagierte toll, er sagte, dass der Mann sehr glücklich sein musste.

Und so fühlte Rachel sich hinterhältig. Wann war sie so ein Mensch geworden, der sich nicht um andere sorgte? Wie hatte sie vergessen können, dass Henry und sie miteinander ausgingen? Okay, es gab eine Art Erklärung und die hatte einen Namen, Nachnamen und einigen sexuellen Stellungen, die ziemlich erfinderisch waren ....

„Hey. Bist du bei mir oder auf dem Mond?", fragte Delaney und wedelte mit den Fingern vor dem Gesicht ihrer Freundin.

Rachel schaute Delaney lächelnd an. Außer der vielen Arbeit die sie gerade hatte, war Del nicht für zu viel Spaß zu haben. Immerhin organisierte sie ständig Partys und das war viel Aufwand. Aber wenn sie sich richtig erinnerte, hatte Del gesagt, sie wollte tanzen gehen. Am Dienstagabend!

„Bist du sicher Del? Du hast ein Meeting mit deinem Stammkunden und sicherlich brauchst du deine ganze Vorstellungskraft ... und zwar nüchtern", sagte sie lachend.

Delany verdrehte die Augen.

„Es scheint mir genial, dass Bianca sich alle sieben Monate verloben will, Rachel. Dann macht sie wieder Schluss. Das ist vorteilhaft für meine Firma."

„Dann macht sie einen Junggesellinnenabschied und eine weitere Feier, weil sie diesen Typen verlassen hat, diesen ..."

„Bastard und egoistischer Schürzenjäger", sagen sie beide unter Gelächter.

Sie hatten italienisch bestellt. Canneloni Pangora in einer Käsesoße, die aus vier Sorten bestand. Eine dieser Delikatessen, die sie sich leisten konnten. Zumindest verbrannte Del ihre Kohlenhydrate ziemlich gut und musste sich keine Sorgen machen, dass ihr BH nicht passte. Etwas, was Rachel nicht von sich sagen konnte, aber sie wollte nicht wie diese absurden Frauen auf Wasser und Orange sein und sich ein gutes Essen vorenthalten. Andererseits hatte Michael keine Beschwerden über ihre Kurven, er verehrte sie mit jedem Kuss ...

„Rachel! An was denkst du? Du hast doch gerade erst zwei Gläser Wein getrunken. Es ist ja auch nicht so viel. Oder hast du schon die gute Gewohnheit verloren?"

Am Tisch sitzend mit einem Weinglas in der Hand waren sie viel zu betrunken, um noch motiviert zu sein, auf die Party zu gehen. Rachel gefiel es, mit ihrer besten Freundin mitzuhalten. Sie wusste, das Del schlecht im Trinken war. Nach vier Gläsern war sie zu nichts mehr zu gebrauchen. Und es waren jetzt sechs.

„-Natürlich nicht. Ich trinke regelmäßig, aber ich habe viel zu tun, und manchmal versuche ich einfach herauszufinden, wie ich die Dinge außerhalb des Büros erledigen kann“, log sie.

„Ja. Als wenn ich dich nicht kennen würde. Also was ist los Rachel?", fragte sie und zeigte auf die Gabel voller Pasta. „Erzähle es mir."

Rachel lachte darüber, wie Del die Augen zusammenkniff.

„Ich weiß nicht, was du meinst", wiederholte sie und sah den letzten Bissen auf ihrem Teller an. Es war lecker gewesen. „Es ist schon spät." Sie schaute auf die Uhr an ihrer linken Hand. „Ich muss morgen arbeiten. „Ich gehe in meine Wohnung und gehe schlafen."

Delaney ließ ihre Gabel krachend auf den Teller fallen. Sie stützte die Ellenbogen auf den Teller und anschließend stützte sie ihr Kinn auf die Hand. Sie schaute Rachel argwöhnisch an.

„Einer der Vorteile, halb betrunken zu sein ist, dass man ohne Hemmungen spricht."

„Warst du jemals anders im nüchternen Zustand?", fragte sie lachend.

„Ich habe es gesehen Rachel."

„Hm?"

„Ich weiß, dass es Michael Whitmore ist. Ich habe ihn kommen sehen gegen 11 Uhr abends. Ich habe ihn am Fahrstuhl gesehen. Er kennt mich natürlich nicht. Aber der einzige Knopf, der aktiviert wurde, war im elften Stock. Weißt du, wer in dem Stockwerk wohnt?"

„Del ...."

„Genau. Du. Meine beste Freundin, die mir seit drei Wochen oder wer weiß, wie lange in Wirklichkeit mir ihren neuen Freund vorenthalten hat."

„Er ist nicht ..."

„Unterbrich mich nicht. Ich würde diesen Mann überall wiedererkennen. Weißt du, warum Fräulein Galloway?" Rachel störte sich nicht daran zu antworten. „Weil das einzige Interesse, das du an ihm hast, mit Rache zu tun hat und deswegen bewahrst du auch ein Foto von ihm auf. Aus dieser alten Zeitung vor zehn Jahren. Wie kannst du so etwas aufheben?"

„Und wie kommt es, dass du ihn gesehen hast?", fragte sie wütend. Sie war nie wütend auf Delaney, aber sie wollte nicht, dass solche Details in die Öffentlichkeit gerieten.

„Weil ich einmal bei dir geschlafen und dich weinend vorgefunden habe und du geschworen hast, dass er für all das bezahlen wird, was er dir angetan hat."

„Das ist schon lange her, damals als ich aus Maine zurückgekommen bin."

„Das ist doch egal. Wie hast du es geschafft, seine Freundin zu werden? Und sag mir jetzt nicht, dass du mir nichts erzählen kannst, weil ich betrunken bin. Vielleicht lässt der Alkohol mich schielen und mich schnell reden, aber mein Gehirn funktioniert noch zusammenhängend und ich leide noch nicht unter Gedächtnisverlust."

Rachel verschränkte die Arme. Sie tötete sie mit ihrem Blick. Aber Delaney dachte nicht daran aufzugeben und sie wollte sich nicht wegen Blödsinnigkeiten streiten und entschied alles zuzugeben. Sie erzählte fast zwanzig Minuten. Als sie fertig war, fühlte sie, als wenn ein großes Gewicht von ihren Schultern genommen wurde. Sie atmete tief durch und zog dann laut die Luft ein.

„Sie mal an", murmelte Del. Sie hatte sich beruhigt. Es war nichts mehr auf ihrem Teller und auch nicht in der Flasche." Ich glaube, du machst einen Fehler, Rachel."

„Warum?"

„Weil du keine Frau bist, die mit einem Mann schläft, der ihr nicht wichtig ist."

„Er ist mir wichtig, weil seine Verbindung mit mir ein Ende hat."

„Du hast ein Herz aus Gold und wenn Michael herausfindet, dass du ihn benutzt hast ..."

„Dann was? Er hat meine Familie ruiniert, dass Einzige, was mir noch geblieben war. Ich musste drei Jahre fern meiner Geburtsstadt leben. Weit weg von meinen Freunden hier in Chicago, von dir, Del. Das Einzige, was ich tun werde, ist, ein Motiv zu finden, um die Schande zu erwidern."

„Aber er weiß nicht mal, dass er der Schuldige ist. Er ist nur ein Anwalt, der seine Arbeit gemacht hat."

„Oh, er ist es, auf jeden Fall ist er schuldig. Die erste Nacht, in der wir zusammen waren, hat er von Piper gesprochen. Er hat ihren Namen nicht genannt, aber es war der Fall meiner Schwester. Nennst du das Arbeit, ein armes Mädchen zu beschuldigen und sie dazu zu bringen, für ein Verbrechen zu büßen, die sie nicht getan hat?"

„Und wenn dein Plan nicht aufgeht?"

„Ich habe noch nicht daran gedacht, falls er nicht aufgeht."

Delany schaute sie bedauernd an.

„Wenn du etwas findest, dass Michael und seiner Familie schadet. Wenn du das verbreitest, meinst du, du fühlst dich dann besser? Meinst du, du kannst damit Piper rächen? Piper ist erwachsen, sie ist fast 11 Jahre älter als du, meinst du nicht, sie wusste ganz gut, was sie tat, als du noch klein warst?"

„Ich hoffe, dass du nicht versuchst, mir zu sagen, dass meine Schwester schuldig ist", sagte sie.

Del stand auf. Sie nahm das Geschirr und stellte es zum Abwasch.

„Nein, Rachel. Was ich sagen will, ist, dass du einen großen Fehler machst, weil du einen Kampf aufnimmst, der nicht deiner ist. Wenn Piper unschuldig ist und sie beweisen möchte, dass sie unschuldig im Gefängnis saß, dann wird sie einen Weg finden. Hat sie dich um Hilfe gebeten?" Rachel schüttelte den Kopf. „Genau. Sie möchte die Vergangenheit hinter sich lassen, aber anscheinend bestehst du darauf, in die Vergangenheit zurückzukehren und eine irrationale Wut zu schüren."

„Ich habe meine Familie verloren. Der Schuldige muss fühlen, was ich gefühlt habe. Die Trostlosigkeit, die ich so viele Jahre gespürt habe", rief sie und verlor die Fassung. „Du kannst mich nicht verstehen, weil du deine Familie immer bei dir hattest. Alle glücklich. Zufrieden. Ohne Probleme wegen des Rufs und erst recht nicht wegen Geld."

„Aber ich habe Mauricio verloren Rachel", wiederholte sie sanft und erinnerte sich an den Mann, den sie geheiratet hätte, wenn der Tod ihn nicht so plötzlich überrascht hätte. „Wir alle erleben eine Art von Schmerz und Verlust eines lieben Menschen, aber das heißt nicht, dass es weniger wehtut oder mehr als so wie du es erlebt hast ..."

Das brachte sie zum Nachdenken. Sie war ungerecht mit Del.

„Tut mir leid ..."

„Denk einfach darüber nach, was du tust. Sobald du dein Ziel erreichst, sind die Konsequenzen vielleicht nicht das, was du erwartet hast." Sie näherte sich Rachel und umarmte sie und ihre Freundin erwiderte die Geste. „Ich wasche ab. Geh schlafen."

„Del."

„Es ist in Ordnung Rachel im ernst. Morgen fahre ich zur Ranch der Familie. Mein Opa wird 88 Jahre alt. Ich organisiere die Party. Die ist am Samstagabend. Viele Freunde, Alkohol und so ..."

„Okay, also eine große Feier."

„Möchtest du auch kommen? Meine Familie würde sich freuen, dich zu sehen. Es wird eine tolle Feier."

„Ich glaube nicht, Del. Ich habe noch Dinge, die ich erledigen muss ..."

Del nickte.

„Okay. Ruh dich aus Rachel."

Rachel wollte noch etwas sagen, aber dann nahm sie ihre Sachen und ging in ihre Wohnung.

KAPITEL 9

Das Blueskonzert endete mit Applaus des Publikums.

Der Hauptsaal des Hotels Waldorf Astoria Chicago war überlaufen. Die Eintritte kosteten zweitausend Dollar, jeder Einzelne. Der Erlös würde direkt an eine gemeinnützige Organisation gehen, die sich für Frauen einsetzt, die aus Menschenhändlerringen in Illinois gerettet wurden.

Große Unternehmer waren gekommen, um ihre selbstlose Seite zu zeigen und unter diesen Personen mit großen Einflüssen hoben sich auch Anwälte der angesehen Rechtskanzleien der Stadt hervor. Kyle hatte Michael in der letzten Minute angerufen und ihn darüber informiert, dass sein Flug Verspätung hatte und er nicht zu der Veranstaltung kommen würde. Er hatte ihn gefragt, ob er seine Frau Zayda begleiten könnte, denn sie war einer der Damen, welche den Abend organisiert hatten, und er wollte nicht, dass sie den Abend alleine verbrachte.

Michael zögerte nicht lange. Kyle hatte ihn noch nie enttäuscht. Er hätte seine Arme gerne um Victoria gelegt, aber die war auf Geschäftsreise in Los Angeles und er würde sie erst in ein paar Tagen wiedersehen. Er konnte nicht leugnen, dass er sie vermisste, aber er wollte auch auf nichts drängen. Er wollte, dass alles in die Richtung lief, die er vorgab.

„Michael?", fragte eine Stimme hinter ihm. Zayda war auf der Bühne und dankte öffentlich den Musikern die aus New York angereist waren.

Er drehte sich um. Er hatte nicht erwartet, seine Ex-Frau hier zu treffen. Seit sie die Scheidungspapiere im Büro der Anwälte in der Kanzlei für die Kyle arbeitete, Gunsther & Shadowiks unterschrieben hatten, hatten sie sich nicht wieder gesehen. Ihre Trennung war zivilisiert verlaufen. Als Ingrid versuchte, die Dinge wieder in Ordnung zu bringen und ihn um Verzeihung gebeten hatte, hatte er abgelehnt. Wozu? Sie hatte das wichtigste Prinzip einer Ehe missachtet: Der Respekt und die Ehrlichkeit.

Obwohl sie die Scheidungspapiere unterschrieben hatte, hatte Ingrid ihn weiterhin aufgesucht und versucht in wieder zu erobern. Eines Abends war sie bei ihm zu Hause aufgetaucht, was er zu dem Zeitpunkt gerade neu gekauft hatte und war gekleidet wie Eva aus dem Paradies. Er war ein Mann mit allen Sinnen und seine Ex-Frau hatte einen schönen Körper. Warum sollte er das Offensichtliche leugnen? Seine Anständigkeit als Mensch und sein Selbstwertgefühl würden es ihm jedoch nicht erlauben, seinen Impulsen nachzugeben. Er verabschiedete sie auf elegante Art und das war das letzte Mal, dass Ingrid versucht hatte, sich ihm zu nähern.

„Ingrid", sagte er nickend.

Sie trug einen hellblauen, taillierten Anzug mit Meerjungfrauenschnitt. Sie hatte immer noch diese spektakuläre Figur und das blonde glänzende Haar, das sich auf ihren Schultern kringelte. Rosa Lippen und diese ausdrucksvollen braunen Augen, die so bezeichnend für sie waren.

„Es ist viel Zeit vergangen", sagte sie mit schüchternem Lächeln. „Bist du mit heute Abend Bronson hier?"

„Mit Zayda, ja."

„Ich würde sie gerne persönlich begrüßen", sagte sie und schaute sich um. Der Saal war ziemlich voll. „Wo ist denn Kyle?"

„Er ist im Flugzeug auf dem Weg hier her", sagte er kurz angebunden. Er wollte nicht unhöflich sein. Er hatte keine Gefühle mehr für seine Ex-Frau, aber er wollte sie auch nicht brüskieren, indem er sie einfach so stehen ließ. „Was machst du denn hier auf der Gala?", fragte er. Er erinnerte sich deutlich daran, dass Ingrid alles verabscheute, was mit Galas oder Hilfsveranstaltungen zu tun hatte.

Sie wurde rot.

„Ich bin mit meinem Mann hier. Ich habe vor einem Jahr wieder geheiratet..."

„Schön, Ingrid. Ich sollte jetzt nach Zayda sehen, ich bin ihre Begleitung für heute. War nett, dich zu sehen ..."

„Warte", sagte sie und nahm ihn am Arm. Michael schaute sie an. „Ich habe vor einem Jahr geheiratet. Mein Mann... es war eine geschäftliche Einigung wegen der Hotelgeschäfte meiner Familie", fuhr sie mit trauriger Stimme fort, versuchte aber das zu verstecken. „Die Ehe hat ein Enddatum. Bis die Firmen es schaffen, mehr Kapital für einige Fusionen zu beschaffen, die mich gar nicht interessieren. Ich muss noch acht Monate verheiratet bleiben ..."

„Ich weiß nicht, warum mich das interessieren sollte, Ingrid. Wirklich."

„Michael, mit jedem Tag, der vergeht, bereue ich es mehr, wie ich mich bei dir verhalten habe. Wie ich unsere Ehe ruiniert habe."

„Ingrid, das macht keinen Sinn. Es ist absurd, dass du als erstes, wenn du mich nach so vielen Jahren siehst, über unsere Ehe sprichst, die in der Vergangenheit liegt."

Der bedauernde Blick der Frau berührte Michael nicht.

„Ich verstehe ... ich ...", sie zog die Schultern hoch. „Ich nehme an, ich habe versucht, etwas zu tun, was ich schon lange tun wollte ... und das ist mit dir zu reden. Es tut mir leid, Michael. Es wäre schrecklich für mich, wenn meine Handlung dich dazu gebracht hätte, Frauen und Beziehungen zu misstrauen."

„Du musst dich nicht entschuldigen", sagte er trocken. „Mein Privatleben und meine Gefühle gehen dich nichts an. Es ist viel Zeit vergangen und wir haben nichts gemeinsam. Viel Glück in deinem Leben und genieße die Veranstaltung weiterhin."

Sie lächelte freudlos.

„Du bist eine gute Partie. Ich hoffe, dass die Frau, die dich erobert, dass auch weiß."

„Ein Tänzchen, meine Herren", rief jemand von der Bühne und unterbrach die Antwort, die Michael bereits auf der Zunge lag. „Mit freundlicher Genehmigung der New Yorker All-Star-Band The Golden Loop. Vielen Dank für Ihr Kommen heute Abend genießen Sie diesen Song im reinen Blues-Stil!."

Alle Anwesenden standen auf und lächelten sich an. Es gab Gemurmel und viel schneller als gewöhnlich bildeten sich Paare. Ein Fotograf näherte sich Michael und Ingrid wurde von einer Gruppe von Leuten aufgenommen, die sie als die Frau eines wichtigen kanadischen Geschäftsmannes erkannten. Ingrid blieb nichts anderes übrig, als traurig ihren Ex-Mann anzusehen, seine Hand loszulassen und sich von den Schmeichlern umringen zu lassen, die von ihrem großen Vermögen wussten. Sekunden später war ihr vertraglich geregelter Mann an ihrer Seite und erinnerte ihn daran, dass er ihre Gegenwart war und das sie die Vergangenheit nie wieder gut machen könnte.

„Ein Foto für die Chicago Tribune?", fragte ein Reporter und überraschte Michael.

„Äh."

„Natürlich", unterbrach Zayda, die aus dem Nichts erschien und zur Erleichterung von Michael posierten sie lächelnd für die Fotografen. „Das ist Anwalt Michael Whitmore und ich bin Zayda Bronson, eine der Organisatorinnen der Veranstaltung."

„Notiert Fräulein", sagte der Reporter und schrieb es sich auf, damit er es später unter das Foto schreiben konnte. Das kommt direkt in die Ausgabe morgen früh. Digital und gedruckt."

Als der Fotograf verschwunden war, tanzte Michael mit Zayda und dankte ihr im Stillen, dass sie so plötzlich aufgetaucht war. Sie unterhielten sich ein wenig. Kyles Frau war eine Freude und hatte seinen besten Freund aus der Liga der Frauenhelden der Stadt geholt. Es war ihr Verdienst, dass sie das Herz des Schurken Kyle gestohlen hat.

Der Tanz endete und Michael wartete, bis Zayda sich von allen verabschiedet hatte. Es war fast vier Uhr morgens, als sie sich auf den Weg zu den Bronsons machten.

„Was wollte den Ingrid?", fragte Zayda und schaute Michael mit ihren dunkelgrünen Augen an. „Ich glaube, du hattest ziemlich Glück, dass der Fotograf der Chicago Tribune euch nicht zusammen erwischt hat ..."

Michael lachte während er vor dem Haus seines Freundes parkte. Er machte die Lichter des Autos aus. Dann schaute er Zayda an.

„Du hattest Glück, dass ich in der Nähe war. Ich nehme an, das heißt, dein Geburtstagsgeschenk dieses Jahres könnte noch ein wenig besser ausfallen." Zayda lächelte. „Ich habe kurz mit ihr gesprochen und sie hat sich bei mir entschuldigt."

Die Frau von Kyle pfiff wenig elegant, was Michael zum Lachen brachte.

„Ich wusste nicht, dass sie da sein würde. Natürlich laden wir viele Leute ein, aber ich bin nicht diejenige, welche die Einladungen verschickt. Ich kümmere mich nur um die Musik und um die Blumenarrangements im Saal."

Michael schloss die Augen.

„Mein Besuch auf der Veranstaltung war unvorhergesehen, aber gut, wie geht es meinem Patenkind?"

Das Lächeln von Zayda verschwand ein wenig.

„Du weißt, dass sie ein sehr aktives Mädchen ist, aber seit drei Tagen ist sie lustlos. Als wenn sie etwas bedrückt. Es gefällt mir nicht, sie so zu sehen."

„Vielleicht musst du ihr mehr Vitamine geben, denn dieser Teufel von Michelle ist unersättlich."

„Du hast recht und außerdem ist diese Woche ihr Geburtstag. Wir machen ein Barbecue mit einigen der Schulfreundinnen. Du bist natürlich eingeladen. Sicherlich hat Kyle dir das nicht gesagt, er ist so vergesslich."

„Du weißt doch, wie Kyle mit seiner Erinnerung für Veranstaltungen ist", sagte er belustigt. „Ich werde da sein."

„Gute Nacht und danke Michael", verabschiedete sich Zayda.

„Warte", sagte der Anwalt. Kyles Frau wandte sich um. Michael kurbelte das Fenster herunter. „Kann ich vielleicht jemanden mitbringen?"

„Uhhh, das heißt wohl, dass du mit niemanden ausgehst, der nicht Heidi, nicht Lady und überhaupt keinen komischen Namen hat oder?"

„Sehr witzig."

In diesem Moment erschien Kyle im Umriss der Tür. Er winkte Michael zu. Als sie ihn sah, lächelte Zayda breit.

„Natürlich, dann hat meine Tochter zwei Geschenke an ihrem Geburtstag."

„Darauf kannst du wetten."

Michael winkte seinen Freunden zu und fuhr nach Hause.

***

Sie schaute erneut in den Chicago Tribune. Die Frau war unglaublich attraktiv. Er hatte ihr nichts von dieser Gala erzählt. Und warum sollte er ihr überhaupt Bescheid sagen? Sie hatte keinen Grund, eifersüchtig zu sein. Michael war nicht ihr Mann, nicht ihr Freund, er war einfach nur ... was war er? Ihr exklusives Date für Sex und lange Gespräche? Es war ein wenig kompliziert, ihm eine Bezeichnung zu geben, denn obwohl sie miteinander ausgingen, hatte er keine Grenzen gesetzt.

Sie legte die Zeitung beiseite. Sie betrachtete die Wand ihres Büros, an der sie einige Fotografien ihrer Eltern, ihrer Schwester und von wichtigen Momenten in ihrem Leben geklebt hatte. Sie war zwei Tage in L. A gewesen. Sie hatte mehrere Meetings gehabt, eins nach dem anderen, sodass sie nicht wusste, ob sie noch lebte, bis sie in ihr Hotelzimmer kam und den Likör aus der Mini Bar trank.

Wenn sie aus dem Büro kam, musste sie noch ein Geschenk für das Patenkind von Michael finden. Freunde waren immer eine gute Informationsquelle, und der familiäre Rahmen war dem förderlich.

Seit einer Woche hatte sie nichts mehr von Piper gehört. Das machte ihr Sorgen, auch wenn sie wusste, dass die Polizei sehr bemüht war, ihre Zeugen zu schützen. Oder Informationen im Fall ihrer Schwester. Vielleicht würde Piper sich freuen, sie in den Spielzeugladen und den Elektroladen zu begleiten. Klar dachte sie nicht daran, ein Vermögen für das Geschenk auszugeben, aber sie wollte auch nicht irgendeinen Blödsinn schenken.

Sie fuhr mit dem Fahrstuhl nach unten, wo sie ihr Auto stehen hatte. Eilig fuhr sie aus dem Parkhaus und zur Wohnung, in der ihre Schwester lebte. Es war die Gegend um den Hyde Park. Die Preise der Wohnungen waren hier günstiger und zumindest hatte Piper akzeptiert, dass sie die Hälfte der Miete zahlte. Ein großer Fortschritt, dachte Rachel.

Als sie das Gebäude mit den fünf Stockwerken gefunden hatte, parkte sie.

Der Beamte, der für Pipers Schutz beauftragt worden war, Dalton Callaway durchfilzte und befragte sie, bis er sicher war, dass sie durchgehen konnte, ohne Piper körperlich zu schaden. Es gefiel ihr zu wissen, dass ihre Schwester in Sicherheit war. Als sie ihr die Tür öffnete, sah sie überrascht aus.

„Rachel ... Mensch, alles gut?"

„Natürlich. Ich weiß, dass du heute frei hast, also dachte ich, du hast vielleicht Lust, mich bei meinen Einkäufen zu begleiten."

Der Blick von Piper hatte einen besonderen Glanz.

„Wirklich?"

„Klar. Ich bin auf eine Geburtstagsfeier eingeladen von einem Mädchen von zehn Jahren und ich würde gerne, dass du mich begleitest, das Geschenk auszusuchen. Bist du beschäftigt?"

Piper lachte laut.

„Dalton beschützt mich. Und natürlich kommt er mit. Das ist Teil des Sicherheitssystems."

„Klar kommt er mit", sagte sie begeistert von der Idee, einen Tag mit ihrer Schwester zu verbringen, die sich selbst selten ein Lächeln erlaubte und erst recht nicht außer Haus zu geben mit anderem Ziel als die Cafeteria, in der sie arbeitete. Rachel verstand das.

Sie verbrachten den Nachmittag mit Einkäufen im Water Tower Place, ein kommerzielles Zentrum mit acht Stockwerken, das jeden Einkaufswütigen, der seinen Spaziergang auf der Michigan Avenue genießen wollte, in den Wahnsinn trieb. Das Lachen von Piper wurde immer größer, je mehr Läden sie betraten.

Die Schwestern probierten Schuhe und Blusen an und betraten Sephora und gaben jede Menge Geld für Make-up aus. Eigentlich gab Rachel Geld aus und Piper ließ sich verwöhnen. Schritt für Schritt schien es, als wenn die Grenzen verschwanden und sie wieder ein wenig so war wie vor ein paar Jahren. Zumindest mit ihrer kleinen Schwester.

Erschöpft und mit einem Lächeln verließen sie das Gebäude, um die Tüten ins Auto zu bringen. Anschließend fanden sie einen Platz zum Essen und setzten sich, um wieder Energie zu tanken. Oder zumindest erwarteten sie das bei einem Butterfinger Milkshake und einem leckeren und fettigen Hamburger. Sie aßen mit Appetit. Sie redeten über die neusten Kinofilme. Piper erzählte ihr ein paar Anekdoten aus der Cafeteria und Rachel über Paul, aber Michael erwähnte sie nicht.

„Du solltest mit jemandem ausgehen, Rachel. Du bist so jung und schön. Du erinnerst mich sehr an Mama", sagte Piper und wischte sich den Mund mit einer Serviette ab. „Warum gehst du nicht mit diesem Paul aus?"

„Er ist mein Chef, das habe ich dir doch erzählt. Glaubst du wirklich, dass ich Mama ähnlich sehe?", fragte sie und fuhr sich mit den Fingern durch das Haar.

„Ja ... ich trage euch immer in meinem Herzen. Rachel, ich habe darüber nachgedacht, die Stadt zu verlassen."

„Was? Meinst du das im ernst?" Du bist doch gerade erst frei gekommen, ich brauche dich, bitte Piper ... außerdem müssen sie doch noch Gordov festnehmen. Wer weiß, was er dir antut, wenn er dich sieht oder wenn er seine Helfer schickt, diese..."

Der verzweifelte Ton von Rachel brachte Piper dazu, die Hand ihrer Schwester zu nehmen. Sie drückte ihr liebevoll die Daumen.

„Ich freue mich, dass du heute gekommen bist. Rachel ... es ist schwierig, das zu sagen, weil ich weiß, dass du dir solche Sorgen machst."

„Du bist meine einzige Familie ... und Tante Ariel! Aber sie ist weit weg. Ich will dich nicht verlieren."

„Rachel, Gordov sucht mich." Das machte Rachel sprachlos und Piper fuhr fort: Dalton weiß Bescheid, genauso wie sein Kollege Edward, der nachts die Tür meiner Wohnung bewacht. Ich habe dir ja schon gesagt, manchmal sickern Informationen auf die Straßen durch. Ich weiß, dass er nach mir gefragt hat. Ich hatte heute nicht frei, ich musste kündigen, um die Sicherheit der Eigentümer, die so gut zu mir waren, zu gewährleisten."

„Aber ..."

„Hör mir zu, Schwester. Gordov hat eine Rechtskanzlei gefunden, welche ihn verteidigt und die seine Geschäfte in Ordnung bringt. Ich habe kein Geld, um mich zu verteidigen, falls er irgendeinen Trick versucht und glaub mir, dieser Händler ist zu allem fähig. Ich will nicht wieder ins Gefängnis, ich will nicht wieder die Hölle erleben." Piper senkte den Blick.

„Rachel, ich weiß, dass sie mich suchen. Ich bin nicht blöd und Dalton und Edward haben mir sehr gut erklärt, wie diese Situation funktioniert. Deswegen gehe ich auch nicht nach draußen. Verstehst du? Ich muss vorsichtig sein."

„Glaubst du jetzt, dass sie mir folgen?"

Sie schüttelte den Kopf.

„Dich in meiner Nähe aufzuhalten, bringt dich in Gefahr. Bitte such mich nicht mehr auf, Rachel."

„Ich habe Geld", sagte sie verzweifelt. „Ich habe ein gut gefülltes Konto. Ich kann dir jede Unterschrift von jedem Anwalt besorgen, denn du willst. Vom besten Piper."

„Ja, aber es gibt etwas, was kein Anwalt der Welt vermeiden kann."

„Und das wäre ...? Das die Leute von Gordov falsche Beweise sammeln können?"

Der müde Blick von Piper ließ Rachels Herz zusammenziehen.

„Mich umzubringen ist leichter, als diesen Aufwand auf sich zu nehmen."

Rachel fühlte, wie es ihr eiskalt den Rücken hinunterlief.

„Welche Kanzlei repräsentiert Gordov Piper?"

„Eine der größten."

„Wenn du es rausfindest, sagst du mir dann Bescheid?"

Piper runzelte die Stirn.

„Wieso brauchst du diese Information, Rachel? Du kannst doch Dalton fragen, er sagt mir immer wegen allem Bescheid. Sie sind nette Personen. Sie verurteilen mich nicht."

„Das müssen sie auch nicht, du bist unschuldig." Piper wollte nicht mit ihrer Schwester streiten, sie wusste, dass sie früher stur gewesen war. Außerdem brauche ich diese Information, denn so kann ich die Konkurrenz finden und sie für dich beauftragen."

Die ehemalige Insassin ließ die Hände ihrer Schwester los und lehnte sich in ihren Sessel zurück.

„Das wird nicht nötig sein. Das wird das letzte Mal sein, dass wir uns sehen. Morgen werde ich die Wohnung wechseln und das werde ich weiterhin tun, bis dieses Durcheinander vorbei ist. Versuche nicht, mich dazu zu bringen, die Meinung zu ändern oder mit mir zu streiten." Rachel flüchtete sich in ihren Sitz. „Es ist das Beste für uns beide. Oder zumindest bis die Polizei einen Weg gefunden hat, Gordov zu erwischen und ich keine Gefahr mehr laufe. Ich werde durch SMS oder Telefon mit dir in Kontakt bleiben. So wie immer mit einer anderen Nummer."

Rachel wollte weinen. Schreien.

„Woher soll ich wissen, wo du bist oder ob es dir gut geht?"

Piper lächelte.

„Ich werde es dich wissen lassen, wenn auch nicht genau. Du bist doch klug."

Es war eine Mischung aus Ohnmacht und Wut, etwas Ähnliches wie damals. Rachel fuhr zum Haus, in dem Piper wohnte. Dalton fuhr nah in einem unauffälligen Auto hinter ihnen her.

Sie versuchte die Tränen aufzuhalten, als Piper sie umarmte und ihr sagte, dass sie sich bald wiedersehen würden und das sie nicht die Hoffnung verlieren sollte und dass die Dinge sich regeln würden. Sie riss sich zusammen, bis ihre Schwester die Tür geschlossen hatte. Dann ging sie leise dorthin, wo Dalton Wache hielt.

„Herr Beamte, kann ich Ihnen eine Frage stellen?", fragte sie leise.

Der Mann der 1,90 m groß und von einschüchternder Statur war nickte.

„Aus reiner Neugier können Sie mir sagen, welche Rechtskanzlei Gordov beauftragt hat. Sie wissen das doch oder?" Dalton blieb stumm. „Bitte Beamter, Piper ist meine einzige Familie. Ich weiß, dass meine Bitte etwas außergewöhnlich ist und das sie mir diese Information unter keinen Umständen geben würden, aber ich bitte Sie, sich in meine Position zu versetzen. Piper ist meine Schwester. Wir haben uns fast ein Jahrzehnt nicht gesehen. Helfen Sie mir und sagen Sie mir, welche Kanzlei Gordov vertritt."

Als sie schon die Hoffnung verloren hatte, erklang die Stimme des Polizisten so leise, dass nur Rachel sie hören konnte.

„Salmann & Buckend."

„Danke", murmelte sie mit einem Knoten im Hals, der sich allmählich auflöste.

Sobald sie im Auto saß, betrachtete Rachel die Schachtel mit den Kopfhörern Beats, die sie für Michaels Patentochter gekauft hatte. Sie war wütend. Und mit dieser Wut startete sie den Motor ihres Autos und preschte los.

KAPITEL 10

Michael hasste es, von zu Hause aus zu arbeiten, aber er hatte auch keine Lust, bis früh im Morgen im Büro zu arbeiten. In diesem Fall hatte er keine andere Wahl, besonders als er eine direkte Anfrage von Derek über einen Fall bekam, an dem beide in Verbindung mit einer Fusion der zwei größten Banken der Stadt arbeiteten. Er hatte sich dazu entschieden, in seinem persönlichen Arbeitszimmer zu arbeiten. Im Haus war es ruhig und er hatte Rechtsbücher für alle Fälle oder für Notfälle da gelassen.

Gegen zehn Uhr abends hörte er jemanden an der Tür klingeln. Er runzelte die Stirn und legte den Stift beiseite. Er trug ein langärmeliges Hemd und eine schwarze Hose und keine Socken. Er hatte einen Teppich, also bevorzugte er, die Schuhe im Schlafzimmer zu lassen und gemütlich zu arbeiten. Und immer mit einer Tasse heißen Kaffee, obwohl der, den er mitgenommen hatte, jetzt ziemlich kalt war, weil er sich so auf die Arbeit konzentriert hatte. Wenn das geschah, verlor er sich in der Zeit.

Wenn niemand geklingelt hätte, dann hätte er vielleicht bis vier Uhr morgens da gesessen, ohne es zu merken.

Lustlos stand er auf. Er rieb sich die Augen. Die Temperaturen draußen waren unter null, aber er war sehr zufrieden mit der Heizung zu Hause. Er schaute durch das Guckloch in der Tür. Dann öffnete er sie sofort.

„Was für eine angenehme Überraschung, Veronica", sagte er mit einem ehrlichen Lächeln. Michael runzelte jedoch die Stirn, als er die Tür aufmachte und sie anstatt etwas zu sagen ihn mit einem lächerlichen Kopfnicken begrüßte. „Veronica?"

Sie folgte ihm hinein, ohne zu antworten und fixierte ihn mit ihrem Blick. Und während ihre Augen sich trafen, zog sie sich den Schal aus. Dann die Handschuhe und ihre Lederjacke. Sie zog sich das Haargummi aus dem roten Haar. Dann beugte sie sich hinunter, um ihre Schuhe auszuziehen. Sie achtete nicht darauf, dass durch den Ausschnitt ihres blauen Kleides ihre Brüste und ihr BH praktisch ohne Hindernisse zu sehen waren. Sie zog den Reißverschluss der Stiefel auf und stellte sie zur Seite. Sparsam und entschlossen zog sie ihre schwarzen Leggings aus, bis ihre Beine frei waren. Das Kleid war sehr kurz, wenn man es so sah.

Michael fühlte, wie seine Erektion zu wachsen begann.

„Ich nehme an die Stille ist Teil deiner Verführung oder?", fragte er und näherte sich ihr. Mit seinen Armen berührte er ihre nackten Arme. Sie spürte wie sie eine Gänsehaut bekam.

Das Lächeln von Rachel war eher wütend und hatte wenig mit Lüsternheit zu tun, aber das war nicht Michaels Interpretation. Und tief in ihrem Inneren wusste Rachel, dass es einen feinen Unterschied zwischen beidem gab, was sie zum Haus des sexy Anwalts geführt hatte. Sie war sich bewusst, dass sie ihm ihre Wut nicht ins Gesicht sagen konnte und sie hatte das Gefühl, dass es nur eine Art gab, ihre Dämone auszutreiben, ohne ihren Plan aus den Augen zu verlieren.

„Ich hoffe, dass Letzte, was du jetzt von mir wissen willst, sind meine Strategien, wie ich hierhergekommen bin", sagte Rachel und fuhr mit ihren Händen zum Hals, um sich den Reißverschluss des Kleides aufzumachen. Das fiel wie eine seidene Wolke zu ihren nackten Füßen.

Das Gelächter von Michael verwandelte sich in einen bewundernden Blick. Er nahm ihr Gesicht in eine Hand und streichelte mit dem Daumen über eine Lippe. Dieses Fräulein wusste, wie sie ihn verrückt machte. Welcher Mann mit Blut in den Venen würde es nicht gefallen an einem Freitagabend von einer Frau, die ihn zu Lust einlud, überrascht zu werden?

„Du bist wunderschön Veronica", sagte er eher er sie küsste.

Sie ließ sich nicht auf die Sanftheit ein, mit der er sie überhäufen wollte. Im Gegenteil, er klammerte sich an ihre Lippen und verschlang ihren Mund mit Wut und Intensität. Sie vergrub ihre Finger in Michaels Haar, und als er es ihr gleichtat, trafen sich ihre Zungen, ihre Kehlen keuchten vor Erregung, und ihre Körper bewegten sich im Gleichklang, bis sie es sich in der nächstbesten Ecke bequem machten. Der Teppich im Klavierzimmer, der rechts lag.

Es gab kein Lächeln, keine Worte. Es war nur der einfachste und primitivste Austausch von heftigem Verlangen. Rachel zerriss ihm praktisch das Hemd. Die Knöpfe verloren sich auf dem Boden. Der Schlüpfer aus grauem Stoff und der BH fielen schon bald zu Boden. Kaputt. Beide rollten sich auf dem dicken Teppich in einem Spiel aus Händen, Zungen und Lippen.

Nackt und verschwitzt küssten sie sich und trieben sich gegenseitig in ungeahnte Höhen der Versuchung. Rachels Hände masturbierten das dicke und lange Geschlecht Michaels, während er an ihren Brustwarzen saugte; er hörte sie stöhnen, während seine Finger in feuchten Spalten verschwanden, ohne einzudringen. Er machte sie nass und reizte sie.

Rachel biss Michael in die Schulter und er beschwerte sich nicht, sondern intensivierte seine Liebkosungen an ihrer Brust noch und begann mit seinen Lippen über die Lücke zu fahren, welche Rachels Brüste trennte. Sie ließ seinen Penis los und ehe sie noch etwas sagen konnte, nahm Michael ihre Hände in seine und legte sie über den Kopf.

„Lass mich los", sagte sie und zappelte.

Er brachte sie zum Schweigen, in dem er sie eindringlich küsste.

„Nein, du bist doch gekommen, um deine Lust zu befriedigen oder?", fragte er und keuchte und sah sie atemlos an. Ihr ging es genauso, aber als sie den feurigen Blick sah, entschied sie sich, die Zügel in die Hand zu nehmen. Das unterschied sie von ihm. Michael war der Vulkan der Emotionen, der in Rachel brodelte.

Sie bewegte sich unter seinem Gewicht. Er war ziemlich stark. Verdammt. Was sie wollte, war ihn verrückt zu machen, und nicht anders herum.

„Lass mich los. Ich will nicht, dass du die Kontrolle hast", sagte sie und löste ihren Mund von seinen und bewegte die Hüften in dem Versuch zu entkommen, aber er war gewandter und positionierte sich zwischen ihren Beinen. Sein pochendes Geschlecht befand sich direkt am intimsten Eingang von Rachel – „Michael", sagte sie mit entschlossenen und fordernden Ton, der sich in dem Meer des Begehrens, der hinter ihren Worten steckte, verlor.

„Es ist schwierig darauf zu antworten, wenn du unter mir liegst", flüsterte er an ihren Lippen, ehe er mit nur einem Stoß in sie eindrang.

Rachel wehrte sich nicht mehr. Sie war überwältigt von der Kraft, dem exotischen Duft, der von zwei sexuell kompatiblen Körpern ausging, und von der geschickten Art, wie er in sie eindrang. Sie schaute ihn an, während er lächelte, konzentriert und entschlossen, ihr Lust zu verschaffen. Sie hasste es, akzeptieren zu müssen, wie schwach sie seinen Liebkosungen gegenüber war. Und wie sehr sie diese genoss.

Er legte seine Hände auf ihren Po, um sie besser zu positionieren, während er in sie eindrang. Michael bewegte die Hüften und fühlte, wie sie antwortete und sich anspannte. Er biss die Zähne zusammen, entschlossen ihr zuerst Lust zu verschaffen, denn die Lust von Veronica war auch seine. Als er spürte, wie sie in seinen Armen schwach wurde, brüllte er seine Befreiung heraus und vergrub dann sein Gesicht an ihrem Hals, an dem es nach Veronica und ihrem Parfüm duftete.

Es vergingen mehrere Sekunden, ehe Michael sich erholte und sich von ihr löste. Mit geschlossenen Augen versuchte sie die Tränen zurückzuhalten. Rachel fühlte, wie ihr Körper den intimen Kontakt mit ihm verlor. Sie versuchte ihn wieder zu erlangen. Sie hörte, wie er seine Kleidung suchte. Sie wollte ihn erneut verführen, um ihm zu zeigen, dass er sie nicht dominieren konnte, dass ihr sexuelles Zusammensein mächtiger sein konnte als der Wunsch sich an ihm zu rächen.

„Veronica?", flüsterte er. Er streckte die Hand aus und liebkoste ihre Wange. Sie war feucht. „Liebling was ist los? War ich zu hart?"

Sie wand den Kopf, um ihn anzusehen.

Zum Kuckuck. Warum musste sie ausgerechnet jetzt weinen? Sie sollte sich nicht von der Wut leiten lassen, als sie das Haus ihrer Schwester verlassen hatte. Das beste wäre gewesen, zum Sport zu gehen. Den Frust loszuwerden und die falschen Gefühle der Ungerechtigkeit in der Kickbox Stunde um 9 loszuwerden, das wäre viel besser gewesen. Aber wenn es sich um ihre Familie handelte oder das, was davon noch übrig war, dann konnte sie nicht anders.

Sie hatte es nicht geschafft, nichts zu zeigen. Sie war nur schwach, wenn sie versuchte, es nicht zu sein. Jeder Kuss, jedes Flüstern und Worte von Michael schienen ihr unter die Haut zu gehen. Wie ein süßes Gift verzehrte es sie und sie genoss die subtile und köstliche Folter. Sie war verloren.

„Veronica, sprich mit mir", bat er sie und strich ihr mit seinem Daumen über die geschlossenen Augenlider.

Endlich sah sie ihn an.

„Hallo ..."

„Hallo, meine Schöne. Willst du darüber reden?"

„Worüber?", fragte sie und versuchte es zu ignorieren.

Michael nahm eine von Veronicas Brüsten in seine Hand und massierte sie sanft, dabei sah er ihr in die Augen.

„Da kommt eine sexy Frau zu mir nach Hause. Um zehn Uhr abends. Sie überrascht mich halb nackt im Flur und dann lädt sie mich mit ihrem Körper ein sie zu verführen ... wenn ich ihr ihm Gegenzug dieselbe Lust verschaffe. Mit diesen wunderschönen Brüsten", um es zu beweisen, beugte er sich hinüber und küsste eine der Brustwarzen die seine Hand liebkost hatten „und die seidene Haut und Lippen, die mich ganz verrückt machen." Er beugte sich hinüber, um sie lange und sanft zu küssen. „Sie besitzt auch einen spektakulären Ort, in dem ich mich verlieren kann. Um seine Worte zu unterstreichen, fuhr er mit seiner Hand über Rachels Geschlecht und als er merkte das sie feucht war, drang er mit seinen gewandten Fingern in sie ein.

„Michael nein ...."

„Doch Michael", antwortete er und lange Zeit sagte niemand mehr etwas.

Sie ließ sich streicheln, küssen und verwöhnen. Er fuhr über ihren ganzen Körper. Über jede kleine Delle in ihrem Körper. Er ließ sie um mehr betteln und erlaubte ihr nicht zu geben. Es war total süß. Sie drehte sich um. Dann fuhr sie mit ihrer Hand über den Bauch, während sie sehnsuchtsvoll ihren Hintern am erregten Penis an ihrem Po rieb. Michael drang von hinten in sie ein und fühlte nicht nur die Weiche des angeschwollenen und feuchten Geschlechts, sondern streichelte auch ihren nach oben gewandten, samtigen Hintern. Veronica war für ihn völlige Sanftheit. Die Geräusche, die aus ihrem Hals kamen, waren weich, aber jetzt hatten sie bereits ihr Ungestüm verloren.

Bevor sie zum Orgasmus kam, lehnte sich Michael zurück und forderte sie auf, sich auf den Rücken zu legen. Er sah sie an. Jetzt gab es keine Tränen mehr. Nur den Glanz der Begierde.

„Danke, dass du gekommen bist, mir gefällt deine Gesellschaft, Schatz", flüsterte er sanft an ihren Lippen, während er wieder in sie glitt, damit sie gemeinsam zum Orgasmus kommen konnten.

Stunden später immer noch nackt in Michaels Bett, strich Rachel sanft und abgelenkt über die Wange mit den Stoppeln des Dreitagebarts. Er war eingeschlafen. Oder zumindest dachte sie das, bis er sie mit einem Lächeln überraschte. Nachdem sie sich zwei Mal im Klavierzimmer geliebt hatten, wiederholten sie das ganze auf dem Tisch in der Küche. Er definierte das Konzept des nächtlichen Desserts neu, als er sie mit seinem Mund dazu brachte, den Himmel zu berühren und ihn auf eine Weise zu genießen, die sie erröten ließ. Anschließend machten sie es an der Badezimmerwand, während das Wasser über ihre Körper lief.

Letztendlich mit einer Ruhe, die sie überkam, liebten sie sich auf Michaels Bett. Er wurde ihr nicht müde und sie ihm auch nicht. Sie sahen aus wie zwei Süchtige, die versuchen, nicht die tägliche Dosis zu konsumieren, aber sie erlagen nicht nur einer Dosis, sondern so vielen, wie sie in die Finger bekamen. Es war das letzte Mal, dass sein Geist unruhig war und sein Herz klopfte. Es schlug viel schneller als gewöhnlich. Dieses Treffen hatte etwas verändert. Sie schauten sich in die Augen, als wenn ihre Seelen das intimste wären, als der Sexakt an sich.

„Du hast mir immer noch nicht gesagt, was du hast Veronica", sagte Michael.

Sie tat das Unvermeidbare. Lügen. Eine Lüge mehr machte auch keinen Unterschied mehr oder? Sie war nicht mit ihm zusammen, weil sie ihn liebte, ganz im Gegenteil, sondern weil sie einen Weg finden musste, ihn genauso leiden zu lassen wie sie selbst, wenn nicht noch mehr.

„Ich hatte einen furchtbaren Tag auf der Arbeit."

„So sehr, dass du deinen Liebhaber verführen musst, als wäre es der letzte Tag auf Erden?", fragte er lachend. Sie schlug ihn mit der Faust auf den kräftigen Arm. „Willst du darüber reden?"

Rachel schüttelte den Kopf.

„Es ist nicht wichtig."

„Für mich ist es wichtig, weil ich noch nie so einen wirren Blick in dir gesehen habe. Ich glaube nicht, dass du zu den Frauen gehörst, die wegen eines Orgasmus weinen."

Das ließ Rachel lachen.

„Ehe ich meine Tage bekomme, spielen meine Hormone ein wenig verrückt und daher habe ich Stimmungsschwankungen", erwiderte sie und fühlte sich idiotisch für eine solch sexistische Bemerkung von einer Frau, die einige der Grundsätze des Feminismus vertrat, aber war es nicht klug, bestimmte kleine Details zu ihrem Vorteil zu nutzen? „Ich bin müde."

Michaels Lachen hallte in seiner Brust wieder.

„Ach was ..."

„Schafskopf", antwortete sie und wurde rot.

„Ich würde es schön finden, wenn du bleibst ... Das Büro war ein Chaos heute, du bist genau richtig gekommen, als ich kurz davor war zusammenzubrechen. Mit dir zu schlafen gibt mir Ruhe", sagte er ehrlich.

Ein leichtes Schuldgefühl, obwohl Rachel nicht wusste, woher das kam, sammelte sich in ihrem Hals.

„Ich würde bleiben .... Erzähl mir von deiner Arbeit, vielleicht kannst du so der Überlastung entkommen."

„Es ist eine Fusion von zwei wichtigen Banken und gleichzeitig ein Fall mit Drogenhandel, den ich gar nicht machen will."

Rachel runzelte die Stirn.

„Und warum nicht?"

„Ich mache kein Strafrecht mehr, seit vielen Jahren nicht mehr. Seit mehr als einem Jahrzehnt. Eine nicht so schöne Erfahrung."

„Wegen dem Mädchen, das zu jung für das Gefängnis war?"

Er nickte.

„Piper Galloway. Sie konnte ihre Unschuld nicht beweisen."

„Das war dein Fall?", fragte sie und gab Ignoranz vor.

„Nein, nein war es nicht. Aber scheint als wenn ich mit diesem Fall Karma habe. Er verfolgt mich", sagte er säuerlich.

Für eine Sekunde ließ Rachel sich von der Neugier leiten, dass es nichts mit ihrer Schwester zu tun hatte. Michael sah auf einmal sehr traurig aus. Er war nicht der Typ Mensch, der Negativität zeigte. Er war manchmal ein wenig mürrisch, wenn es ein Thema gab, von dem er besessen war und recht haben wollte oder wenn es um Politik ging, aber im Allgemeinen konnte Rachel sagen, dass er ein sehr ausgeglichener Mann war.

Es war nicht schwer, mit Michael zu sprechen, geschweige denn ihm von ihren Sorgen zu beichten, damit er ihr helfen konnte, sie zu ertragen oder zu vergessen. Aber vielleicht war das die Freude, die ihm sein Beruf machte. Welcher Anwalt nutzte seinen Charme nicht, wenn er ihn hatte? Er wäre blöd, wenn er es nicht tun würde.

„Außer dieser Erfahrung, was ist denn noch in den Jahren passiert?", fragte sie sanft und nahm Michaels Hand.

„Während ich an dem Fall arbeitete, war ich noch mit Ingrid verheiratet. Das war ehe ich für Salmann & Buckend gearbeitet habe."

„Wo denn?"

„In der Firma der Familie. Sie gehört meinem Vater und meinem Opa. Wir drei waren also ziemlich gut ausgebildet und haben uns bei Kriminalfällen geholfen. Douglas stand kurz davor, Anwalt zu werden und Lara zu heiraten, also war er für viele Monate keine große Hilfe", erzählte er. „Ich habe ziemlich viel gearbeitet. Es gab Nächte, in denen ich nicht nach Hause gekommen bin und Ingrid hat sich gelangweilt."

„Daher die Untreue?"

Er nickte.

„Als ich am Tag der Gerichtsverhandlung, an dem das Strafmaß bekannt gegeben wurde, nach Hause kam, fand ich mich in einer Wolke aus Medieninteresse und verschiedenen Anwaltskanzleien wieder. Niemand hatte gedacht, dass ein so junger Anwalt einen Fall leiten konnte, der anfangs leicht schien, und sich am Ende, weil er viele Kinder wichtiger lokaler Politiker enthielt, in ein Chaos verwandelte. Man hat versucht, die Unterschrift meiner Familie zu kaufen. Das ist aber nicht passiert."

„Ich verstehe ..."

„Als ich abends nach Hause gekommen bin und im Wohnzimmer meines Hauses stand, hatte Ingrid gerade Sex mit einem Anwalt der Konkurrenz. Ich weiß nicht, ob sie es getan hat, weil sie den Nervenkitzel brauchte oder sich rächen wollte. Ich weiß es nicht und es interessiert mich auch nicht, aber der Punkt war, dass sie damit unsere Ehe ruiniert hat."

„Himmel und Hölle gleichzeitig", murmelte Rachel.

„Ja so in der Art... Meine Freunde waren vorbehaltlos. Besonders Kyle, du erinnerst dich?"

Rachel nickte.

„Er war sehr nett. Ich erinnere mich nicht an seinen Nachnamen..."

„Bronson."

„Ich dachte mir doch, dass mir die Frau, die ich in der Chicago Tribune gesehen habe, ziemlich bekannt vorkommt", sagte sie nachdenklich.

Michael drehte sich um und schob Rachel herum, bis er über ihr lag. Er rieb seine Nase an ihr und lächelte.

„Zayda Bronson, Kyles Ehefrau. Das war eine Veranstaltung in letzter Minute. Kyles Flugzeug hatte Verspätung und er hat mich gebeten, seine Frau zu begleiten. Ich konnte nicht Nein sagen, sie waren immer gut zu mir ..." ein schelmisches Funkeln blitzte in den grünen Augen auf. „Bist du etwa eifersüchtig? Bist du deswegen so überraschend vorbeigekommen heute? Trotz deines schlechten Tages?", fragte er und lachte.

Rachel zog eine Augenbraue hoch.

„Sei nicht so eingebildet Michael. Es ist ja nicht so, als hättest du deine Ex-Frau gesehen und bemerkt, dass du sie noch magst."

Die Hand des Mannes drückte besitzergreifend auf ihre weiche Hüfte.

„Du bist sehr scharfsinnig oder hast du noch eine hellseherische Gabe, von der du mir nichts erzählt hast?" Rachel zog eine Augenbraue hoch. „Komischerweise habe ich Ingrid getroffen. Wir waren zufällig auf derselben Benefizveranstaltung. Ich habe keine Gefühle für sie. Es war gut, das noch einmal zu bestätigen, aber das war nichts, woran ich gezweifelt habe."

„Sie ....?"

„Ich weiß nicht, was sie fühlt, aber sie ist wieder verheiratet. Wir sind verantwortlich für die Konsequenzen unserer Handlungen. Das wusste ich immer und ich habe es akzeptiert? Wir sind nicht fehlerfrei", sagte er ernst. „Ich versuche nur meine Arbeit gut zu machen. Das ist alles. Ingrid ist meine Vergangenheit. Du bist meine Gegenwart Veronica."

Rachel schluckte trocken. Alle Wörter, die er ihr zuflüsterte, waren für Veronica, nicht für Rachel. Und obwohl sie dieselbe Person war, fühlte sie sich wie jemand anderes. Eine Betrügerin. Das war sie.

„Du siehst so ernst aus ..."

Michael schüttelte seinen Kopf und sein Haar, das jetzt durch Rachels Liebkosungen durcheinandergeraten war, schüttelte sich ein wenig.

„Mir scheint es nur angebracht, dieses Thema mit dir zu klären.

„Warum?"

Er zuckte mit den Schultern. Er war nicht so gut darin, seine eigenen Gefühlen zu erklären. Im Gericht oder bei irgendeinem anderen Thema, das mit Recht zu tun hatte, war das kein Problem.

„Heute lasse ich mich einfach tragen", sagte er und zwinkerte. Anschließend nahm er sie in die Arme und sie drehten sich wieder, bis sie über ihr lag. „Wie jetzt zum Beispiel."

„Oh", sagte sie, als sie die Erektion spürte, die an ihrem Po wuchs. Sie stützte die Hände auf seine feste und robuste Brust und senkte den Kopf. Nur selten erlaubte ein Mann ihr, sie selbst im Bett zu sein. Sie hatte sich noch nie so frei gefühlt wie mit Michael. „Ich verstehe dich ..."

„Tust du das?", fragte er und nahm den spielerischen Ton wieder auf.

„Ich lasse mich schnell gehen."

Er lachte und fuhr ihr durchs Haar und steckte es ihr hinters Ohr.

„Du bist wunderschön Veronica. Ich bin so glücklich, weil ich dich kennengelernt hab und das Vergnügen habe, dich zu küssen und in meinen Armen zu halten."

„Michael, du sagst manchmal Dinge, die zu korrekt sind", antwortete sie, während ihr ein Schauer über ihren Rücken lief, als er die Hände von ihrem Haar nahm, um ihre Brüste zu berühren und ihre Brustwarzen zu liebkosen. Dann fuhr er mit seiner rechten Hand an ihr herunter, bis er die Feuchtigkeit ihrer Schamlippen fühlte. „Oh..."

„Lass uns versuchen, diese kleinen sexy Geräusche noch einmal zu machen ... noch einmal... fick mich, Veronica." Sie setzte sich auf ihn, bis er in sie eingedrungen war und die Lust spürte, die seine zustimmenden Geräusche in ihr verursachten, bis er ganz in ihr drin war. „Nehm mich in Besitz, so wie ich es mit dir gemacht habe", murmelte er. Sie würde diese Nacht nicht ruinieren.

KAPITEL 11

Das Kinder Barbecue war ein voller Erfolg. Der größte Teil der Gäste war älter als 12 Jahre. Die Kinder spielten in dem Zimmer mit dem Fernseher und machten ein paar Brettspiele und schienen Spaß zu haben, während sie darauf warteten, dass das Barbecue fertig war. Aus offensichtlichen Gründen hatten sie es nicht im Freien gemacht, sodass die Bronsons einen Caterer engagierten, der das Essen im Voraus brachte.

Michael kam eine Stunde zu spät mit Rachel. Beide trugen Jeans. Sie sah seiner Meinung nach herzzerreißend aus, und zum ersten Mal seit vielen Jahren erschien er mit einer Frau am Arm in dem Kreis, den er für den intimsten hielt. Nach Rachels Meinung passte die schwarze Farbe der Jeans wie angegossen zu ihm, und das T-Shirt, das jeden Muskel zeigte, führte sie in Versuchung.

„Herzlich willkommen", sagten Kyle und seine Frau gleichzeitig. „Wie schön, das du hier bist Veronica." Kyle schaute seinen besten Freund an. „Wie gehts Mike", sagte er und umarmte ihn und klopfte ihm auf den Rücken. Der typische männliche Gruß.

In diesem Moment näherte sich ein süßes Mädchen. Das Haar war ein wenig ungekämmt und fiel ihr über die Schultern. Sie hatte ein breites und ansteckendes Lächeln. Sie streckte Michael erwartungsvoll die Arme hin. Die Bronson lachten, als ihr Freund das Mädchen hochhob und ihr Küsse gab.

„Mein Lieblingspatenkind", rief er und stellte sie wieder auf den Boden. „Herzlichen Glückwunsch, Süße." Er durchsuchte seine Tasche, „hier hast du dein Geschenk. Ich hoffe, du nutzt es gut."

Michelle Bronson öffnete den Umschlag mit der Vorfreude, die man an jedem Geburtstag verspürt, wenn man ein neues Lebensalter erreicht. Sie machte große Augen und schaute abwechselnd auf den Umschlag und dann zu ihrem Patenonkel.

„Was ist es?", fragte Rachel leise.

„Es ist ein Einkaufsgutschein für eine Mall mit einem Gutschein von 500 Dollar für die Elektronikabteilung", antwortete Michelle. „Wow, das ist unglaublich", rief sie und umarmte Michael.

Rachel lächelte.

„Vielleicht kann ich Michael nicht übertreffen", sagte sie und schaute auf das Mädchen und ihren Freund „aber, ich hoffe, dass es mit etwas kombinierbar ist, was du in der Elektronikabteilung findest." Sie überreichte ihr eine sehr hübsche Tasche in einer Kombination aus Lila- und Violett-Tönen.

Neugierig, wie sie war, öffnete die Kleine mit den blauen Augen das Geschenk.

„Die besten Geschenke heute", sagte sie und schaute ihre Gäste an. „Danke...", sagte sie und wartete darauf, dass Rachel ihr ihren Namen nannte.

„Veronica", sagte sie und nutzte ihren zweiten Namen, an den sie sich jetzt gewöhnt hatte.

„Bist du die Freundin von meinem Patenonkel?"

Die Bronson hüstelten, aber Michael legte Rachel den Arm um die Taille und gab ihr einen Kuss auf die Wange.

„Ja, Prinzessin, sie ist meine Freundin, was meinst du?", antwortete er ganz natürlich. Er hatte ewig nicht an Etiketten gedacht, aber in diesem Fall war es ganz natürlich herausgekommen. Und es fühlte sich gut an. Etwas in ihm, sagte ihm, dass Veronica sich in etwas mehr als nur eine Frau verwandelte, mit der er einfach nur ausging. Sie war anders als alle anderen.

„Du bist sehr schön."

Rachel wurde rot.

„Genauso wie du", antwortete Michael und schaute Rachel eindringlich an, ehe die Bronson sie ins Innere des Hauses führten, um sie den anderen Gästen vorzustellen. Michelle ging wieder zu ihren Freundinnen, um ihnen die Geschenke zu zeigen.

Rachel war weit davon entfernt, sich wie ein Eindringling zu fühlen. Die Bronsons waren ein angenehmes und gesprächiges Paar. Da sie schon immer sehr scharfsinnig war, konnte sie mit Sicherheit erkennen, dass Zayda etwas bedrückte. Ihr Lächeln schien natürlich, aber zeigte noch etwas darüber hinaus. Nicht weil sie sie kannte, denn das war erst das zweite Mal, dass sie sie sah, seit sie mit Michael ausging. Nein, sie hatte gelernt, die Menschen zu lesen, um ihnen ihre Ideen zu verkaufen, die sie im Kopf hatte. Eine Strategie, die auch auf ihr persönliches Leben zutraf. Leider konnte sie nicht sagen, dass Michael zu dieser Gruppe gehörte. Er war ein Rätsel, es sei denn, er wollte nach Belieben aufhören, eines zu sein.

„Wie gut kannst du mit Kindern?", fragte Eddie Michael mit Gelächter, obwohl es offensichtlich war, dass er gut darin war. In diesem Moment hatte der Anwalt den dreijährigen Sohn von Eddie im Arm. „Ich glaube du sagst besser nichts, denn deine Antwort ist offensichtlich und im Gegenzug akzeptiere ich ein Angebot ab und zu als Kindermädchen zu arbeiten."

Alle lachten.

Genau in diesem Moment fiel Rachel in das Gelächter ein, aber in Wirklichkeit hatte sie einen riesigen Stein auf der Brust. Michael war ein wunderbarer Kontrast. Hart im Nehmen, charmant im Überzeugen, süß im Küssen, leidenschaftlich in der Liebe, großzügig im Unterrichten und geduldig mit Kindern. In welchem Moment hatte sie sich erlaubt, Sympathie für ihn zu empfinden? Mehr als Sympathie. Es tat weh. Es tat weh zu glauben, dass außer Hass noch etwas in ihrer Seele für Michael Whitmore existierte. Sie brauchte Delaney. Sie musste sich von ihm fernhalten.

„Veronica, sind Sie nicht Expertin für Unternehmensinvestitionen und -expansion?", fragte jemand hinter ihr mit einem zarten Ton und zwang sie dazu den Blick von Michael abzuwenden, der gerade das Kind von Eddie in die Luft warf, ehe er ihn wieder an seinen Vater überreichte. Sie atmete tief durch und wandte sich mit einem Lächeln um.

Es war Annelise, eine Innendekorateurin, die daran interessiert war, in ein neues Geschäft zu investieren. Sie war sehr feinfühlig, aber die Wahrheit war, dass es Rachel nichts ausmachte, kostenlose Ratschläge zu erteilen, wenn sie versuchte, dem auszuweichen, was ihre Gefühle ihr zuzurufen versuchten. Alles war okay, solange sie dem, was sie Michael gegenüber erlebte, keinen Namen gab. Sie konnte es nicht... so einfach war das.

„Ja, ja."

„Entschuldigung, aber ich möchte Ihnen eine Frage stellen."

„Oh kein Problem, wenn wir uns alle amüsieren und uns gleichzeitig helfen, dann hat sich das Treffen auf Michelles Geburtstag, glaube ich gelohnt."

„Wie nett von Ihnen, Sie werden sehen ..." Und so begann eine lange und angenehme Unterhaltung, in der Annelise ihr auch ein paar Tricks verriet, wie man Räume viel größer und heller wirken lassen kann, auch wenn in einer Wohnung nicht genug Platz dafür ist.

Weitere Gäste kamen zum Gespräch hinzu, sie gaben ihre Meinungen dazu und später drehte sich das Thema um den Klatsch und um die bevorstehenden Präsidentenwahlen. Während sie mit den Leuten sprach, sagten ihr ihre Sinne, dass Michael sie von nahe beobachtete. Das gefiel ihr. Unmöglich, sich diesem Magneten zu entziehen, der sie auf eine Art und Weise zu ihm zu ziehen schien, die sich von ihren Hauptmotiven unterschied.

Nach dem Essen, das sehr lecker war, sodass Rachel zwei Mal Nachttisch aß, verlor sie Michael aus den Augen. Sie waren jetzt bereits vier Stunden auf der fröhlichen Party und auch wenn das unterhaltsam war, wollte sie eine Weile alleine sein. Als die Leute, mit denen sie sich unterhielt, ihre Aufmerksamkeit auf ein Thema aus der Luftfahrt lenkten, beschloss sie, sich heimlich auf die Suche nach Michael zu machen.

Sie betrat den Flur. Er war leer. Sie ging bis zu dem Wohnzimmer, wo sich die Kinder aufhielten. Sie dachte, dass Michael vielleicht in der Küche oder so wäre und entschied, auf einem Sofa in der Nähe der anderen Gäste auf ihn zu warten. Ein diskreter Platz, den sie auf dem Weg durch den Saal gesehen hatte, als sie das Haus betreten hatte.

Sie ging gerade an der Treppe vorbei, die zum zweiten Stock führte, als sie Michaels Stimme hörte. Sie hielt inne. Sie wollte nicht lauschen, also beschloss sie, auf die Toilette in der Nähe zu gehen. Sie schloss die Tür und ehe sie das Wasser laufen ließ, um sich die Hände zu waschen, vielleicht war es Schicksal oder ein schlechter Scherz, konnte sie – nicht ganz klar, aber mit ausreichender Nähe – hören, was auf der anderen Seite gesprochen wurde.

Sie hörte ihn sprechen.

„Um wen geht es Zayda?", fragte er.

„Vannia, die Tochter der Latzovski. Erinnerst du dich? Vor ein paar Jahren ...."

„Ja, als wir nach Aspen gefahren sind und ich noch mit Ingrid verheiratet war. Ich weiß nicht mehr, was der Typ machte, aber du hast es mir erzählt, Kyle, was ist denn mit deinem Klienten."

„Es ging um Immobilien. Ein anderer Anwalt kümmerte sich darum, aber theoretisch habe ich ihn betreut, ja."

„Olaf ist auch Chef von einem der besten Restaurants in Chicago. Sambuka", sagte Zayda. „Meinst du, du kannst etwas machen?"

Ein Teil des Gesprächs konnte Rachel nicht hören, weil es um sie herum plötzlich laut wurde, weil mehrere Kinder vorbeigerannt kamen. Sie legte das Ohr an die Wand und konnte die weiteren Gesprächsfetzen wieder hören. Sie hoffte, dass sie in der Lage sein würde, einen Teil in den anderen einzuflechten, um den Zusammenhang nicht zu verlieren.

„Ja natürlich", hörte sie Michael sagen.

„Michelle weiß nicht, dass ihre Freundin eine Lebertransplantation braucht. Sie suchen einen Spender außerhalb der Familie. Leider hatten sie bei den Eltern kein Glück, weil ...."

„... weil es nicht ihre biologischen Eltern sind", vervollständigte Kyle den Satz.

„Was für schreckliche Umstände", sagte Michael.

„Die Frau von Olaf ist steril. Also haben sie Vannia adoptiert, als sie drei Monate alt war. Sie ist ihr ein und alles ... und die beste Freundin von Michelle vom Ballett. Bitte Michael, kannst du nicht etwas tun, damit sie auf der Spenderliste für Leberkranke im Krankenhaus nicht weiter nach oben kommt."

„Du unterstützt doch das Krankenhaus Saint Cleare als gewöhnlicher Spender oder?", unterbrach Kyle und schaute ihn bekümmert an. Er wusste wie schwierig es war Michael um diesen Gefallen zu bieten, aber Vannia ging es jeden Tag schlechter. Alles hatte mit Symptomen angefangen, die einer Grippe ähnelten. Aber es war keine. Als die Latzovskis mit

Vannia ins Krankenhaus kamen, waren ihre Augen und die Haut gelb. Die Ärzte machten einige Blutuntersuchungen und weitere Untersuchungen. Am Ende sagten ihnen die Ärzte, dass sie eine Lebertransplantation bräuchte.

„Ja seit einigen Jahren." Michael rieb sich das Kinn. „Wie lange dauern denn die Proben für die Kompatibilität? Ich müsste mehrere ...."

„Nein, Michael. Hör zu, die Proben dauern ungefähr achtundvierzig Stunden und wir sollten nicht noch mehr Zeit verlieren. Außerdem ist die Leber in diesem Fall nicht von einer lebenden Person, sondern von einer kürzlich ..." Michael nickte. „Auf jeden Fall ist es dringend", unterbrach Zayda und drückte die Hand ihres Mannes. „Sie ist auf Platz 3 der Warteliste. Sie muss unbedingt auf die eins. Auch wenn eine Leber für die eins oder zwei auf der Liste infrage kommt, könnte sie damit gerettet werden. Die Leber hat acht Lappen. Mit nur einem Lappen, der transplantiert werden könnte, wird Vannia überleben."

„Okay", sagte Michael erstaunt von der Information. Er verstand jetzt, wie engagiert seine Freunde waren. „Das ist ein delikates Thema für mich ..."

Kyle und Zayda schauten sich unter Hoffen und Bangen an.

„Uns ist es gerade eingefallen, während du über die Gesundheit deiner Neffen gesprochen hast, und die waren im selben Krankenhaus", sagte Zayda. Michael, vielleicht ist diese Frage die wichtigste. Bist du anonymer Spender oder ist dein Name auf der Gehaltsliste?"

„Und was hat meine Antwort damit zu tun?"

„Du könntest mit dem Direktor des Krankenhauses sprechen. Du hast Zugang zu ..."

Rachel erfuhr nicht mehr auf der anderen Seite der Wand, was Zayda noch gesagt hatte, denn mehrere Kinder wählten genau diesen Moment, um schreiend und lachend vorbeizulaufen. Aber das war nicht mehr wichtig, denn sie hatte jetzt ein Motiv, dass sie seit Wochen suchte. Ein Motiv, um sich an Michael zu rächen. Er nutzte Privilegien, um die Spenderliste im Krankenhaus zu beeinflussen.

Das war moralisch nicht angemessen. Es war schlecht angesehen für Geld das Leben eines Menschen über einen anderen zu stellen. Sicherlich würde das irgendein Kommunikationsmedium und sogar die Firma Salmann & Buckend sehr interessieren. Auch die Tatsache, dass einer der Partner unter Beschuss stand, beeinträchtigte den Ruf der Kanzlei.

Rachel war erleichtert. Michael hatte keinen Einfluss auf ihre Gefühle, es war nur eine leichte Entgleisung gewesen. Etwas ganz Normales natürlich. Sie war nur menschlich und die sexuelle Vibration gemischt mit dem Gefühl, endlich für Gerechtigkeit für Piper zu sorgen, war es, was sie gefühlt hatte, als sie Michael mit diesem Kind in den Armen gesehen hatte. Sie hatte alles unter Kontrolle.

„Veronica?"

Sie wandte sich um. Sie war gerade den Flur heruntergegangen, wo sich das Bad befand. Rachel lächelte ihn an, ohne sich auch nur im geringsten schuldig zu fühlen, weil sie das Gespräch gehört hatte, und natürlich würde er das auch nicht erfahren.

Michael betrachtete sie freundlich im Gegensatz zu den Bronson, die etwas besorgt schienen. Keiner von ihnen wusste, dass sie den Grund kannte.

„Ich habe dich schon gesucht, Michael. Wo hast du dich denn versteckt?", fragte sie mit einem Lächeln das sie neutral wirken lassen sollte.

Er umschlang ihre Taille und schob sie vorwärts.

„Ich habe mit einigen unseren Gastgebern gesprochen. Anscheinend gab es noch einige Probleme zu lösen und du weißt", er gab ihr einen Kuss auf die Wange, „Anwälte arbeiten immer."

Der Kommentar ließ Bronson lachen und schon bald schien die angespannte Stimmung des Paares zu verschwinden.

„Natürlich und du bist so ein Unternehmergeist", sagte Rachel ironisch, was unterging, als sich die Eltern der Freunde von Michelle in den Salon kamen.

***

Sie lief mit Schwung und versuchte ihre Unruhe dabei loszuwerden. Der Schweiß ran ihr über den Körper und Schritt für Schritt verschwand die Angespanntheit. Die Technomusik tönte aus ihren Kopfhörern. Sie hatte keine Ahnung, was im Rest des Fitnessstudios vor sich ging. Als wenn sie auf einer imaginären Strecke lief und dessen einzige Teilnehmerin war sie selbst.

Sie lief jetzt schon dreißig Minuten mit einer konstanten Geschwindigkeit auf dem Laufband und in einem Bergprogramm für professionelle Läufer. Etwas, was sie natürlich nicht war. Von Mal zu Mal wurde es anstrengender, mit dem Schritt zu halten, den die Maschine vorgab, als würde sie einen Berg hochlaufen.

Obwohl sie bereits um vier Uhr morgens aufgestanden war und sich schnell angezogen hatte und über die leeren Straßen von Chicago gefahren war, war das Fitnessstudio fast voll. Rachel nahm an, dass es Büroleute waren, die noch einen langen Tag vor sich hatten.

In ihrem Fall war es anders. An dem Tag, an dem sie entdeckt hatte, dass Michael seinen finanziellen Einfluss nutzte, um einem kranken Menschen vor einem anderen zu helfen, hatte sie noch eine viel schlimmere persönliche Offenbarung. Sie war in ihn verliebt. Sie wusste nicht, in welchem dummen Moment ihr das Ganze aus der Hand geglitten war.

Nach der Party von Michelle gingen sie noch in ein japanisches Restaurant und hatten ein lustiges Gespräch über Filme und natürlich ganz nach Michaels Stil blieb auch die Politik nicht aus. Als sie zurück in ihre Wohnung kamen, war Rachel erschöpft. Aber sie wollte sich die ganzen

Katastrophen von heute, die Verwirrung, die sie wegen ihm spürte, mit Sex vertreiben.

Es überraschte sie, dass Michael sie zu verstehen und auf eine Art zu kennen schien, die überwältigend war. Als sie anfing, ihn zu küssen, erwiderte er die Küsse natürlich, aber in dem Moment, als sie ihm das Hemd ausziehen wollte, hielt Michael sie auf.

„Was ist los? Warum hast du das Bedürfnis, heute zu fliehen und die Lust als perfekten Weg zu nutzen?"

Seine Fragen hatten sie verstummen lassen. Also sagte sie ihm, dass sie nicht daran gewöhnt war, eine Beziehung zu haben, in denen die Parteien gleichzeitig großzügig in allen Aspekten waren. Ohne zu wissen, wie, begann sie über ihre vorherige Beziehung zu sprechen. Sie hatte noch nie über das Schwein von ihrem Ex-Freund gesprochen. Aber dieses Mal tat sie es. Über die Art und Weise, wie er ihre Bedürfnisse herunterspielte, um seine eigenen in den Vordergrund zu stellen, die Art und Weise, wie er versuchte, sich seinen Freunden gegenüber überlegen zu fühlen, auf Kosten der Tatsache, dass sie sich schlecht fühlte. Und das Schlimmste von allem, als sie ihn in ihrem Zimmer fand, wie er Geld stahl, wusste sie, dass es nicht das erste Mal war. Er war ein Goldstück von Partner.

„Tut mir leid, Veronica ... es ist wirklich schlimm, dass du so etwas erleben musste. Aber was hat das mit heute zu tun? Hat dich ein Verhalten an diesen Idioten erinnert?"

Die Antwort von ihr war ein Lächeln und ihm zu sagen, dass sie glücklich sei, dass sie ihn gefunden hatte und dass sie bemerkt hatte, dass die Männer wie Frauen nicht alle solche Dummköpfe oder Schwachköpfe waren. Das war die reine Wahrheit. Einerseits, weil das Leben ihr die Möglichkeit gegeben hatte, sich an ihm zu rächen, wie sie es immer gehofft hatte und andererseits, weil sie noch nie die Gefühle erlebt hatte, die Michael in ihr hervorrief.

Ihre Antwort ließ Michael in lautes Gelächter ausbrechen.

„Also, wenn das so ist, lass mich deine Theorie beweisen, denn die Wahrheit ist Fräulein, ich bin so glücklich, dass eine sexy Frau aus dem Moulin Rouge in dieser Nacht zu meinem Bruder kam, als ich da war." Und das war das Letzte, was sie an dem Abend hörte, ehe sie sich in Michaels Liebkosungen verlor.

Sie lief weiter.

Sie fühlte wie ihre Beine an Kraft gewannen. Das war nicht ihr normaler Sportrhythmus. Michael würde schon bald aus ihrem Körper verschwinden. Es war nur eine Frage der Zeit.

KAPITEL 12

Kyle und Michael hatten nicht nur in der Uni ihre Leidenschaft für die Gesetze geteilt, sondern sie waren auch Teil des amerikanischen Fußballteams der Universität Chicago gewesen, eine der angesehensten in Amerika. Zu den Sportarten, die sie liebten, gehörte auch Schwimmen, weshalb sie nun beide Mitglieder eines sehr elitären Anwaltsklubs waren, der vor allem der Vernetzung diente.

Das kleine Kolisseum in dem sich das beheizte Schwimmbecken befand, war ziemlich leer, als die Freunde mittags dort ankamen. Es war Mittagszeit. Sobald Kyle Michael um einige Längen im Pool geschlagen hatte, gingen beide noch etwas essen, ehe sie ins Büro zurückkehrten. Kleine Luxuseinheiten, die sich diejenigen erlauben konnten, die eine solide Karriere und einen guten Ruf in der Branche hatten. Das größte Gewicht hatte jedoch zweifellos die große Menge an Geld, die ihre abrechenbaren Stunden für die jeweiligen Anwaltskanzleien einbrachten.

„Guten Abend meine Herren. Sind Sie bereit für die Bestellung?", fragte der Kellner und näherte sich den zwei

Freunden. Beide nickten und nannten ihre Bestellung. „Kommt sofort. Sie entschuldigen mich." Der Kellner ging.

„Ich nehme an wir sind nicht zufällig hier oder Kyle?"

Er schüttelte den Kopf.

„Es ist sehr wahrscheinlich, dass Vannia bald operiert wird. Sie ist auf Liste hochgerutscht. Die erste Leber, die ankam, war mit den ersten beiden Empfängern kompatibel. Ihre Eltern haben viel Hoffnung, dass sie bald in der Liste aufsteigt, weil ihr Körper immer schwächer wird. Die Ärzte geben Hoffnung, aber in diesem Fall kann niemand sagen, was passieren wird. Wir sind auch nur Menschen ... aber zumindest fehlt nicht mehr viel, um an die erste Stelle für Leberempfänger im Krankenhaus zu kommen."

Michaels Gesicht erhellte sich mit einem Lächeln. Er hatte sich tagelang gequält, weil er den Bronsons nicht helfen konnte. Wenn es etwas gab, was er in der Ethik seines Berufes gelernt hatte, dann, dass die Ethik seines Berufs wertvoll und unbezahlbar war. Er war ein enger Freund des Direktors des Saint-Cleare-Krankenhauses, aber ihre Beziehungen gingen nicht über die berufliche Ebene hinaus, die mit der Manipulation einer Liste von Organempfängern verbunden war. Und selbst wenn er das könnte, fände er es sowohl unfair als auch schwierig, seine Meinung nicht zu ändern. Eines der wichtigsten Dinge, die er von seinem Vater und seinem Opa gelernt hatte, war die Unbescholtenheit bei allem zu bewahren.

„Das ist eine tolle Nachricht. Leider muss für Vannia damit sie gerettet werden kann jemand sterben und die Organe spenden, die gebraucht werden." Er fuhr sich mit der Hand über den Bart. „Wie schwierig ist das Leben und die Entscheidungen ... Kyle, du hast keine Ahnung, wie viel ich über einen Ausweg für Vannia nachgedacht habe, und es freut mich, dass ...."

Kyle hob die Hand und bat ihn mit der Geste sich den Rest zu sparen. Michael sagte nichts mehr.

„Ich wollte mich bei dir entschuldigen, im Namen von Zayda und mir." Michael schaute ihn gespannt an und wartete darauf, dass er fortfuhr. „Wir hätten dich nie in die Lage bringen sollen zwischen deinem Anstand und der Möglichkeit, die Lebenschancen eines Menschen zu beeinflussen, abzuwägen. Es wäre eine sehr lange Debatte, wenn wir noch an der Universität wären", sagte er mit einem halben Lächeln, „aber, das ist das echte Leben und ich habe mich ein wenig unangebracht verhalten. Es tut mir leid, Michael."

Michael nahm sein Pepsiglas und nahm ein paar Schlucke.

„Wenn man verzweifelt ist oder einem jemand wirklich etwas bedeutet, besonders wenn es sich um ein kleines und unschuldiges Kind handelt wie die Freundin von Michelle, dann glaube ich, sind keine Entschuldigungen notwendig und die Quelle um Hilfe zu suchen, sind zahlreich. Der Tag, an dem ich erfuhr, dass meine Neffen im Krankenhaus sind, wollte ich ohne Rücksicht alle Kontakte anrufen, damit sie sofort von den besten Spezialisten versorgt werden. Natürlich war es nicht notwendig, weil die Ärzte wunderbar waren." Er lehnte sich gegen seine Stuhllehne. „Wenn ich in deiner Position gewesen wäre, dann hätte ich wahrscheinlich dasselbe getan. Obwohl mir danach klar geworden wäre, dass ich dich vielleicht in eine schwierige Position gebracht habe. Es ist alles in Ordnung, Kyle. Sage Zayda bitte, dass sie sich keine Sorgen machen soll."

„Danke, Mann."

„Klar."

Das Essen war wunderbar. Immerhin hatte der Klub einen Michelin Stern. Wie auch nicht bei den hohen Kosten für die Mitgliederschaft? Stück für Stück füllte sich das Restaurant. Die eleganten Anzüge von Designern, die teuren Parfüms und die Luxusautos auf dem Parkplatz waren Details, die klar machten, welche Art von Kunden die Soziusse bedienten.

Nachdem sie die Rechnung gezahlt hatten, trafen sie am Ausgang eine ehemalige Kollegin von Kyle, als er noch am

Anfang seiner Berufskarriere stand. Sie hieß Sylvia Bancroft. Und ihr Spezialgebiet waren Scheidungen und sie schien immer Witze darüber zu machen. Sie verstanden sich gut und natürlich war Sylvia eine der besten Freundinnen seiner Frau Zayda.

„Sylvia, was für eine Überraschung! Ich dachte, du wohnst in Memphis."

Mit braunen Augen und dunkelbraunen Haar konnte die Anwältin dem männlichen Blick nicht entgehen. Mit einem milden Charakter und einer fesselnden Stimme schien sie die Lieblingsoption von vielen Freundinnen der hohen Klasse zu sein, um Scheidungen zu bekommen, die ihren Leiden entsprechen. Aber es ging nicht nur ums Geld, Sylvia arbeitete auch als Freiwillige für mittellose Frauen in Chicago.

„Ich war drei Monate wegen einer persönlichen Angelegenheit weg, aber jetzt bin ich wieder da. Natürlich habe ich seit zwei Wochen versucht, mich wieder an dieses Klima in Chicago zu gewöhnen."

Kyle lachte.

„Erinnerst du dich noch an Michael Whitmore?", fragte er witzelnd und schlug seinem Freund auf die Schultern.

Sylvia kniff die Augen zusammen und tat so, als wenn sie sich nicht erinnerte. Plötzlich schnippte sie mit den Fingern.

„Dein Trauzeuge und Sozius bei Salmann & Buckend", sagte sie und schaute den Anwalt mit den grünen Augen an. „Klar erinnere ich mich, der Typ ist doch die Sensation der Stadt." Sie lachte und Michael brach in Gelächter aus. „Wie geht es dir, Mike? Eine Schande, dass wir uns nicht öfter treffen, ich glaube, deine Firma braucht eine Anwältin, die im Bereich des Familienrechts - genauer gesagt bei Scheidungen - für Furore sorgt.

„Sylvia wie immer so schlagfertig. Sicherlich verlieren wir viel Geld mit deinen Fähigkeiten im Gericht und weil du in einer anderen Firma arbeitest."

„Ja. Keine Sorge Kollege. Übrigens hat mein Vater mir ein kleines Geheimnis erzählt und wie gut das wir uns treffen. Ich wollte meine Assistentin anrufen lassen, aber es ist wohl besser, wenn ich dir die Nachricht persönlich überbringe."

Für niemanden war es neu, dass Sylvia die Tochter eines Multimillionärs war, Dwayne Brancroft II. Und Kunde der Kanzlei von Michael.

„Was für ein Geheimnis ist das?", fragte Kyle und kratzte sich an der Schläfe.

„Mir scheint, dass es ein Berufsgeheimnis ist", unterbrach Michael sie ernst.

Sylvia zuckte mit den Schultern.

„Vergesst nicht, dass meine Mutter auch in der Bank arbeitet, also wenn ich dir das sage, Kyle, dann wäre das kein Verstoßen gegen eine Vereinbarung, denn das Geschäft meines Vaters hat nichts mit mir zu tun." Sie veränderte ihre Konzentration, ohne dabei ihr Lächeln zu verlieren. „Oder sehe ich das falsch Michael?", fragte sie und schaute den Anwalt für Banken und Finanzen an.

„Eigentlich ... nicht."

Sylvia stieß dieses wohlklingende Lachen aus.

„Okay nun, ich bin nicht an juristischen Debatten interessiert, wenn ich gerade mit dem Mittagessen fertig bin, also entweder sagst du es mir oder ich muss meinen Freund einem Verhör unterziehen", sagte Kyle.

„Wenn du es so sagst ... Heute werden wir die Fusion der Bank, meiner Familie, der Tangler Bank Chicago und der VSQ Bank abschließen. Die haben wir gekauft." Kyle zog beide Augenbrauen hoch. „Und der Anwalt, der die Fusion leitet, ist Michael. Also hat mein Vater morgen ein Abendessen bei uns zu Hause organisiert, um den Zusammenschluss zu feiern."

„Wow, Michael. Das wurde auch Zeit. Es freut mich, dass du diesen großen Fall für deinen Lebenslauf bekommen hast ... man spricht über nichts anderes in der Finanzwelt im Moment", sagte Kyle. „Ich hätte nichts davon erfahren, wenn wir nicht Sylvia getroffen hätten."

„Was für ein Glück", sagte Michael und rollte mit den Augen.

Sylvia schlug ihm leicht auf die Schulter.

„Okay, Freunde, ich freue mich, euch zu sehen, aber wisst ihr was? Ich habe einen Kunden, der mich erwartet. Und vorher möchte ich etwas essen. Ihr wisst schon, damit ich die nötige Energie habe und dafür sorgen kann, dass seine Scheidung nicht ganz so schmerzhaft wird."

„Für wen?", fragte Michael belustigt.

„Für den Mann natürlich ... weniger für den Geldbeutel, das nun nicht." Alle drei lachten. „Michael, mein Vater würde sich sehr freuen, wenn du kommen würdest. Bitte nimm dir Zeit in deinem Kalender in den nächsten 48 Stunden. Das scheint doch nicht unmöglich Oder?"

Michael lächelte.

„Wenn du mir versprichst, mich nicht mit diesem Gespräch über die Notwendigkeit einer zusätzlichen Verteidigung für irgendeinen Fall zu quälen, dann komme ich."

„Versprochen", sagte sie. Dann wandte sie sich Kyle zu. „Ich habe Lust, ein wenig mit Zayda zu tratschen und ich wollte mit dir reden und zwar nicht zwischen Tür und Angel. Meinst du, du kannst kommen? So kannst du Michael auch sagen, wie er zum Haus meiner Eltern kommt."

„Ich würde mich freuen, Sylvia. Und Glückwunsch für das Familiengeschäft", antwortete Kyle.

„Wenn es für meine eigenen Finanzen von Nutzen wäre, wäre ich sogar noch dankbarer", sagte die schöne Frau mit 1.70m Größe und mit jenem lebendigen Funkeln, der sie charakterisierte. „Wir sehen uns Freunde." Und damit verabschiedeten sich die drei voneinander.

Sylvia und Michael hatten mal ein wenig geflirtet. Die Dinge hatten sich aber nicht entwickelt und sie waren Freunde geblieben. Es war unvermeidbar, dass sie sich distanzierten und darauf achteten, sich nicht über den Weg zu laufen, da sie die gleichen Freunde hatten wie Zayda und Kyle.

Nach allem was passiert war, war es ein wenig unangenehm, sich zu sehen, weil sie versuchte hatte ihn zu verführen und er sie elegant abgewiesen hatte und später war es umgekehrt passiert. Eine Zeit danach war Gras über die Sache gewachsen und sich zu sehen war so schön wie früher. Letztendlich waren zwanzig Jahre vergangen.

Nachdem Michael sich scheiden lassen hatte, war es Sylvia gewesen, die ihm geholfen hatte, damit seine Ex-Frau nicht sein Vermögen erbte. Es war das erste Mal, dass sie einen männlichen Klienten hinsichtlich einer Scheidung verteidigte. Sie schien immer die weibliche Seite zu vertreten, aber bei Michael hatte sie eine Ausnahme gemacht.

Und bevor Sylvia ihm das Scheidungsurteil überbrachte, hatte er dieses schöne Mädchen kennengelernt. Dieser frische und unschuldige Moment. Das war vielleicht das Einzige, was in dieser Zeit gut lief, in der alles darauf ausgerichtet zu sein schien, ihn in Schwierigkeiten zu bringen.

Damals trieben ihn seine persönlichen Widersprüche in Bezug auf Fälle, die kein Trübsal zuließen, in den Wahnsinn. Nicht weil er wusste, dass er etwas Anti Ethisches oder Illegales machte, sondern weil durch die Befolgung der Regeln sein Gewissen schrie, das die Gesetze viel zu schwerwiegend waren, die auf einen Fall angewendet würden. Mord, Vergewaltigung und andere Gewalttaten sollten seiner Meinung nach strenger bestraft werden. In Bezug auf den Drogenhandel rief er nicht zur Milde auf, obwohl er sich bewusst war, dass viele dieser Personen Opfer von Erpressung und Drohungen waren. Es war nicht die Meinung der Allgemeinheit, aber es war seine persönliche Wahrnehmung.

Der Fall mit Piper Galloway war eine Ausnahme gewesen, der hatte ihn in einen Konflikt gebracht. Das Mädchen war viel zu jung gewesen. Ihre Art zu antworten war direkt, intelligent und vernünftig. Als sie das Mädchen für schuldig erklärten und die Strafe vorlasen, verwandelte sich das hoffnungsvolle Gesicht in ein von Terror gezeichnetes

Gesicht. Ein Schrecken, den nur er sah, weil das Mädchen Expertin darin war, einen ruhigen Anschein zu bewahren. Die Augen logen jedoch nicht.

Pipers Blick quälte ihn.

Er hatte den Fall in der letzten Instanz aufgenommen, als der Medienzirkus begann. Das Unternehmen seiner Familie, W&W, konnte mit dem ständigen Hin und Her der Journalisten nicht umgehen. In dem Fall waren zwei Kinder von wichtigen Persönlichkeiten in Chicago involviert, darunter der Klient, den W&W vertrat, Elias Fussel.

Elias bekam nur fünf Jahre Gefängnis, weil sie einen Vertrag mit der Staatsanwaltschaft machten, um andere Beteiligte ausfindig zu machen, um im Gegenzug eine mildere Strafe zu erhalten. Piper hatte eine vom Staat zugewiesene Verteidigung, da sie nicht die nötigen Mittel hatte, um einen guten Anwalt zu bezahlen. Leider machte der, der sie verteidigte, keine gute Arbeit.

Michael glaubte, er hätte eine Verurteilung unter fünfundzwanzig erreichen können, aber zu Pipers Pech gab es inmitten der ganzen Aufregung um den Fall einen toten Mann. Sie sagte, sie hatte versucht, dem Mann zu helfen und deswegen hatte ihre Bluse Blut Tropfen, als sie diese in einer verlassenen Fabrik fanden. Der Richter glaubte das nicht. Das Urteil gegen Piper lautete auf Drogenhandel und Mord zweiten Grades.

Michael hatte aufmerksam verfolgt, wie sich die junge Frau von einer verängstigten Frau zu einer unerschütterlichen Quelle der Energie und Hoffnung entwickelte. Bis der Richter sprach und sie wusste, dass sie nicht freikommen würde ....

Piper Galloways Fall lastete schwer auf ihm, aber er wusste, dass es immer noch einen Weg gab, sein Gewissen zu erleichtern. Er würde sie für diesen Michael einlösen, der dem Mädchen eine Chance gegeben hätte, wenn er gekonnt hätte. Für diesen Michael, der keine andere Wahl hatte, als mit all seinen Waffen einzugreifen, um sie ins Gefängnis zu bringen.

KAPITEL 13

Rachel wusste, dass Michael den Vertrag mit den Fusionen der Banken heute Nachmittag abschließen würde. Er war sehr sorgfältig mit beruflichen Anliegen und bewahrte Verschlossenheit über die Informationen, die er ihr geben konnte. Sie verstand ihn und machte ihm keinen Druck, außer wenn es um Details ging, die mit der Vergangenheit von Piper zu tun hatten. Und dennoch wusste Michael genau, wie weit er mit diesem Thema und auch mit anderen gehen konnte.

Diese Nacht wollten sie einen Film zu Hause schauen. Das war nicht der beste Plan, der ihr eingefallen war, aber es war einer der kältesten Tage in der Stadt und sie wollten nicht raus gehen. Der Druck von Pauls Arbeitsbelastung, die Unterstützung von Delaney bei den Vorbereitungen für eine Brautparty, weil ihre Freundin zusätzliches Personal brauchte, die Durchführung ihrer Pläne mit Michael und der Versuch, die Anspannung im Fitnessstudio abzulegen, machten sie verrückt. Und dazu kam noch, dass sie nichts von ihrer großen Schwester gehört hatte. Sie wollte wissen, wo sie war, aber Piper hatte ihr klar gesagt, dass sie sich melden würde, sobald es ihr möglich war.

Sie wollte, dass es eine unvergessliche Nacht wurde. Die Letzte zwischen ihr und Michael. Er hatte ihr den Schlüssel zu seiner Wohnung gegeben. Ein Beweis des puren Vertrauens laut Zayda.

Als sie vor ein paar Tagen auf der Party von Michelle die Möglichkeit hatte, allein mit Kyles Frau zu sprechen, hatte die ihr von der Untreue Ingrids erzählt. Michael hatte sich damals entschlossen, nur sporadische Beziehungen zu haben, die kurz waren. Er ging mit Frauen aus, aber stellte sie nie der Familie vor. Und wenn er sie vorstellen musste, dann nicht freiwillig, sondern weil sie sich zufällig auf derselben Veranstaltung befanden.

„Frauen, die dasselbe suchten wie er: Vergnügen ohne Kompromisse", hatte Zayda ihr erzählt. Auch hatte sie ihr versichert, dass diese Frauen, sobald sie den vereinbarten Plan ändern wollten, von Michael verlassen worden. Das war seine gewöhnliche Routine. Daher, so hatte ihr Zayda anvertraut, war sie so überrascht, dass Michael sie zur Party seines Patenkindes mitgebracht hatte und dann auch noch freiwillig.

Das Gespräch mit Zayda erleichterte ihr Gewissen nicht. Im Gegenteil. Ein Teil von ihr wollte ihn in Verlegenheit bringen, ihn Schmerz fühlen lassen ... und der andere Teil wollte ihm sagen, dass sie ihn liebte, dass sie in ihn verliebt war. Aber dieser letzte Teil hatte nichts zu bedeuten, denn Rachel hatte bereits vor Stunden einen Brief verschickt, der alles verändern würde. Sie hatte einen einheimischen Dienst benutzt, damit er erst dann kam, wenn sie mit ihrer letzten Erinnerung an ihn fertig war.

Als sie hörte, wie der Schlüssel sich in Michaels Schloss drehte und die Tür geöffnet wurde, sprang Rachel auf. Schnell schaute sie sich im Spiegel über der Kommode an. Offenes Haar. Leicht geschmickte Augen. Keinen Lippenstift. Sie war ohne Schuhe. Sie trug Jeans und eine blau-rote dreiviertellange Bluse mit kleinen Karos.

„Hallo Schatz", sagte sie, als sie ihn sah und kam ihm entgegen. Michael gefiel es zu wissen, dass er diese schöne und quirlige Frau in seinem Haus finden konnte. Vielleicht sollte er den richtigen Moment abwarten, um sie zu bitten, bei ihm einzuziehen. Der Gedanke, dass sie bei ihm zu Hause war, gefiel ihm jedes Mal besser. Veronica tröstete und erregte ihn, wie es noch keine andere Frau geschafft hatte. Sie war etwas Besonderes und er wollte sie ganz für sich haben. Es waren diese Art Gedanken, die er seit seiner Scheidung selten hatte und die Michael glauben ließen, dass es vielleicht Zeit war, seine Phobie gegenüber Beziehungen hinter sich zu lassen. „Ich freue mich, dass du dich hier so wohl fühlst", murmelte er und küsste sie.

Sie lächelte.

„Wirklich?"

„Natürlich", antwortete er an diesen Lippen, die sich so gut an seine schmiegten. Er küsste sie zärtlich. Sie seufzte und Michael nahm dieses Seufzen als Einladung, sie noch mehr zu entdecken.

Michaels Zunge streichelte sie innig, Rachel klammerte sich an sein Hemd, um das Gleichgewicht zu halten, als wenn es ein Rettungsanker wäre. Aber sie wollte kein Verständnis. Sie wollte sich in diesen Wellen der Lust, die sie überfielen, verlieren. Sie wollte ihn näher an sich spüren. Als wenn diese Nacht der endgültige Abschluss ihrer Möglichkeiten wäre. Und im Ganzen gesehen war es das auch.

Michael öffnet die Knöpfe des Hemds. Mit sich hebender Brust sah sie ihm dabei zu, bis sie vor ihm entblößt war.

„Du bist so schön", flüsterte er und streichelte mit dem Handrücken über die Umrisse ihrer Brüste. „Deine Haut ist so weich und ich mag jede Delle darin. „Er beugte sich zu ihr und küsste ihren Hals. Rachel bog den Kopf nach hinten, um ihm besseren Zugang, zu ihrer Haut zu geben. Er biss ihr ins Ohrläppchen und begann eine Spur feuchter Küsse zu hinterlassen, leichte verführerische Bisse.

„Michael..."

„Ja, mein Schatz, ich weiß", sagte er und zog ihr mit einer schnellen Bewegung den BH aus. „Ich bin so ein glücklicher Mann, weil ich dich habe, Veronica."

Sie konnte nichts mehr sagen, weil Michaels Hände sich auf ihre Brüste legten. Er liebkoste sie und verschaffte ihr mit seinem erfahrenen Mund Lust. Er saugte, leckte und verehrte sie auf eine Art, die sie glauben ließ, dass sie von jetzt auf gleich den schnellsten Orgasmus ihres Lebens haben würde, nur von Michaels Mund auf ihren Brüsten.

Rachel konnte nicht ruhig bleiben. Sie brauchte Michaels Haut. Sie wollte sie fühlen. Ihr gefiel der Kontrast der von beginnenden Haaren bedeckten Brustmuskeln in einer Linie, die sich sinnlich abwärts bewegte, bis sie sich in der intimsten Stelle dieses vitalen Mannes verlor. Die Gefühle der Streicheleinheiten waren so intensiv, dass sie spürte, wie ihr Herz raste.

„Ich mag deine Zärtlichkeiten", gab sie zu.

„Ich mag deine auch Süße. Übrigens ... stört es dich, wenn wir uns heute ein wenig beeilen?", fragte Michael, der gierig ihren Mund verschlang, während sie gemeinsam durch das Haus stolperten. Er drückte sie gegen die Glaswand, die das Wohnzimmer von einem kleineren Zimmer trennte. „Du machst mich verrückt und ich kann nicht warten ..."

„Wenn du dich nicht beeilst, werde ich dich wahrscheinlich später quälen", antwortete sie und zog ihm den Gürtel aus. Er half ihr dabei. Seine Hosen fielen herunter, genauso wie Rachels. Michaels Hände fuhren über die weiblichen Kurven.

Er hob ein Bein an seiner Hüfte hoch, damit sie ihn spüren konnte, wenn auch nicht in ihrem Inneren, sondern damit sie sich bewusst war, was sie mit ihm machte. Michael war in sie verliebt. Er konnte sich jetzt nichts mehr vormachen.

„Das kann nicht sein ...", keuchte Michael und presste seine Hände auf ihren Po und hob sie so hoch, dass sein Geschlecht nur noch Millimeter von dem intimen Eingang von Rachel entfernt waren. „Halt dich an meinen Schultern fest, Schatz."

„Michael, jetzt bitte ... ich brauche dich jetzt", bettelte sie und zog mit ihren Zähnen an seiner Unterlippe und spürte die Reibung ihrer Körper die kurz vorm Aufkochen waren. Michaels Augen glänzten wie der Merkur. Er atmete schwer. Rachels Beine waren um seine Hüfte geschlungen.

Er ließ sie nicht mehr länger warten und mit einem ungestümen Ansturm verankerte er sich in ihr.

„Gott, Frau ....", keuchte er und drückte und rieb sich frenisch an Rachel. „Du bist so ... das ist so ein tolles Gefühl mit dir ..."

Michael erhöhte den Schwung seiner Hüften. Die vor Anstrengung feuchten Körper schienen kurz vor dem Ausbruch zu stehen. Krampfhaft spürten sie beide die Elektrizität eines monumentalen Orgasmus. Sie hielten sich nicht zurück beim Stöhnen. Er sagte ihr genau, wie er sich dabei fühlte, und sie tat dasselbe.

Sie fühlte sich, als wenn sie zwei Flaschen Wein getrunken hatte. Sie war betrunken vor Lust. Und als ihr Körper sich ein wenig erholt hatte, nahm er sie in die Arme und sie ruhten sich auf dem am nächsten stehenden Möbelstück aus. Dort, wo sie gerade stehengeblieben waren, denn anscheinend hatte Michael nur den nächstgelegenen Stützpunkt gesehen, und das war eine Glaswand gewesen.

Ohne es vermeiden zu können, lachte Rachel. Er zog eine Augenbraue hoch.

„Was?"

„Wir sind verrückt ..."

„Man sagt, die Verrücktheit genießt man besser zu zweit."

Er stand auf und ging ins Bad. Er wusch sich kurz und dann brachte er Rachel ein Kleenextuch.

„Das ist nicht notwendig, dass du das machst", murmelte sie und wurde rot, als er sie nach hinten beugte. Das ist zu ..."

„Intim?", fragte Michael lächelnd. „Nach allem was wir gemeinsam erlebt haben, scheint es mir, dass mich um diesen

Teil deines Körpers zu sorgen, genauso intim ist, wie tief in deinen Körper einzudringen."

Eine Weile später gingen sie beide in dem prächtigen Badezimmer des Besitzers dieser wunderbaren Villa duschen. Sie genossen etwas mehr als nur das warme Wasser und den Wasserstrahl in mehreren Positionen. Sie verwöhnten sich gegenseitig und küssten sich dann.

Michael zu küssen war eines der Dinge, die Rachel am meisten genoss und sie wettete, dass es ihm genauso ging, denn sie konnten sich ziemlich lange küssen und sich so genießen. Natürlich blieben sie nicht dabei. Aber die Küsse des Mannes schafften es, ihre Sinne in psychedelische Bahnen zu lenken. Etwas, das es wert ist, erlebt zu werden.

„Michael?", rief sie, als er gerade seine Augen geschlossen hatte. Sie lagen im Bett. „Dein Erfolg heute muss doch gefeiert werden", flüsterte sie.

Er öffnete ein Auge und lächelte.

„Ich glaube, das haben wir gerade getan."

„Ja! Sehr witzig." Er lachte. „Wir wollten doch einen Film sehen, aber ich glaube ich habe ein wenig Hunger. Vielleicht sollte ich rausgehen. Hast du Lust?"

„Damit wir uns wieder lieben können?", fragte er und nahm ihr die Decke weg, mit der sie sich zugedeckt hatte, um anschließend ihren nackten Körper zu küssen.

„Michael, ich meine es ernst."

Er lächelte und küsste sie zärtlich auf die Lippen. Er schaute ihr einige Sekunden in die Augen, ehe er ihr mit der Hand über die Wange strich.

„Ich liebe dich, Veronica", sagte er plötzlich. Und überraschte damit sowohl sie als auch sich selbst.

Michaels Überraschung wich bald der Gewissheit. All diesen Wochen. Jeden Tag und jede Nacht, in der er wusste, dass er mit Veronica zusammensein würde, war besonders gewesen. Er könnte die Beziehung mit einem Etikett versehen, es könnten noch Monate oder Jahre vergehen, um sie zu definieren, aber das Einzige, was er wusste, war, das er sie mochte. Und das laut zu sagen machte es noch realer. Er war weder erschreckt noch machte er sich Sorgen. Er hatte das Gefühl, dass er das Richtige tat.

Rachel konnte nicht glauben, was sie hörte. Michael hatte Schritt für Schritt seine Abwehr abgelegt. Und hatte sie damit, ohne es zu wissen in eine Zwickmühle zwischen der Loyalität zu ihrer Familie und ihrem eigenen Herzen gebracht.

„Michael ...", murmelte sie und schaute ihn mit glänzenden Augen an.

Er neigte den Kopf.

„Was möchtest du mir sagen? Michael, du hast mich erschreckt oder Michael halt besser den Mund?", fragte er lächelnd, obwohl er innerlich angespannt war. Veronica hatte es geschafft seine Ängste zu untergraben und sie in etwas buntes und weniger schmerzhaftes zu verwandeln.

„Ich dachte, du bist einer der Männer die vor der Beziehung fliehen", sagte sie stattdessen.

Michael verlor seine Hoffnung nicht. Er rieb seine Nase an ihrer.

„Ich weiß nicht, wann das passiert ist", beichtete er mit einem Lächeln. „Vielleicht habe ich aber auch immer gewusst, dass du nur eine bequeme Ausrede bist, um mein Herz wieder zum Leben zu erwecken."

Er sah sie zärtlich an, aber auch mit ein wenig Angst. Er hatte sie unvorbereitet erwischt.

„Weißt du, Michael, ich ..."

Das Telefon begann zu klingeln. Er ignorierte es.

„Du ..?" Niemand rief ihn zu Hause an, außer es war ein echter Notfall. So wie bei dem Unfall seiner Neffen. Als er sich an den Unfall erinnerte, ließ er von Rachel ab. Sie spürte eine große Erleichterung im Inneren. „Tut mir leid, Schatz, lass mich eben drangehen, vielleicht ist es ein Notfall", sagte er, ehe er den Hörer abnahm.

„Anscheinend versteht die Person, die anruft, nichts von privaten Momenten", murmelte Rachel, ehe sie aus dem Bett stieg, um sich anzuziehen.

Sie musste sich schützen. Sie musste rausgehen und die eisige Kälte von Chicago auf sich einwirken lassen. Sie nahm ihre Kleidung und ging ins Bad. Sie ließ sich Wasser über ihr Gesicht laufen. Dann schaute sie sich im Spiegel an und kam sich fremd vor. Sie hatte keine Züge der Wut an sich. Auch keine Lust, sich zu rächen. Sie sah nur eine Frau, die sich vor der Größe ihrer Gefühle erschreckt hatte. Eine Frau, die jetzt bereute, was sie heute Morgen in der Mittagspause im Büro getan hatte.

Wenn das Universum nicht so unbarmherzig wäre, würde dieser Brief vielleicht in der örtlichen Post verloren gehen. Wenn sie Glück hatte, dann würde auch Pablo Chestein, ein Freund, der bei einer Rechtszeitschrift in der Stadt arbeitete, den Brief nicht finden. Bei so vielen Briefen, wie konnte sie nicht an diese Möglichkeit denken?

Sie stützte sich mit den Händen am Waschbecken ab.

Alles war ihr aus der Hand geraten. Sie war verliebt in einen Mann, der bei ihr gar nicht so viele emotionale Kurzschlüsse auslösen sollte, der zu stabilisieren schien, was schief war, der ihre konventionellen Gedanken und Hypothesen infrage stellte, der sie liebkoste, als könne er nie genug von ihr bekommen, aber vor allem ein Mann, der, als er ihr sagte, dass er sie liebte, sie tief in seine Augen blicken ließ, um ihr das zu gestehen. Sie dagegen...

Sie verlies das Badezimmer mit der Absicht, Michael zu sagen, dass sie ihn auch liebte. Das sie das Mädchen vom Strand vor so vielen Jahren war. Die Schwester von Piper Galloway. Das ihr die Trennung von ihrer Familie wehgetan hatte, aber dass sie nach all dieser Zeit zusammen verstanden hatte, dass er nur seine Arbeit getan hatte. Es war schwer, den Schmerz der Familie zu akzeptieren, aber sie war auch eine Idiotin, weil sie sich an ihm rächen wollte. Weil sie versucht hatte, aus einer solchen Ungerechtigkeit, die sie begangen hatte, Gerechtigkeit zu schaffen, indem sie ihn verurteilte, ohne ihn gekannt zu haben... wie sie es jetzt tat.

Jetzt wusste sie, dass er ein charakterfester, großzügiger, leidenschaftlicher Mann war mit einem hohen Gefühl für die Ethik. Weil er schon viel im Leben verloren hatte. Und sie durfte ihn nicht verlieren.

***

Sobald er Dereck hörte, spürte Michael, wie sich Wut in seinem Körper ausbreitete. Seine Halsmuskeln spannten sich an. Er presste den Kiefer zusammen, während der Mann, der ihn durch sein Vertrauensvotum in den Vordergrund gerückt hatte, ihm die Nachricht überbrachte. Wie war das passiert?

Ich kenne dieses Mädchen überhaupt nicht ... Ein Zufall mit den Nachnamen? Sein Gehirn war wie benebelt. Anwälte glaubten schon von Berufswegen nicht an Zufälle und erst recht nicht, wenn solche Dinge passierten. Ein bescheuerter anonymer Brief.

„Ich weiß nicht, wo das herkommt Dereck", sagte er mit zurückhaltender Stimme. Er wollte alles um ihn herum kleinschlagen. „Aber ehe ich akzeptiere, was die anderen sagen, solltest du mir einen Vertrauensvorschuss geben ..."

„Ich beschuldige dich nicht, mein Sohn. Ich sage dir nur, was der Brief sagt. Ich verstehe, dass es eine Kopie gibt. Das steht hier. Legal Strenght ist die Zeitung, an die es geschickt wurde."

Michael fuhr sich mit der Hand durch das Haar.

„Meine Güte."

„Willst du mir von dem Problem mit dem Krankenhaus Saint Cleare erzählen?"

Michael erklärte, dass er anonymer Spender des Krankenhauses Saint Cleare war. Das er nichts von dem getan hatte, dessen man ihn beschuldigte. Er sprach über den Fall Vannia und das Gespräch mit den Bronson, ohne weiter viele Details zu geben. Er stellte nur klar, dass es eine Lüge sei, dass er seine Mittel benutzt hatte, um die Entscheidung einer Organspenderliste zu beeinflussen. Es erschien ihm nicht etisch und das er nie, auch wenn er die Möglichkeit hätte, so etwas tun würde, weil es nicht richtig sei, Gott über das Leben von Personen zu spielen und zu entscheiden, wem als Erstes geholfen wird und wem nicht.

Während er das Dereck alles erzählte, durchfuhr es ihn plötzlich eiskalt. Plötzlich wurde der einst klare Film schwarz und eine andere Version erwachte zum Leben. Eine Version, die ihn wie einen Vollidioten aussehen ließ.

„Du solltest mich wegen dieser Multi-Millionen-Dollar-Fusion für die Firma beglückwünschen", antwortete er stattdessen. Als wenn Dereck Schuld hätte.

„Das habe ich bereits getan mit einer Überweisung von einem Bonus", sagte er, ohne seinen festen und freundlichen Ton zu verlieren. „Wenn es die Möglichkeit gibt, dass es noch einen weiteren Empfänger dieses Briefes gibt, dann mein lieber Freund, müssen wir uns mit dem Team der Öffentlichkeitsarbeit der Firma zusammensetzen, um die richtigen Schritte einzuleiten ... auch wenn es eine Lüge ist, was in diesem Brief steht. Hier wird kein Mädchen erwähnt. Ich hoffe, dass Mädchen wurde operiert."

Wenigstens das war ihm vergönnt, dachte Michael verächtlich.

„Sie ist auf der Liste nach oben gerückt. Man wird es in diesen Tagen sehen. Auf jeden Fall danke Dereck, dass du mich angerufen hast ..."

Dereck lachte trocken.

„Natürlich. Das oder jemand von der Zeitung hätte dich angerufen. Ich erwarte dennoch Lösungen. Du weißt, dass sich das auf die Firma auswirken kann und du weißt auch sehr gut, dass ich das nicht zulassen kann. Obwohl wir dich natürlich verteidigen werden."

„Danke für dein Vertrauensvotum."

„Ich weiß, wen ich angestellt habe. Lass dir von dieser Nachricht heute nicht den Erfolg mit Bancroft vermiesen. Das ist der Erfolg des Jahres. Man hat von Breaking Legal Deals angerufen. Sie wollen ein Profil erstellen. Das ist eine große Sache. Bruce hat das erreicht."

„Der Praktikant für Öffentlichkeitsarbeit?"

„Eine laufende unbefristete Anstellung. Der Junge hat Potenzial. Ich habe ihm heute erzählt, dass wir den Vertrag mit Bancroft geschlossen haben und er sagte, er hätte einen Freund in dieser Zeitung. Du weißt doch, dass nicht jeder mit diesen Journalisten kann, die besonders mürrisch sind. Es erschien mir eine gute Idee, solange die Details über den Handel so gering wie möglich gehalten werden und du damit einverstanden bist. Auf jeden Fall hoffe ich, dass sich das konkretisiert."

„Nicht, wenn in Legal Strenght etwas über meine angebliche Bestechung eines bestimmten Krankenhauses veröffentlicht wird", antwortete er säuerlich.

„Ich hoffe das alles gut geht. Achja, und übrigens hat mich Dwayne angerufen, um mich zum Abendessen einzuladen. Er hat offenbar die sechs Anwälte, die als deine Rechtsgehilfen mitgewirkt haben, und uns beide aus offensichtlichen Gründen vorgeladen. Wir sehen uns übermorgen dort... ..."

Michael wusste, dass, auch wenn Sylvia ihn eingeladen hatte, es ein Befehl war, wenn Dereck es ihm sagte. Und obwohl es ihm nicht gefiel, Befehle von jemanden anzunehmen, fühlte er eine tiefe Dankbarkeit und Respekt für den Hauptsozius von Salmann & Buckend.

„Verlass dich drauf, Dereck."

Er hielt das Telefon noch mehrere Sekunden lang in der Hand. In der jetzt leeren Leitung rauschte es. Ehe er auflegte, fuhr er sich mit der Hand über den Hals. Er suchte seine Boxershorts, zog sie an und die Hose darüber.

„Michael", rief sie hinter ihm. „Wer war das?"

Etwas in dem weiblichen Blick alarmierte ihn. Es war eine Gewissheit, die ihm wie ein harter Schlag auf die Brust erschien. Alle Stücke setzten sich langsam zusammen. Wie ein Film in Slow Motion. Ein schlechter Film natürlich, weil es sich um sein Leben handelte.

Er atmete mehrmals. Dann wandte er sich mit geballten Fäusten um.

Ihr stockte der Atem, als sie die eiskalten grünen Augen sah. Sie legte eine Hand auf ihre Brust. Sie wollte sich plötzlich übergeben und weglaufen.

„Michael ...", sagte sie sanft, als sie den wütenden Blick auf seinem Gesicht sah. Sie hatte ein ungutes Gefühl.

Er ging mit der ganzen brodelnden Wut in ihm auf sie zu. Ohne Hemd, mit angespannten Muskeln war Michael einschüchternd. Er hatte nicht mehr die Gesichtszüge, die er noch vor ein paar Minuten hatte, als er einer Frau sagte, dass er sie liebte. Die er auf so sanfte, hinreißende und intensive Art geliebt hatte. Die er mit Begehren und Liebe geküsst hatte.

„Die Frage ist anders. Du, wer bist du in Wirklichkeit? Rachel Galloway oder Veronica Marsh?"

KAPITEL 14

Rachels Herz ähnelte einer Lewis-Carroll-Figur in Alices verschwommener Welt. Sie wollte weglaufen, aber hielt sich zurück. Und wenn sie zurückgehalten wurde, wollte sie weglaufen. Sie schluckte. Ein dumpfer Schmerz schnürte seine Rippen ein. Wie in einer Zwangsjacke.

„Michael ..."

„Ich warte auf deine Antwort und hör auf meinen Namen zu wiederholen", sagte er und schaute sie verächtlich an.

Rachel war angezogen, aber sie hatte sich noch nie so nackt gefühlt. Sie umarmte sich selbst. Niemand hatte mehr Schuld als sie selbst.

„Es gibt eine ziemlich stimmige Erklärung", antwortete sie, als sie endlich wieder zu Sinnen kam und wieder reden konnte. „Veronika ist mein zweiter Name. Marsh ist der Mädchenname meiner Mutter. Rachel Veronica Galloway", flüsterte sie.

Michael senkte seinen Blick.

„Und ich kenne dich schon von früher stimmts?", fragte er rhetorisch mit Spott. „Ein unschuldiges junges Mädchen von neunzehn Jahren. Jungfrau. Auch wenn ich mich wahrscheinlich in meinen Verdacht getäuscht habe oder auch nicht." Er zuckte mit den Schultern und Rachel schaute ihn traurig an in der Erinnerung an diese Nacht einige Jahre zuvor. „Du hast dich bestimmt totgelacht, als ich mit dir über dir selbst gesprochen habe!"

„Nein ..."

„Ich nehme an, als du das erste Mal mit einem Mann zusammen warst, hast du dich an mich erinnert. Bestimmte Eindrücke vergisst man nicht." Rachel dachte, er müsse gelernt haben, wie man mit seinen Augen beleidigt, denn die Art, wie er sie ansah, war beleidigend. Als wenn sie ein lebendiges Stück Fleisch zum Verkauf wäre. Als wenn sie billig sei .... „Jetzt können wir aufhören, herumzualbern, und du erlaubst mir, dich bei deinem Namen zu nennen."

Sie schluckte den Schmerz herunter, den ihr diese Worte verursachten.

„Veronica ist ..."

„Ja, ja dein zweiter Name. Letztendlich geht es doch darum, dass du eine Lügnerin bist."

Das ließ Rachel endlich reagieren.

„Du hast meine Schwester ins Gefängnis gebracht", rief sie. Du hast meine Familie kaputtgemacht. Die Einzige, die mir noch lebend blieb: meine Schwester. Meine Eltern sind gestorben und das Einzige, was ich hatte, war Piper. Jetzt habe ich nicht mal mehr das. Du verteidigst Gordov, ein Mann, der meine Schwester wahrscheinlich sucht, um ihr zu schaden, weil sie diejenige ist, die der Polizei Beweise geliefert hat, damit sie ihn endlich erwischen. Es gibt immer einen Polizist, der seinen Mund nicht halten kann und der zu viel über die Geschäfte innerhalb des Gefängnisses redet, sodass er leicht von den Drogenhändlern gekauft werden kann.

„Woher weißt du, wer mein Klient ist?", fragte er mit zusammengepresstem Kiefer.

„Genauso wie du deine Art hast Informationen zu finden, um mit festen Tatsachen für dein Publikum oder deine

Verhandlungen zu argumentieren, habe ich die ebenfalls. Die Galloways sind rekursiv."

Er lachte bitter.

„Klar ... Galloway. Das heißt wohl, ich bezahle mit Karma", sagte er mit grausamem Lächeln. „Zumindest war es die Sache wert."

„Du musst mich nicht beleidigen", sagte sie beharrlich und verletzt wegen seiner Beleidigung. „Alles was du getan hast, war freiwillig. Freiwillig von beiden Seiten."

Das grausame Lachen, das aus Michaels Kehle kam, ließ Rachel das Blut in den Adern gefrieren. Ohne es zu wollen, machte sie einen Schritt nach hinten und stieß mit den Kniekehlen gegen die Matratzenkante des Bettes.

Sie fiel nach hinten und er schwebte über ihr. Rachel stützte sich auf die Ellenbogen und versuchte sich aufzurichten, aber Michael ließ es nicht zu. Er entfernte sich nicht. Und von der Position aus in der sie sich befand, war er noch einschüchternder.

„Und deine erste Erfahrung mit dem Terrain war die junge unschuldige Frau in Maine zu spielen, stimmts?", fragte er wütend. Er war enttäuscht. Verletzt. Verärgert. Frustriert. Er war blind gewesen. Er hatte sich viel zu sehr darauf konzentriert zu glauben, dass sie anders sei.

„Ich wusste nicht, wer du bist, bis ich nach Hause kam und dein Foto in der Zeitung sah, Michael. Die Verlobung von Laura und deinem Bruder..."

„Warum hast du ein Jahrzehnt gewartet?", wollte er wissen und sein Mund befand sich nah an ihrem.

„Ich war damit beschäftigt, meinen Lebensunterhalt zu verdienen und mir einen Namen in der Berufswelt zu machen. Wir sind nicht alle mit einem goldenen Löffel im Mund geboren."

„Bist du eines Abends überzeugenderweise auf die falsche Party gekommen bist? Du hast dich mir angeboten, sobald dir die Möglichkeit klar wurde, nur damit du mir schaden kannst? Was für ein kindischer und dummer Plan!"

Sie ballte die Hände zu Fäusten.

„Es war nicht geplant, dass Delaney die Adressen verwechselt. Meine Schwester wurde für ein Verbrechen bestraft, das sie nicht begangen hat. Sie hat Jahre von mir getrennt verbracht. Ich habe drei Jahre meines Lebens in Chicago verloren. Getrennt von meinen Freunden. Alles, was mir vertraut war, nur um in einen Staat zu ziehen, der mir fremd war. Meine Tante Ariel hat mir sehr geholfen. Aber die Wut in mir war zu groß. Piper hat mich nicht mit zum Gericht kommen lassen. Ich war erst elf Jahre alt, Michael und deswegen ist meine Tante Ariel nach Chicago geflogen, um uns zu begleiten. Sie hat sichergestellt, dass ich keinen Zugang zu den Medien hatte. Sie hat mich beschützt. Bis es für ein elfjähriges Mädchen unmöglich wurde, nicht einen Weg zu finden, das zu bekommen, was sie wollte." Sie wollte ihn mit den Händen schubsen, aber es war, als wollte sie eine Steinmauer bewegen. „Meine Schwester wurde mit Gefängnis bestraft. Wegen dir. Wegen dir verdammt!", schrie sie und brach in Tränen aus. „Alle sind wie die Geier auf die leichteste Beute hergefallen. Eine Person, die nicht die Mittel hatte, einen guten Anwalt zu bezahlen. Und so haben du und dieser ganze Zirkus entschieden, sie ins Gefängnis zu schicken. Sie wurde öffentlich in den Medien erniedrigt. Sie war die Schlagzeile in den wichtigsten Zeitungen. Sie haben ihren guten Namen in den Dreck gezogen. Und warum? Nur weil sie das Pech hatte, dass die Kinder von irgendwelchen Politikern involviert waren? Weil das ihre Freunde waren? Weil diese reichen Kids keine Probleme haben wollten, aber für ein Mädchen das keinen Einfluss und kein Geld hatte, würde niemand zwei Cent geben", fuhr sie mit Groll und dem ganzen Schmerz, den ihr ihre Vergangenheit bereit hatte fort.

Michael nahm Rachel am Handgelenk und legte sie auf die Matratze. Eine auf jede Seite des Kopfes mit den roten Haaren.

„Nein, Rachel. Deine Schwester war schuldig", antwortete er wütend. Er verfluchte den Zeitpunkt, in dem er sich von der Frau hatte einwickeln lassen. Die Rothaarige. Und diese blauen Augen, von denen er dachte, dass er sie vergessen hatte und jetzt verstand er auch, warum er das Gefühl hatte, Veronica zu kennen .... oder Rachel oder wie auch immer sie hieß. „Sie hätte eine bessere Verteidigung haben können, aber diese zu besorgen war nicht meine Aufgabe. Meine Arbeit bestand darin, den Fall, den mein Opa begonnen hatte, voranzubringen."

„Dein Opa ...?", fragte sie atemlos. Sie konnte Michael nicht entkommen. Er hatte sie fest auf die Matratze gedrückt. Sein Duft, seine Haut und seine Stimme waren eine tödliche Kombination, besonders wenn dieser Ansatz sie einst rasend vor Verlangen gemacht hatte, aber jetzt nur noch Bedauern auslöste.

„Mein Opa war krank und er musste den Fall des Klienten, der deine Schwester beschuldigte, im letzten Moment abgeben. Und weil mein Vater mit einem anderen Klienten arbeitete, musste ich den Fall übernehmen und alles, was mein Opa bereits getan hatte, in Rekordzeit von zehn Tagen aufarbeiten. Die letzte Etappe des Prozesses. Als alles noch verrückter erschien", antwortete er fest und erinnerte sich an diese stressigen Tage. Der Betrug von Ingrid. Seine Scheidung. Und eine unerwartete Nacht, Rachel... „Ich wusste genau über deine Schwester Bescheid, um zugunsten meines Klienten zu verhandeln. Ich habe nur die Arbeit beendet, die mein Opa wegen seiner Krankheit nicht mehr beenden konnte."

„Das befreit dich nicht davon, dass du derjenige bist, der meine Schwester ins Gefängnis geschickt hat ...", sagte sie zähneknirschend und schaute ihn herausfordernd an.

„Du hast eine Person verurteilt, ohne sie überhaupt zu kennen. Du hast die ganzen Jahre nur mit Annahmen in deinem Kopf gespielt, aber du hast dir nie die Zeit genommen, die Wahrheit herauszufinden. Oder deine Nachforschungen zu vertiefen. Du hast das Erste genommen, was in den Medien erschien. Hast du sorgfältig gelesen?"

„Der Anwalt, der meine Schwester verurteilt hat, ist Michael Whitmore. Das war es, was ich in den Medien gelesen habe", rief sie, ohne sich einzugestehen, dass sie sich von den Fetzen, die seine Wut nährten, hatte mitreißen lassen. „Ich kenne keinen anderen Anwalt. Der grüne Augen hat. Schwarzes Haar. Eingebildet. Arrogant. Ungerecht."

Er warf ihr ein halbes Lächeln zu. Es lag kein Stück Freude darin.

„Weißt du was Rachel Galloway? Nur weil dieses blauäugige Mädchen in der Vergangenheit vielleicht ein Zufluchtsort inmitten des trüben Wassers meines Lebens war, werde ich dir etwas erzählen, das die Dinge plötzlich ins rechte Licht rücken wird."

Sie hob abwehrend das Kinn. Sie wusste, dass sie den Kampf verloren hatte. Sie hatte alles falsch gemacht. Und er hatte ausreichend Motive, um sauer zu sein.

„Mein Opa, der Anwalt, von dem du sagst, dass er deine Schwester ins Gefängnis gesteckt hat, der alle Argumente gesammelt, die Beweise, die Vereinbarungen und die endgültige Verteidigung durchgeführt hat, heißt Michael Joseph Whitmore. Vielleicht wäre es gut, wenn du dir das von deinem Freund bei der Zeitung, dem du auch die Kopie des Briefes geschickt hast, den Dereck Salmann heute bekommen hat, bestätigen lässt." Rachel wollte den Mund aufmachen, um zu sagen, dass der Brief an ihren Freund in ihrem Haus war und ehe alles nur noch schlimmer wurde, hatte sie entschieden, ihn nicht zu verschicken. Michael fuhr fort: „Du bist in deinem eigenen Spiel gefangen."

„Ich weiß nicht, was ich sagen soll ...", flüsterte sie mit gebrochener Stimme.

„Du hast mit mir gerade genau das gemacht, was dich dazu verleitet hat, Wut und Schmerz für die Vergangenheit zu fühlen: Du hast in deinem Urteil ein Unrecht begannen und hast dementsprechend reagiert. Du hast die Möglichkeit gefunden, aber du hast dir nicht die Zeit genommen, die Situation abzuwägen. Und die ganzen Wochen hast du mich angelogen. Und das alles nur, weil du dich in einen unzeitgemäßen Kampf verwickeln lassen hast, der Piper zusteht und nicht dir. Und nicht mal ihr, weil sie ist ja frei. Du wolltest mit mir spielen, aber du hast einen schrecklichen Fehler gemacht."

„Du verteidigst Gordov ..."

„Da hast du dich wieder geirrt. Aber ich muss diese Themen aus meinem Büro nicht mit einer Frau besprechen, die mir nichts bedeutet."

„Michael ..."

„Ein Mädchen läuft Gefahr, von der Liste der Organspenden genommen zu werden und du wärst die Schuldige, wenn dein blöder Freund von Legal Strenght diese Lügen veröffentlicht, die du provoziert hast."

„Ich habe dich gehört", sagte sie leise. „Du bist Spender im Krankenhaus."

Michaels Hände legten sich über ihre, um sie zur Ruhe zu ermahnen.

„Du hast nur das gehört, was du hören wolltest und deine Ideen ausgearbeitet", schnaubte er. „Schon wieder."

„Es ist einfach passiert."

„Es scheint, als gäbe es in deinem Fall viele Zufälle", sagte er spöttisch.

„Ich habe mich geirrt. Ich gebe es zu. Es tut mir leid", murmelte sie und verlor sich in diesen blauen Augen, die rau und stürmisch waren.

Michael verschlang seine Finger mit ihren. Es war kein Beweis der Zuneigung. Auch nicht der Verführung. Es war einfach eine Art, ihr zu sagen, wie vereint sie noch bis vor Kurzem gewesen waren, aber auch eine Geste, die einmal Leidenschaft bedeutet hatte und jetzt Kontrolle bedeutete. Er kontrollierte die Situation und sie hatte gerade verloren.

„Fräulein Galloway, es gibt etwas, das nennt sich anonymer Spender. Dein Freund von der Zeitung wird also eine schöne Klage bekommen, falls es ihm einfällt, dich als Informationsquelle zu benutzen. Wenn Vannia Latzovski von der Spenderliste genommen wird, dann glaube mir, habe ich keine Zweifel gegen dich vorzugehen."

„Ich habe das Mädchen nie im Brief erwählt. Michael ..."

„Darum geht es doch gar nicht! Es geht darum, dass du genau das Gleiche wie Ingrid getan hast. Du hast ihr Muster wiederholt."

„Ich bin nicht wie deine Ex-Frau", sagte sie wütend. „Vergleich mich nicht mit ihr."

„Ihr seid beide gleich. Lügnerinnen. Die Lüge ist eine Sache, dass Einzige, was sich verändert hat, ist die Schwere. Du bist weiter gegangen. Du hast mein Vertrauen missbraucht und das von meinen Freunden. Du hast viele Straftaten begangen."

„Du bist kein Gefängniswärter und ich auch keine Gefangene. Ich bin kein Richter. Also hör auf, mich zu belehren. Ich habe dir doch schon gesagt, dass es mir leidtut. Ich habe mich geirrt und ich gebe es zu."

„Du bist keine Gefangene, außer von dir selbst und deiner Vergangenheit", sagte er und drückte seine Finger um ihre. Als wenn er Angst hätte, dass sie weglaufen würde. Und als ob er sich irgendwie auch wünschte, sie würde zwischen seinen Fingern verschwinden, damit er das verlegene Gesicht, die blassen Lippen und den verwirrten und bedauernden Blick nicht sehen müsste.

„Michael, ich habe diesen Brief nicht geschickt. Ich habe nur ...", murmelte sie. Sie konnte nicht mehr ... Sie konnte nicht verteidigen, was sie nicht gewinnen konnte. Michael hatte recht. Es tat ihr weh zu wissen, dass ihre Dummheit Konsequenzen hatte. Sie hatte sich nicht einmal rächen können. Eine falsche Rache. Eine absolute Dummheit, die ihr die Möglichkeit genommen hatte, mit dem einzigen Mann zusammenzusein, den ihr Herz liebte, aber der sie nicht mehr länger in seiner Nähe haben wollte. „Ich habe den Brief nicht geschickt", beharrte sie.

„Mein Chef vertraut mir. Dasselbe kann ich aber nicht von mir über dich sagen." Er ließ sie los und wandte sich ab. „Ich hoffe, dass du deine kleine Nummer genossen hast. Danke für den Sex, der war allerdings gut."

„Michael, sag jetzt nichts, was du später bereust. Ich verstehe, dass du sauer bist. Und ich habe viele Dinge, die ich verarbeiten muss ... aber ..."

„Raus. Raus aus meinem Leben. Ich will dich nicht wiedersehen, Rachel Galloway. Oder wie auch immer du heißt oder wie du willst, dass man dich nennt."

Er nannte ihren Namen wie eine Beleidigung. Der blöde Brief war zu früh gekommen, dachte sie. Es ist an der Zeit, den nationalen Postdienst effizienter zu gestalten.

Rachel stand langsam auf. Meine Güte. Der Schmerz, den sie spürte, war fast körperlich. Als wenn eine riesige Hand ihr die Lungen zudrückte und ihr das Herz raus riss. Sie biss sich auf die Innenlippe und versuchte ein Schluchzen zu unterdrücken. Sie hatte verloren. Und alles war seine Schuld. Warum hatte Michael gesagt, dass Piper schuldig war?

„Michael ...", sagte sie mit kaum hörbaren Ton. Sie wollte ihn wegen Piper fragen, aber sie wusste, dass sie die Antworten für sich selbst suchen musste. Dieses Mal ohne nur ihren Standpunkt zu sehen.

Er schaute sie mit kaltem Blick an, aber er musste sich unmenschlich zusammen nehmen, um sie nicht in seine Arme zu nehmen und sie zu küssen, bis er alles vergessen hatte. Bis es wieder nur sie beide waren. Verdammt. Es hätte ihm besser gefallen, wenn er den Anruf von Dereck nie entgegengenommen hätte.

„Meine Mutter hat mir beigebracht, immer ein Gentleman zu sein", sagte er und unterbrach sie. „Ich versuche also diese Lehre zu befolgen. Versuche nicht, mich noch weiter zu reizen. Ich muss morgen arbeiten und habe wichtige Dinge vor", sagte er, als er sah, dass sie zögerte.

Sie näherte sich. Sie merkte nicht, was sie tat. Schüchtern überwand sie die Distanz. Er schien wie eine undurchdringbare Mauer aus reinem Eis. Rachel umarmte seine Taille, aber Michael blieb stehen, ohne auch nur einen Finger zu bewegen.

„Michael ..." sie hob den Blick. „Es tut mir leid, dass das alles passiert ist. Ich hätte es dir gerne gesagt, aber ich habe nicht den richtigen Moment dafür gefunden und als ich ihn gefunden hatte, habe ich gemerkt, dass es viel zu spät ist. Kannst du mir irgendwann verzeihen?"

„Du hättest es mir sagen müssen, damit es gar nicht erst so weit kommt."

„Es ist mir erst klar geworden, als ich wusste, dass ich in dich verliebt bin und ich liebe dich. Ich habe gemerkt, dass dich zu hassen ist wie mich selbst zu hassten, dass der Versuch dir zu schaden, eine Wirkung ist, die sich in mir fortsetzt „,sagte sie schließlich. Wenn es nichts zu gewinnen gab, dann hatte sie auch nichts zum Verlieren, indem sie ihm sagte, wie tief ihre Gefühle für ihn waren.

Er schob sie sanft aber bestimmt von sich.

„Rachel und wann ist dieses Wunder passiert?", fragte er spöttisch.

Sie konnte die Tränen nicht mehr zurückhalten, die sich in ihren Augen sammelten. Diese rollten ihr über die weichen Wangen.

„Es tut mir leid, dass ich es so spät akzeptiert habe. Es tut mir leid, dass ich mich geirrt und dein Vertrauen missbraucht habe. Dieser absurde Plan, den ich ohne Erfolg durchgesetzt habe, tut mir leid und dass ich die Möglichkeit, dich kennenzulernen, nicht richtig genutzt habe und Ausreden gesucht habe, um dir zu schaden oder dir wehzutun, anstatt Ausreden zu finden, um dich besser kennenzulernen. Aber das, was ich kennengelernt habe, hat mich dich lieben lassen. Auch wenn wir uns vielleicht nicht wieder sehen, es tut mir nicht leid, dass ich mich in dich verliebt habe. Das ist das Einzige, was mir nicht leidtut." Sie machte zwei Schritte zurück und ging zur Tür des Zimmers, sie drehte sich um und schaute ihn traurig an. „Versuche einfach, mich nicht zu hassen Michael", flüsterte sie.

Er presst den Kiefer zusammen.

„Warum sollte ich jemanden hassen, denn ich nie geliebt habe?"

Das war wie ein Schlag ins Gesicht für Rachel.

Michael verachtete sich selbst, aber er konnte die Bosheit, die sie in ihm ausgelöst hatte, nicht kontrollieren. Die Wut brodelte in seinen Venen. Die ganze Zeit war Rachel dasselbe Mädchen von damals gewesen. Die Erinnerung existierte und vielleicht wäre es nie herausgekommen, wenn Dereck nicht angerufen hätte. Was für ein Idiot war er die ganze Zeit gewesen. Wie konnte er sich von der Frau ein zweites Mal blenden lassen?

Es war nicht einmal die Absicht von Rachel gewesen, ihn vor anderen zu blamieren. Er konnte sich leicht mit stichhaltigen Argumenten verteidigen, wie er es auch gegenüber dem PR-Team der Firma, deren Partner er war, tun würde. Der Firma, von der er Sozius war. In diesem Fall war es der Verrat an seinem Vertrauen, den er verachtete. Die Möglichkeit, dass er vielleicht den intimsten Kreis geschadet hatte, den er so sehr schützte: Seine Freunde und seine Familie.

„Du hast mir doch gerade gesagt, dass ..."

Er verschränkte die Arme. Dann schaute er sie von oben nach unten an auf eine Art an, die schon grotesk schien. Könnten Gesten den Körper wie ein vergifteter Speer durchbohren, fragte sie sich. Sie konnte kaum atmen. Sie musste gehen, ehe sie noch etwas Bescheuertes tat, wie zu betteln, dass sie die Dinge klären würden und wieder zusammen sein würden. Aber was einmal kaputt war, konnte man nie wieder in den Originalzustand versetzen, egal wie toll der Kleber war. Das wusste sie.

„Vielleicht sagen wir Männer das manchmal nach gutem Sex ... oder wenn wir es wiederholen wollen", sagte er. „Du weißt schon Rachel, eine Frau für eine Saison. Jetzt ist das Neue vorbei und es fängt eine neue Saison an, mit einer anderen."

Rachels Lächeln, das optimistisch sein sollte, wenn es doch logisch war, dass sie am Boden zerstört war, bewegte Michael tief im Inneren. Er blieb jedoch gleichgültig gegenüber dem Teil, der ihn dazu drängte, sie zu umarmen, ihr zu sagen, dass es eine Lüge war, dass es nur ein guter Fick war, weil es das nie sein würde, dass er sie liebte, aber dass er Zeit brauchte, um zu verstehen, zu begreifen und zu verzeihen. Der pragmatische, bewusste und nüchterne Teil forderte ihn auf dort stehen zu bleiben, wo er war. Er war so enttäuscht, dass er Letzterem gehorchte.

„Ja ... so funktionieren die Dinge wohl manchmal." Sie verteidigte sich nicht. Sie hatte in diesem Haus nichts zu suchen. In diesem Leben. In diesem Herzen. Sie schaute ihn an, aber seine Augen hatten nicht mehr diesen Glanz, der ihn auszeichnete. „Auf Wiedersehen Michael, es tut mir leid ..."

Sobald sie im Wohnzimmer war, nahm sie ihre Tasche. Sie musste sich beruhigen zum Autofahren. Sie ging langsam davon und öffnete die Tür zu ihrem Auto und stieg ein. Ehe sie losfuhr, schaute sie noch einmal hoch. Mit einem resignierten Seufzen drückte sie traurig auf das Gaspedal.

Als Michael Rachels Auto hörte, dass sich langsam entfernte, bis er nichts mehr hören konnte außer die Stille der Nacht, setzte er sich auf den Boden und lehnte sich mit dem Rücken an die Wand seines Zimmers. Er lehnte den Kopf an und blieb lange Zeit so sitzen. Er hatte den Bankfall des Jahres in Chicago abgeschlossen, aber noch nie hatte ein Sieg so bitter geschmeckt.

KAPITEL 15

Mehrere Wochen später …

Normalerweise verließ Piper das Haus nicht, außer zum Einkaufen oder um in irgendeinen Laden zu gehen, in dem sie nicht auffiel. Sie versuchte sich unauffällig zu verhalten, seit sie wusste, dass man ihr folgte. Die Gegend, in der sie sich versteckt hielt, lag dicht an den Gegenden, in denen man sie suchen könnte. Sie hatte sich auch das Haar schwarz gefärbt. Das wollte sie schon immer machen, aber jetzt hatte sie eine Ausrede.

Der Hauptbeamte, der sie beschützen sollte, Dalton begleitete sie zu jeder Zeit und zwei Polizisten in Zivil liefen Streife in der Gegend. Sie hatte seit mehreren Tagen nicht mehr mit ihrer Schwester gesprochen und sie hätte nie gedacht, dass ihr selbst auferlegtes Exil so kurzlebig sein würde. Schon nach Kurzem begann sie die Ruhe zu genießen. Sie konnte es nicht glauben.

Die Polizei hatte Gordov vor ein paar Tagen festgenommen und sie spürte, wie das Leben wieder zurückkam.

„Ich bin wirklich beeindruckt", sagte sie zu dem korpulenten Mann, der während der langen Wochen schon fast ein Freund geworden war. Das heißt, wenn Dalton nicht so geheimnisvoll wäre. „Ich kann es einfach nicht glauben." Sie hatte die Nachrichten gesehen und war ausgeflippt.

„Einer seiner Pächter hatte die Nase voll von den Versuchen, ihn durch einen absichtlich gefälschten Vertrag um das Geschäft zu bringen, das er sich so hart aufgebaut hatte. Anscheinend war er nicht der einzige Betroffene", erzählt Dalton.

„Und das ist das überzeugendeste Argument?"

Der Mann verschränkte die Arme. Er wusste, dass Piper versuchte, Informationen aus ihm herauszubekommen, aber in diesem Fall konnte er ihr nicht mehr verraten als das, was bereits alle wussten. Er konnte ihr nur die Gewissheit geben, dass in diesem Fall der Prozentsatz, dass Gordov noch hinter ihr her war, sehr gering war und die Möglichkeiten, dass sie ihn dieses Mal nicht einsperrten, praktisch null waren. Ihre Kontakte hielten sie gut informiert, aber konnte nicht mehr als das Notwendigste bekannt geben.

„Der Beweis liegt in den Händen der Polizei, Piper. Es handelt sich um einen unzufriedenen Pächter, der den Mut hatte zur Polizei zu gehen und das zu sagen, was sie suchten, um ihn festzunehmen. Ich kann nicht über die Details reden, ich kann dir nur sagen, dass sie sehr stichhaltig sind."

„Sie haben ihn also wegen seiner illegalen Geschäfte dran gekriegt", murmelte sie laut, während sie ihren Koffer schloss. Sie hatte nicht viele Besitztümer, aber nur der Gedanke, ihre Schwester zu sehen, erfreute sie. Vielleicht konnten sie noch einmal von vorne anfangen. Es wäre nicht einfach für sie, im Gefängnis hatte sie viel unter Einsamkeit gelitten und unter Wut, aber sie könnte ihren Teil beitragen. Es wäre ein neues

Leben. Und sie wollte versuchen, die Freude aus alten Zeiten wiederzuerlangen, um besser in der Gegenwart zu leben.

„Man weiß nie, was für Überraschungen das Leben für einen bereithält."

„Sie sind jetzt frei zu gehen. Es besteht keine Gefahr mehr."

„Vergeltungsmaßnahme ...?", fragte sie und biss sich auf die Unterlippe.

„Das glaub ich nicht. Das Ziel wäre wahrscheinlich eine andere Person oder andere Personen. Sicherlich werden sie uns informieren, dass wir zum Zeugenschutz neu zugeteilt werden. Ich nehme an, ich werde diesen Pächter eher kennenlernen als Sie", sagte er lächelnd. Eine seltene Geste bei der Polizei. „Sie haben Ihren Teil geleistet, Piper. Ihre Information wird uns für die Zukunft dienen, aber Sie sind jetzt frei." Dalton zog seine Jacke gerade. „Wenn Sie dennoch Ihre Identität ändern wollen, können Sie das tun ..."

„Nein", unterbrach sie ihn sanft. „Ich glaube, ich werde versuchen, mein Leben als Piper Galloway wieder aufzubauen."

„Sie müssen Ihren Bewährungshelfer über alle Schritte informieren, die Sie unternehmen."

„Das werde ich tun", sagte sie mit einem Lächeln. „Danke Dalton und danke an Ihre Kollegen, weil sie mich die ganzen Wochen beschützt haben."

„Viel Glück, Fräulein Galloway."

Mit einem Nicken verließ der Mann den Raum und ließ sie weiterpacken. Sie würde umziehen an einen mehr lebendigeren Ort. Nach allem was passiert war, hatte sie jetzt genug Zeit, um sich die Stellenanzeigen in der Zeitung anzusehen.

Dalton hatte sie vor fünf Tagen zu einem Gespräch mit einer neuen Vermieterin begleitet, als die Benachrichtigung über die Verhaftung von Emilio Gordov bekannt geworden war. Am Anfang zeigte sich die Dame abgeneigt, als sie zugab, dass sie eine Ex Gefangene war, aber Daltons Vermittlung, der ihr sagte, dass sie ihr vertrauen konnte und er ihr, falls nötig die Telefonnummer des Bewährungshelfers da lassen würde, funktionierte. Am Ende akzeptiere die Frau das Gästehaus mit all dem Komfort, das es besaß zu vermieten.

Und Piper Galloway war bereit, von vorne zu beginnen.

***

Sie schaute auf die Uhr an der Wand, als sei sie das Wichtigste auf der Welt.

Es waren drei Monate vergangen, seit sie Michael das letzte Mal gesehen hatte. Seitdem war ihr Leben anders. Es war eher zurückhaltend und automatisch. Aber zumindest war ihre Schwester Piper wieder ganz die alte oder zumindest versuchte sie es und sie verbrachten mehr Zeit zusammen. Sie musste ihr ihre Beziehung mit Michael und ihr Scheitern bei ihrem Racheplan eingestehen. Piper überraschte sie, als sie ihr erzählte, dass er sie in ihrer neuen Wohnung besucht hatte.

„Wie hat er dich gefunden, Piper?"

„Anwälte haben ihre Mittel und Wege und ich habe ihn nicht gefragt. Ich war überrascht, als er plötzlich bei mir vor der Tür stand. Es war ein vertraulicher Besuch, aber du bist meine Schwester und ich möchte, dass du weißt, dass es mir leidtut, dass ich dir so viel Leid zugefügt habe, weil ich dich glauben ließ, ich sei unschuldig. Ich habe es nie klargestellt, es tut mir leid Rachel."

„Das ist jetzt egal, Piper." Als Rachel in ihrer Verzweiflung Ariel angerufen hatte, um nach einem Ratschlag einer erwachsenen und weiseren Frau zu fragen, bestätigte ihre Tante ihr, dass Piper schuld war. Das es Beweise gab, aber dass sie keine Einzelheiten preisgeben konnte, sondern nur versichern konnte, dass Piper schuld war. Ihre Tante hatte sich verständnisvoll gezeigt, als Rachel ihr sagte, dass sie einen großen Fehler mit Michael gemacht hatte und Ariel hatte sich ebenfalls entschuldigt, dass sie nicht daran gedacht hatte, dass Enkel und Opa denselben Namen trugen. „Was wichtig ist, ist, das du bereit bist, dein Leben neu zu ordnen und dass es keine Missverständnisse mehr gibt. Jetzt bist du frei und wir werden versuchen, die Erfahrungen, die uns fehlen, wieder aufzuholen."

„Sie war schuldig und hatte es verdient, ins Gefängnis zu gehen, aber sie ist keine Mörderin. Ich hätte es dir sagen sollen, als du auf meine Unschuld gepocht hast." Sie hatte ihre Hände genommen und sie sanft gedrückt, so wie sie es immer getan hatte, wenn Rachel Angst hatte, nachts alleine zu schlafen, als sie noch klein war. „Ich hätte nie gedacht, dass du diese Wut und den Ärger noch immer mit dir trägst. Michael Whitmore ist ein guter Mann, Rachel. Und er war es nicht, der mich ins Gefängnis gesteckt hat, wenn wir es objektiv betrachten."

„Sein Opa ..."

Piper hatte entschlossen genickt.

„Er hat nur seine Klientin verteidigt, Rachel auf meine Kosten, ja. Aber so ist das Leben. Es war seine Arbeit."

„Du sprichst, als wenn du keine Wut in dir trägst..."

„Ich glaube nicht, dass mir die Wut die verlorene Zeit zurückbringt. Vielleicht kann ich dir irgendwann mal meine Geschichte erzählen, aber jetzt Schwesterherz will ich das lieber da lassen, wo es am besten aufgehoben ist: Im Raum der vergessenen Erinnerungen. Es gibt nichts mehr zu retten. Ich will lieber nach vorne sehen und ein neues Leben beginnen. Nicht jeder bekommt eine zweite Chance, um sich zu verbessern und das Tageslicht zu sehen."

„Hat er über mich gesprochen?", hatte sie gefragt und konnte ihren hoffnungsvollen Ton nicht verstecken.

„Er sagte mir er kennt dich. Er hat keine weiteren Einzelheiten genannt .... Er hat mir gesagt, dass durch den Ratschlag der Anwälte Salmann & Buckend die Personen, die entschieden haben Gordov anzuzeigen, um ihn vor Gericht zu bringen, mit der Polizei gesprochen haben. Michael sagte mir, es sei eine Art, mir gerecht zu werden."

„Dir?"

Piper hatte genickt und ihrer Schwester in die Augen geschaut.

„Er wusste, dass ich kein Geld hatte, um einen guten Anwalt zu beauftragen und das meine Verteidigung schlecht war. Ich hätte eine Vereinbarung treffen können, aber niemand hat es mir angeboten. Ich hatte keine Möglichkeit zum Verhandeln. Er hat nur seine Arbeit gemacht und gesagt, dass er das Gefühl hatte, mir etwas zu Schulden. Nur wegen seinem Gewissen, seinem persönlichen Gewissen und nicht beruflich. Also hat er mir erzählt, dass er möchte, dass ich weiß, dass sein Opa nur das getan hat, was jeder Anwalt getan hätte: Seine Klienten verteidigen. Und natürlich war er der Verantwortliche, sie zu verteidigen, als er krank wurde. Er konnte ihn nicht ihm Stich lassen. Er hat es auch nicht getan."

„Ich verstehe."

„Seine Art, sein persönliches Gewissen zu erleichtern, war in diesem Fall darauf zu bestehen, dass er die Fachrichtung wechselt. Jetzt vertritt Salmann & Buckend die Mieter von Gordov. Die, die ehrliche Geschäfte in den Räumen dieses Schweins haben. Sie werden nicht wegen Drogenhandel angeklagt, obwohl wer weiß, vielleicht finden sie jemanden, der gegen diesen Schläger aussagen will und die Straftaten erhöhen sich noch. Er soll wegen Erpressung und Urkundenfälschung angeklagt werden."

„Die Pachtverträge ..."

„Genau. Gordov wurde also als Klient von Salmann & Buckend gekündigt und jetzt hat dieser Schläger die Konkurrenz von Michaels Firma beauftragt."

Rachel musste lachen.

„Michael wird gewinnen."

„Er wird den Fall nicht übernehmen, das wird ein anderes Rechtsteam machen. Man sagte mir, dass es einen Interessenkonflikt gäbe und er nichts von dem Thema mit Gordov wissen möchte. Aber ja, wenn er die Verteidigung dieser Mieter übernehmen würde, würde er gewinnen. Du liebst ihn oder?"

„Piper ... ich habe dir doch erzählt, was passiert ist."

„Delaney ist eine gute Freundin, Rachel. Vielleicht solltest du auf ihren Rat hören, denn der ist derselbe, den ich dir geben werde. Geh und sprich mit ihm. Du wirst ihn verlieren. Tu etwas Rachel."

„Er will mich nicht Piper. Es ist doch offensichtlich, dass er mich bereits vergessen hat ..."

„Wenn er das getan hätte, wäre er nicht zu mir gekommen. Er hatte sich von allem losgelöst, was mit dem Namen Galloway zu tun hatte. Denk noch mal drüber nach."

Rachel kam zurück in die Realität, als der Alarm ihres Handys zu klingeln begann.

Genau drei Minuten. Sie hatte das Offensichtliche schon befürchtet und das noch bestätigt zu sehen ließ sie sich noch schlechter fühlen. Aber gleichzeitig erfüllte sie die Aussicht, etwas zu haben, das ihr niemals genommen werden konnte, mit neuer Energie.

Sie nahm den Test in die Hand.

Zwei Striche.

Sie blickte sehnsuchtsvoll auf den Schwangerschaftstest.

Auch wenn die Umstände jetzt anders waren. Zumindest würde sie die bedingungslose Liebe von ihrer Tochter oder ihrem Sohn bekommen. Sie nahm die Pille und Michael hatte immer ein Kondom benutzt. Sie wollte nicht schimpfen. Sie akzeptierte, was in ihrem Körper vor sich ging.

Während der letzten Woche war sie müde gewesen und dennoch hatte sie die Stunden im Büro verlängert. Sie hatte wie verrückt gearbeitet und dachte, die Verspätung ihrer Periode hätte etwas damit zu tun, dass sie Mahlzeiten ausließ oder sich überarbeitete. Bis Delaney sie ansah und sie fragte, was zum Teufel mit ihr los sei.

Das war heute Morgen gewesen, als sie sich am Fahrstuhl getroffen hatten.

„Meine Güte Rachel! Du kannst nicht zulassen, dass das, was passiert ist, dich mit dunklen Augenringen zurücklässt. Isst du auch etwas?"

„Ja ... nein. Ich habe keine Zeit. Es sind neue Werbeangebote reingekommen, die muss ich lesen und meine Kommentare Paul schicken."

„Meinst du, du bist schwanger? Bei der Party von Myrnas Sohn bist du fast eingeschlafen und gestern bist du fast umgekippt, als du Pudding gemacht hast. Ich nehme an, das hat nichts mit dem Essen zu tun .... teilweise."

„Del..."

„Mach einen Schwangerschaftstest. Wenn ich nichts von dir höre, glaub mir, dann komm ich und werde dich zwingen, dich aufs Klo zu setzen."

Das hatte sie zum Lachen gebracht, aber sie wusste, dass Del es ernst meinte.

„Was soll ich jetzt machen?", fragte sie, während sie sich die Kleidung auszog und unter die Dusche ging. Vor Wochen war sie mit Delaney im Kino gewesen und danach essen. Sie hatten sich in einem Restaurant in der Stadt mit einigen Freunden getroffen und sie war umgeben von Zuneigung und guter Stimmung. So sehr, dass gelacht hatte und den Abend genossen hatte.

Dennoch war sie überrascht gewesen, Michael von fern zu sehen. Auf der anderen Seite des Restaurants, auf der teureren Seite. Er war nicht alleine. Eine große und vornehme Frau ging an seinem Arm.

Es hatte ihr wehgetan, ihn mit einer anderen Frau zu sehen. Sie hatte sich eiskalt von innen gefühlt, denn sie liebte ihn bis zu dem Punkt, dass sie glaubte, es würde ihr all ihre Kräfte nehmen. Aber er hatte sich dazu entschieden, noch mal neu zu beginnen. So wie er es ihr gesagt hatte ... eine Saison, eine Frau, eine andere Saison, jemand anderes.

Am besten wäre es, mit Michael zu reden und ihm zu sagen, dass er Vater wurde. Sie wollte kein Geld von ihm oder seiner Familie. Sie wollte nur, dass das Baby die Möglichkeit bekam, den Nachnamen des Mannes zu tragen, der es gezeugt hatte. Das es wusste, dass es einen Vater und eine Mutter hatte und das, die ihn mit Liebe empfangen hatten, auch wenn niemand gedacht hätte, dass sie mal Eltern werden. Ihr Baby war mit Liebe gezeugt worden und das war die Wahrheit.

Das Wasser lief ihr über den Körper.

Sie fuhr mit ihren Händen über ihren flachen Bauch. Sie nahm an, sie sei eine der Frauen, die kaum Bauch hatten und den man es erst im sechsten Monat ansah.

Sie wollte wissen, wie weit sie war. Sie machte sich einen Termin für den nächsten Tag beim Frauenarzt. Sie hasste es, zum Arzt zu gehen, aber noch mehr ins Krankenhaus zu gehen. Im Moment versuchte sie die Wirklichkeit ihres Zustands anzunehmen und suchte alle notwendigen Informationen, um sich geeignet zu schützen. Sicherlich wären Piper und Delaney begeistert davon zu erfahren, dass sie Tanten würden. Und ihre Tante Ariel, Großtante.

Vielleicht wäre es als Nächstes gut, wenn sie ihre Tante in Maine besuchen würde. Sie könnte mit Paul sprechen und um Urlaub bitten. Sie konnte vom Strand aus arbeiten. Für was gab es das Internet? Ihre vorgezogenen Ferien. Paul war sehr verständnisvoll, was das anging. Oder zumindest hoffte sie, dass er das wäre.

Sobald sie die Situation im Büro geklärt und Michael über seine Vaterschaft aufgeklärt hatte, würde sie sich ganz auf sich konzentrieren und darauf, ihr Leben weit weg von ihm zu leben. Obwohl sie das viel Mut kosten würden. Obwohl es ihr wehtat.

Sie musste über ihre Erinnerungen an Michael Whitmore hinwegkommen. Sie konnte nicht den Rest ihres Lebens versuchen, die Reste einer kaputten Beziehung aufzusammeln. Jetzt verdiente eine Person, die in ihr wuchs, eine starke und entschlossene Mutter. Das würde sie nicht kaputtmachen.

***

Die erste Nacht, in der er dachte, dass sich das Blatt wendet, war, als er seine Erzfeindin in einem Restaurant sah. Er fühlte sich schlecht, als er Rachel sah, die mit der Gruppe von Freunden, die sie umgab, lachte. Denn er sollte dieses

Lachen in ihr erzeugen und stattdessen hatten seine letzten Worte sie zum Weinen gebracht. Er hätte sich diese verletzenden Worte für den Zeitpunkt aufheben sollen, an dem sich die Wut verflüchtigt hatte. Rachel hatte zugegeben, dass sie ihn liebte. Sie hatte ihn nicht gesehen, da war er sicher. Vielleicht war es besser so. Erst nach langem Nachdenken über den Tag, als er Derecks Anruf erhielt, verankerte sich ihre Aussage in seinem Gedächtnis.

Das Misstrauen, das er nach Ingrid empfunden hatte, schien sich zu verdoppeln, und gerade als er glaubte, wieder an eine Frau glauben zu können, war Rachel nicht die, für die sie sich ausgab. Er plante, nicht sie aufzusuchen, aber er konnte sie auch nicht vergessen.

Douglas und Lara hatten ihm gesagt, er solle sich mal in Rachels Lage versetzen, und auch wenn ihre Absichten nicht die besten waren, am Ende hatte sie sich in ihn verliebt. Die Worte der Bronsons waren ein wenig härter, als sie erfuhren, was passiert war, aber die Nachricht war die Gleiche wie die seiner Familie: Er sollte versuchen, die Situation zu klären und versuchen das zu retten, was sie hatten.

Seine Mutter, von der er am wenigstens erwartet hatte, weil er ihr nichts Genaues erzählt hatte, bestand darauf zu warten, damit sie Zeit hatte, mit sich ins Reine zu kommen. Und falls sie ihn aufsuchte, sollte er sie reden lassen. Sie sagte, dass jede Person seine Zeit bräuchte und dass er nicht das Wichtigste vergessen sollte: Er sollte sich immer in die Lage des anderen versetzen. Mit diesen direkten und doch allgemeinen Worten gab sie ihm die Antworten, die er brauchte.

Was die Situation in der Kanzlei anbelangt, so hatte der Bericht in Breaking Legal Deals dazu geführt, dass die Kanzlei sehr bekannt wurde und neue Mandanten gewonnen werden konnten. Dereck war zufrieden, aber sie kamen nicht auf Michaels philanthropische Seite zurück. Das Magazin nutzte den Blickwinkel von Michaels Jugend, die Familientradition der Arbeit im juristischen Bereich - wofür sie seinen Vater und Bruder als Testimonials interviewten - und natürlich gab es auch Fragen zu politischen Themen, die Michael mit Taktgefühl beantwortete.

Trotz der verschiedenen Aktivitäten, die sein Beruf im Allgemeinen enthielt, hatte er nicht aufgehört, an Rachel zu denken. Die Liebe endete nicht. Seine war lebendig, gebeutelt, aber begierig darauf, erneut zuzuschlagen. Er spürte, dass sein Gewissen mit der Vergangenheit im Reinen war. Er war bereit, nach vorne zu sehen. Aber das konnte er nicht ohne Rachel.

Drei Monate, ohne sie anzufassen. Ohne ihren Körper zu erforschen. Er wollte den Klang ihrer Stimme hören und ihr Stöhnen genießen, wenn sie zusammen eins waren. Aber was ihm am meisten fehlte, war mit ihr zu reden. Er wollte über die Art und Weise lachen, wie sie Dinge verteidigen wollte, die nicht in ihren Händen lagen. Die Art ihres Humors ...

Er ging mit Saphire aus, eine schöne Künstlerin, aber das war ein Fehler. Das Mädchen war intelligent und ihre Gespräche angenehm, aber nachdem er Rachel heute Abend gesehen hatte, wusste er, dass er verloren hatte. Diese Rothaarige hatte ihn für alle Frauen ruiniert, seitdem sie ihm über den Weg gelaufen war.

KAPITEL 16

„Der Anwalt Whitmore kann Sie jetzt nicht sehen, Fräulein. Das haben wir bereits mehrmals gesagt. Er ist mit etwas Wichtigem beschäftigt. Bitte machen Sie einen Termin und kommen sie dann wieder."

„Ich habe heute Morgen angerufen. Und habe mich auf die Liste der Klienten setzen lassen. Ihre Kollegin", Rachel durchsuchte ihre Tasche und holte ihr Handy heraus „ Alisson Parks, sie hat mich aufgeschrieben. Bitte schauen Sie noch mal nach. Rachel Galloway." Es wäre vielleicht einfacher gewesen, Michael einfach anzurufen, aber sie hatte Angst, dass er ihre Anrufe ignorieren würde. Ihn persönlich zu sehen, an dem einzigen Ort, an dem er die Ruhe bewahren würde, war die Lösung, die sie für umsetzbarer hielt. Sie hatte nicht mit einer nachlässigen Empfangsdame in einer Anwaltskanzlei gerechnet, die so viele Millionen Dollar pro Jahr umsetzt.

„Oh, Alisson ist schon früh gegangen. Lassen Sie mich mal sehen." Die Frau nahm sich Zeit. Sie schien etwas zu lesen, was wie ein elektronischer Bericht aussah und dann lenkte sie ihre Aufmerksamkeit wieder Rachel zu. „Tut mir leid, Ihr Name steht hier nicht, Fräulein Galloway. „Vertreten Sie ein Unternehmen?"

Rachel kontrollierte die Lust, sie zu fragen, ob ihre Inkompetenz nur vorgetäuscht oder natürlich war.

„Nein, nein, ich vertrete kein Unternehmen. Es ist persönlich", antwortete sie.

Rachel stand an der Anmeldung von Salmann & Buckend. Sie hatte ihren ganzen Mut zusammen genommen, um den Mann aufzusuchen, für den sie nichts weiter als eine weitere Nummer auf der Liste seiner sexuellen Treffen war und der sehr klar gewesen war, dass er sie nicht wieder sehen wollte.

In diesem Fall versuchte sie das Richtige zu tun. Sie konnte ihre Schwangerschaft nicht verstecken. Also erwartete sie, dass die Frau aufhörte, sie anzusehen, als wenn sie taub sei, weil sie sich nicht bewegte. Die Frauenärztin hatte ihr bei ihrem Termin heute Morgen gesagt, dass sie bereits im dritten Monat war. Das es keine Schwierigkeiten gab und alles in Ordnung war, allerdings musste sie mehr Eisen nehmen.

Sie hatte ihren ersten Ultraschall gemacht. Sie konnte die Tränen nicht zurückhalten, als sie das Kind auf dem Bildschirm sah. Die Ärztin fragte sie, ob sie ein Foto haben möchte und Rachel bat darum, ob sie vielleicht zwei haben könnte. Die Frauenärztin überreichte ihr am Ende des Termins das, worum sie gebeten hatte.

„Sagen Sie ihm Rachel Galloway muss ihn sehen. Es ist dringend."

Die schwarzhaarige Frau mit dem bernsteinfarbenen Blick lächelte ein hochmütiges Lächeln. Alles in diesem Büro war Eleganz und Üppigkeit. Einige Wände waren mit dunklem Holz bedeckt und der Boden war mit Teppich ausgelegt. Nicht umsonst waren sie eine der anerkanntesten Kanzleien in Chicago.

„Sie und viele andere Personen haben dringende Angelegenheiten, Fräulein Galloway. Der Anwalt ist sehr beschäftigt und ich habe die Ansagen, das ich ihn nicht stören darf."

„Können Sie ihm bitten sagen, dass ich gekommen bin?", sagte sie und wollte schon aufgeben, nachdem sie seit 20 Minuten versucht hatte, dass man Michael Bescheid sagte.

„Ich werde es ihm sagen."

Rachel biss sich auf die Lippen. Sie zweifelte daran, dass ihre Nachricht ankam, also würde sie zu Hause auf ihn warten. Sie hatte immer noch eine Kopie des Schlüssels.

„Danke", murmelte sie und ging zum Fahrstuhl.

Rachel drückte auf den Knopf.

Die Türen schlossen sich und sie atmete tief durch. Wenigstens hatte sie keine Schwangerschaftssymptome. Außer der Müdigkeit und manchmal ging der Blutdruck runter. Aber sie hatte nicht diese nervigen Schwindelanfälle oder musste sich übergeben. Sie aß normal. Obwohl ihr BH ein wenig eng geworden zu sein schien. Ihre Brüste waren ein wenig angeschwollen. Ihre Taille war wie immer, aber sie spürte, wie langsam Jeans und Röcke, die ihr früher gut passten, jetzt ein wenig eng wurden.

Delany und Piper waren ausgeflippt, als sie es ihnen erzählt hatte. Erst hatten sie vor Freude geschrien und dann hatten sie sich an die Geschichte mit dem Kindsvater erinnert und bestanden darauf, dass sie ihn sofort aufsuchte. Ihre Tante Ariel sagte, dass sie immer bei ihr willkommen wäre und das sie hoffte, dass ihre Schwangerschaft wunderbar verlief. Die Worte von Tante Ariel fühlten sich wie Balsam auf der Seele an. Sie war das Nächste, was sie an einer Mutter hatte.

Als sie unten ankam, war sie wie erstarrt. Michael stand vor ihr. Er wollte den Fahrstuhl nehmen, aus dem sie gerade gestiegen war. Er sah sie überrascht an. Es waren Personen um sie herum, dessen Existenz Rachel kaum wahrnahm. Ihre Sinne füllten sich mit ihm.

Michael sah in seinem maßgeschneiderten Anzug einfach hinreißend aus. Das Haar war ein wenig zerzaust. Sie stellte sich vor, dass er sich ständig mit den Fingern durch sein dunkles Haar gefahren war, eine Art anstrengendes Meeting oder Gespräch. Das war eine ständige Geste von ihm, wenn er gestresst war.

„Fahren Sie hoch?", fragte jemand, der wartete dass Rachel ausstieg oder im Fahrstuhl blieb.

Endlich reagierte sie, schüttelte den Kopf und stieg aus.

Eine Gruppe von Personen umgab sie, um in den Fahrstuhl zu steigen. Als die Türen sich hinter ihr schlossen, war nur noch Micheal da. Der Flur der Lobby gab ihnen Zugang zu drei Fahrstühlen, und er war leer, außer sie beide.

„Hallo ... ", sagte sie endlich. Sie lächelte ihn schüchtern an.

Michael betrachtete sie. Sie sah wunderbar aus. Er fragte sich, bis wann sie gearbeitet hatte. Trotz des leichten Make-ups konnte er ihre Augenringe sehen. Sie hatte ein wenig an Gewicht zugelegt, aber sie sah super aus.

„Hallo Rachel", antwortete er. Es gab zu viele Dinge zu sagen und zu erklären. Obwohl Dereck und Eugene ihn oben erwarteten. Beide wollten ihm ein Angebot machen. Er sollte Sozius in dem neuen Büro in New York werden. Sie wollten ihn versetzen, da er einer der wenigen Partner der Anwaltskammer in drei Staaten des Landes war. Er war um drei Uhr nachmittags aus einem Meeting gekommen, und als er zurückkam, hatte er einen Anruf von seiner Sekretärin bekommen, die ihm sagte, dass er das Meeting um halb sechs nicht vergessen sollte.

„Ich habe um einen Termin heute Morgen gebeten. Und die Rezeptionistin von heute Nachmittag sagte mir, dass du in einem Meeting bist", sie lächelte. „Aber sie hat mir nicht gesagt, dass du nicht im Büro bist und sie dich deswegen nicht anrufen kann. Ich ..."

„Die Rezeptionistin, die Alisson heute vertritt, ist völlig ungeeignet. Ich habe gleich ein Meeting mit meinen Soziussen", antwortete er. „Geht es dir gut?"

Sie nickte.

„Du hast ja gesagt, dass du nichts mehr von mir wissen willst, dass ich dich nicht aufsuchen soll und ..."

„Michael Whitmore nicht mehr und nicht weniger!", rief eine angenehmen weibliche Stimme und unterbrach sie.

Michael und Rachel drehten sich gleichzeitig um.

„Sylvia, was machst du hier?", fragte er mit breitem Lächeln. Die Anwältin näherte sich und umarmte ihn. Ein Kuss den Michael erwiderte. „Ich dachte, du wolltest dieses Büro nicht betreten, bis sie dir einen Arbeitsvertrag anbieten", witzelte er.

Die schöne Anwältin lächelte. Sie wandte sich ein wenig ab, um den Fahrstuhl zu rufen.

Ich habe ein Meeting mit deinem Freund Ferguson. Der, der Arbeitsrecht macht. Ein kompliziertes Thema und er ist der Verteidiger des Mannes meiner Klientin.

Michael lachte. Eine weitere Scheidung zugunsten Slyvia dachte er. Sie war wirklich eine gute Anwältin.

„Okay dann mal viel Glück. Das ist nicht einfach."

„Entschlossene Frauen das braucht das Gesetz in diesem Land", antwortete sie lächelnd.

Michael drehte sich zu Rachel.

„Das ist Sylvia Bancroft. Eine alte Freundin."

Sylvia lächelte Rachel an. Letztere war viel empfänglicher geworden, vielleicht wegen der Schwangerschaft, aber die Stimmung um sie herum war leicht zu interpretieren. Und ihr war der Gedanke nicht fremd, dass zwischen Michael und dieser Frau etwas lief oder etwas mehr war als nur die Freundschaft zwischen Kollegen. Sie hatte kein Recht, etwas zu beanstanden. Sie sollte sich daran erinnern, dass sie gekommen war, um Michael eine Nachricht zu überbringen und dass sie froh sein konnte, dass er mit ihr redete. Vielleicht weil ihm nichts anderes übrig blieb, weil sie ihn auf seiner Arbeit aufgesucht hatte.

„Hallo Sylvia" lächelte sie, auch wenn ihr nicht danach zumute war.

„Freut mich. Sind Sie auch Anwältin?" In dem Moment öffnete sich der Fahrstuhl. „Gut, ich muss hoch oder

Ferguson macht Hackfleisch aus mir. Gehst du oder kommst du?", fragte Sylvia Michael.

„Ich habe ein Meeting mit den Hauptsoziussen." Himmel, dachte Michael. Er konnte Dereck und Eugene nicht warten lassen. Es kam selten vor, dass sie einen Terminkalender hatten, der übereinstimmte. Dieses Meeting war seit drei Wochen geplant.

„Es wird nicht lange dauern, dir das zu sagen, weswegen ich gekommen bin", unterbrach Rachel.

Sylvia rief ihrem Freund aus dem Fahrstuhl zu, dass er sich beeilen sollte. Dieser machte eine Geste mit der Hand, damit sie ihm eine Sekunde gab.

„Hör mal Rachel", antwortete Michael verlegen wegen der Situation, „Ich muss zu diesem Meeting. Ich kann es nicht aufschieben."

Rachel wollte nicht zulassen, dass er sie zurückließ. Sie war mit einer Absicht hier hergekommen und sie war gewillt, das zu tun, weswegen sie gekommen war.

„Ich will nur, dass du weißt, dass ich schwanger bin Michael. Und wenn du zweifelst, dass du der Vater bist, dann habe ich kein Problem damit, dass du einen Vaterschaftstest machst, wenn das Baby geboren ist." Sie suchte erneut in ihrer Tasche und holte den Ultraschall von heute Morgen heraus. „Hier bitte, vielleicht hilft dir das, wenn du es abstreitest oder zum Teufel schickst ... wäre ja nicht das erste Mal. Ich möchte nichts von dir, auch nicht von deiner Familie. Nichts. Aber mein Baby hat deinen Nachnamen verdient. Das ist alles. Und wenn du nicht bereit bist, die Vaterschaft anzuerkennen, dann werde ich dich vor Gericht bringen. Jetzt habe ich es dir gesagt."

Michael schaute sie an und war blass geworden. Er reagierte nicht. Er fühlte sich, als hätte er eine kalte Dusche bekommen. Das Ultraschallbild in seiner Hand schien zu brennen. Er fuhr sich mit der Hand über das Gesicht und betrachtete das Ultraschallbild. Er konnte nicht beschreiben, was er fühlte.

Ein paar Sekunden später konnte er endlich wieder klar denken. Ihm fielen folgende Sachen auf. Erstens, Rachel hatte das Gebäude verlassen. Und zweitens hatte Sylvia den Fahrstuhl fahren lassen und war bei ihm und hatte ihm eine Hand auf die Schulter gelegt.

„Geht es dir gut? Was für eine Nachricht ..."

In dem Moment fiel ihm etwas ein. Vielleicht war das keine tolle Idee, aber wie er Rachel kannte, war es ein stimmiger Weg nach vorne.

„Sylvia kannst du einen Ehevertrag aufsetzen?"

„Das ist also die Frau, die dir den Kopf verdreht hat hm?", fragte sie lächelnd ohne die Antwort abzuwarten. „Wir reden im Fahrstuhl darüber, ehe Ferguson noch glaubt, er hat einen Vorteil. Und als Antwort auf deine Frage, ich bin die beste Anwältin für einen Ehevertrag, die beste die du in Chicago bekommen kannst."

„Das freut mich zu hören", antwortete er.

Wenn sie glaubte, dass sie ihn beruhigen würde, indem sie ihm die Nachricht von seiner bevorstehenden Vaterschaft so mitteilte, als würde sie ihm eine einfache Änderung der Wetterlage erklären, dann irrte sich Rachel gewaltig. Er würde Teil des Lebens des Babys sein. Er wusste, dass es von ihm war und er brauchte keinen Vaterschaftstest. Rachel hatte ihn vielleicht mit ihrem Namen oder ihrem Nachnahmen getäuscht, aber nicht mit ihrem Körper und soweit er wusste auch nicht mit dem Gedanken, Mutter zu werden. Sie war stolz und er wusste, dass, nachdem er sie rausgeworfen hatte, es sie sicherlich viel Mut gekostet hatte, ihn aufzusuchen und ihm die Neuigkeit mitzuteilen. Sie würde nicht so einfach aus seinem Leben verschwinden.

Er hätte nicht gedacht, dass der Gedanke, wieder zu heiraten am Horizont erschien, aber er hatte die Möglichkeit nach Ingrids Betrug rundheraus verneint. Aber sobald das Wort Ehe aus seinem Körper verschwunden war, erschien es ihm immer geeigneter. Er wollte sich an Rachel rächen, auf eine Art, die sie nie wieder vergessen würden.

***

Mission erfüllt, dachte Rachel mit zitternden Beinen, ehe sie sich den Mantel auszog und ihn auf das Sofa in ihrer Wohnung legte. Er hatte sie genau so angesehen, wie sie es erwartet hatte. Mit Unglauben und Gleichgültigkeit. Es sollte ihr nicht wehtun, dass Michael es vorzog, mit dieser Sylvia zusammenzusein, anstatt sich mehr für seinen Sohn oder seine Tochter zu interessieren. Obwohl er wahrscheinlich dachte, dass es nicht von ihm sei. Sie hatte es gut gemacht, als sie ihm sagte, dass sie bereit sei, einen Vaterschaftstest zu machen, damit er keine Zweifel hatte.

Am Morgen hatte sie ein Meeting mit ihrem Chef. Paul hatte eingewilligt, ihr Urlaub zu geben. Sein Gesicht, als sie ihm sagte, dass sie schwanger sei, zeigte keine Überraschung. Paul hatte sich hinübergebeugt und sie umarmt. Er hatte ihr gesagt, dass sie auf seine Hilfe zählen konnte für alle Fälle, und das sie sehr geschätzt im Unternehmen sei und er sie auch weiterhin beruflich unterstützten würde.

Er fragte nicht, wer der Vater des Kindes sei, und er machte sich auch keine Illusionen hinsichtlich der Möglichkeit, ihr eher auf eine persönliche Art zu helfen. Etwas, wofür Rachel ihm dankbar war. Nach der Ablehnung der letzten Einladung mit ihm auszugehen, hatte er, wie sie es sich gedacht hatte, nicht wieder erwähnt, dass er ein romantisches Interesse an ihr hatte.

Am Ende des Meetings hatte sie einen Monat Urlaub, der sich in den letzten zwei Jahren angesammelt hatte, aber Paul bestand darauf, dass sie im Notfall auch per Skype oder Facetime arbeiten könnte. Das Unternehmen schuldete Rachel immer noch ein paar weitere Wochen Urlaub, da sie normalerweise nur fünf Tage Urlaub nahm wegen der großen Nachfrage nach Aufträgen.

Jetzt beglückwünschte sie sich dazu, so viel für das Büro gearbeitet zu haben. Ein Monat wäre ausreichend, um ihr Leben auf ihre nächste Rolle als Mutter vorzubereiten.

„Mach dir keine Sorgen, Schatz, du und ich werden glücklich sein", sagte sie und strich sich über den Bauch, wo sie glaubte, dass das neue Leben wuchs. „Jetzt fahren wir erst einmal in den Urlaub. Was hälfst du davon?"

Sie würde das alleine regeln.

Sie hatte ein volles Bankkonto, da sie während ihrer Arbeitsjahre viel gespart hatte. Sie konnte ein Kind großziehen, ohne wirtschaftlich von jemandem abhängig zu sein, und erst recht nicht von einem Mann. Aber sie war bereit, Michael bis vor Gericht zu bringen, wenn er das Kind nicht als seins anerkannte. Dieses neue Gefühl des heftigen Schutzes für das Kind, das in ihrem Körper wuchs, war neu und auch erfrischend.

***

„Rachel mach die Tür auf, ich habe eine Überraschung für dich", rief Delaney.

Sie war nur mit einem Morgenmantel bekleidet, als sie sich der Tür näherte. Ihre beste Freundin hatte die Macke, mit den Fingerknöcheln zu klopfen und einen so großen Skandal wie möglich zu machen, anstatt einfach zu klingeln.

„Ich hoffe, dass du irgendwann wie eine normale Person die Klingel benutzt", sagte sie und umarmte sie. „Wie geht es dir?"

„Das solltest du dich fragen, du hast doch meinen Neffen oder Nichte da drin", sagte sie lächelnd. Sie hatte eine Tasche dabei, die viel zu wiegen schien. „Weißt du, was das ist?", fragte sie während Rachel die Tür hinter ihr schloss.

„Aber du hast doch gesagt es ist eine Überraschung also was glaubst du?"

Delaney lachte über ihre dumme Frage.

„Tja wir werden die Schwangerschaft mit Eis, Gebäck und einem Abendessen wie Gott in einem der besten Restaurants in Chicago feiern. Ich habe Piper angerufen, und sie kommt mit. Sie kann nicht zu dir kommen, weil sie noch eine Besorgung machen muss." Sie zuckte mit den Schultern. „Ich weiß nicht, was ihre Vermieterin an ihr findet, dass sie jetzt ihre Lieblingsperson ist."

Rachel schaute ihre Freundin liebevoll an. Sie verurteilte sie nicht und half ihr. Es war wunderbar zu wissen, dass sie auf sie zählen konnte.

„Mir ist es lieber, dass sie geschätzt wird und weiß, dass sie es zu etwas bringen kann, als dass meine Schwester verbittert ist oder sich Sorgen um ihre Sicherheit oder Freiheit macht."

Delaney ging in die Küche. Sie nahm zwei bunte Schüsseln heraus, Löffel und einen Teller. Sie stellte die Einkäufe auf eine Seite und gab die Kekse auf einen Teller. Anschließend setzte sie sich aufs Sofa und befahl Rachel, sich ebenfalls zu setzen. Sie ließ sich nicht lange bitten und begann die Süßigkeiten zu essen.

„Du hast Hunger, hm?"

„In letzter Zeit mag ich alles, was irgendwie Kalorien hat", sagte sie grinsend. „Ich nehme an, ich sollte mir ein wenig Sorgen machen und auf meine Linie achtgeben. Aber am Ende glaube ich nicht, dass es dem Baby wichtig ist, ob seine Mutter die Treppen hoch rollt oder ihre Figur behält."

„Du bist viel zu dramatisch. Du brauchst ein wenig Sahne, damit du noch süßer wirst", antwortete sie lächelnd. „Ich hätte dich gerne zum Ultraschall begleitet."

„Ich hätte mich so gefreut ... wie schade, dass du ausgerechnet heute die Lieferanten für dein Unternehmen empfangen musstest." Sie überreichte ihrer Freundin das Ultraschallbild.

„Ahhh, wie schön Rachel." Sie bemerkte das Himbeereis mit Vanille. „Hast du meinen Ratschlag befolgt?"

„Ja, aber das Schwein hat nicht reagiert. Er hat mich nur angesehen, als wenn ich ihm gesagt hätte, dass die Erde der drittnächste Planet an der Erde sei. Ich habe ihm auch ein Ultraschallbild gegeben." Sie holte Luft. „Ja egal. Wenn mein Kind geboren wird, dann werde ich dafür sorgen, Michael das Leben schwer zu machen, bis er ihm seinen Nachnamen gibt."

„Ich glaube der Mann muss die Information erst einmal verarbeiten."

„Del, glaubst du, das wir für heute einmal nicht über Michael Whitmore sprechen können? Ehrlich gesagt, der Gedanke, dass wir Süßes essen, während wir über ihn reden, wird mich dazu bringen, die Kalorien wieder zurückzugeben."

Delaney lachte.

„Okay, dann habe ich dir etwas zu erzählen.

„Ja?", fragte sie erwartungsvoll. „Hast du endlich einen Typen an der Angel, Del?"

Sie nickte.

„Ich gehe mit Fabrizzio aus."

„Der Italiener der das Restaurant im Bezirk des Sout Loop hat?"

„Ja", murmelte sie und wurde rot.

Fabrizzio Orsinni war ein Mann aus Rom, der als Lieferant von Delaney arbeitete, wenn ihre Kunden eine Party im italienischen Stil wünschten. Der Mann war ein Goldstück, aber sie war so auf ihre Arbeit konzentriert, das sie keine Verabredungen hatte haben wollte. Offensichtlich war Fabrizzio auf tolle Art ausdauernd.

Vorgestern hatte er ihr weiße Mousse de Chocolate und eine Rose ins Büro gebracht und sie um nur eine einzige Möglichkeit gebeten, sie davon zu überzeugen, dass die Chemie, die zwischen ihnen existierte, echt war und dass diese vertieft werden musste. Er sei geduldig, aber bitte, sie sollte ihm die Möglichkeit geben, sich ihm zu öffnen, damit er sie besser kennenlernte. Delenay konnte nicht mehr Nein sagen. Und nicht nur weil das weiße Mousse de Chocolate ihr Lieblingspudding war, sondern auch, weil nach dem sie es probiert hatte, Fabrizzio sie eindringlich ansah und er die romantische Art besaß, sie zu fragen, ob er sie küssen durfte.

Delaney schmolz praktisch in seinen Armen. Und das erste Mal seit Jahren fühlte sie sich lebendig. Sie wollte ihre neuen Gefühle mit einem Partner entdecken. Und obwohl es sie vielleicht lange Zeit kosten würde, sich wieder zu verlieben, hatte sie das Gefühl, dass die Chance für Fabrizzio das war, was ihr Herz brauchte.

„Das ist wunderbar Del. Ich freue mich für dich!"

„Ich will dich wieder glücklich sehen, Rachel. Jetzt zieh dich an, es wartet ein leckeres Abendessen auf uns."

„Im Restaurant von Fabrizzio?", fragt sie und kniff die Augen argwöhnisch zusammen.

Del zuckte mit den Schultern.

„Das ist eine gute Ausrede, um ihn zu sehen, ohne das er glaubt, ich bin zu interessiert."

Zum ersten Mal lachend in dieser Woche ging Rachel sich anziehen. Am nächsten Tag würde ihr Urlaub beginnen und sie würde das Flugzeug nehmen. Aber diesen Abend wollte sie mit ihrer Schwester und ihrer besten Freundin verbringen.

***

Sehnsuchtsvoll betrachtete Rachel das Zentrum ihrer Geburtsstadt vom Taxi aus, dass Schritt für Schritt kleiner wurde. Das Wetter war gut, wenn das bedeutet, dass weniger Schnee liegt. Sie hatte vier Stunden und zwanzig Minuten Flugzeit vor sich vom Chicago Midway International Airport bis zum Jetport International in Portland. Dann würde sie mit dem Bus fahren, der sie bis nach Ogunquit bringen würde. Ihre Tante Ariel erwartete sie.

Sie bezahlte den Taxifahrer und freute sich darüber, dass das Terminal nicht so voll war.

Sie nahm einen Wagen und stellte die Koffer darauf. Dann ging sie zum Schalter und überreichte den Ausdruck des Check-ins der Assistentin. Anschließend waren nur noch sie und ihre Koffer übrig. Sie schaute auf die Uhr. Es dauerte noch vierzig Minuten bis zum Boarding. Sie setzte sich in der Nähe eines Automaten, der Getränke anbot und kaufte sich eine Cola.

Ihr Handy piepte. Es war eine Whatsapp von Piper.

„Alles in Ordnung?"

„Hi Piper. Ja, ich glaube, ich werde früher ankommen."

„Grüße Tante Ariel von mir, auch wenn sie mich nicht mag."

„Red keinen Quatsch. Sie hat mir erzählt, dass sie auf deinen Besuch wartet."

„Ich sehe dich, wenn du zurückkommst. Versuche dem Leben eine zweite Chance zu geben, ich bin sicher, es wird dir auch eine geben. Okay?"

Piper, wenn du so kryptisch wirst, dann kriege ich Krämpfe.

„Hahaha! Gute Reise!"

Sage Delaney, dass sie nicht vergessen soll, meine Miete zu bezahlen, bitte. Ich habe ihr Geld auf ihr Konto überwiesen.

„Ich werde es ihr sagen. Tschüß Rachel."

Tschüß.

***

Er hatte die Versetzung nach New York nicht akzeptiert. Er fühlte sich wohl in Chicago und das war der Ort, an dem er weiterhin leben wollte. Dereck und Eugene waren skeptisch über seine Weigerung, mit einem dreifachen Quartalsbonus und einem Penthouse in Manhattan in eine andere Stadt zu ziehen. Michael kannte seine jetzigen Prioritäten und das war nicht wirtschaftlich aufzusteigen, denn jetzt hatte er alles, was er sich wünschte. Oder fast alles...

Während er durch die Stadt fuhr, machte er das Radio an.

Er fuhr und versuchte seine Angespanntheit loszuwerden. Er parkte vor Rachels Wohngebäude. Dann drückte er auf den Fahrstuhl und wartete, bis er kam. Er drückte den Knopf für den zwölften Stock. Der Fahrstuhl hielt im neunten Stock an. Ein zierliches Mädchen mit einem ausdrucksstarken Gesicht trat ein.

Er schaute sie neugierig an. Dann sah er, wie sie lächelte. Er hoffte, dass es in diesem Gebäude keine Verrückten gab.

„Michael Whitmore oder?", sagte sie.

Er runzelte die Stirn und nickte.

„Ich weiß mehr über Sie als ich sollte. Ich bin Delaney Garth, die beste Freundin von ....”

„Rachel”, vollendete er den Satz und streckte dem Mädchen die Hand hin. „Ich hätte Sie gerne unter anderen Umständen kennengelernt. Ich muss etwas Wichtiges mit Ihrer Freundin besprechen.”

Sie lächelte breit.

„Ich wollte zu ihr um ein paar Sachen abholen, die ich dort gelassen habe. Es tut mir leid, was zwischen Ihnen passiert ist, aber Sie müssen wissen, dass ich von Anfang an nicht mit Rachels Plänen einverstanden war. Dennoch müsste ich lügen, wenn ich Ihnen sagen würde, dass ich sie nicht verstehe. Sie hat viel gelitten. Man hat ihr schon so früh auf grausame Weise die Familie genommen. Ich will das damit nicht rechtfertigen”, sie zuckte mit den Schultern, aber behielt einen optimistischen Ton bei. „Eine ganz schöne Rede für jemanden, der Sie gerade erst kennengelernt hat. Es tut mir leid, manchmal rede ich ein bisschen zu viel...”-

Michael lachte. Der Fahrstuhl hielt an. Er machte die Tür auf und Delaney stieg aus.

„Eine Eigenschaft, die Sie mit Rachel teilen.”

„Ich fürchte, die werden Sie heute nicht antreffen.”

Delaney zog einen Schlüssel heraus und öffnete die Tür zur Wohnung ihrer Freundin. Beide gingen hinein.

Michael atmete den blumigen Duft ein, der ihm so vertraut war und in ihm eine unerklärliche Leere verursachte. Die Leere, die er jeden Tag und jede Nacht erlebte, seit Rachel aus seinem Leben verschwunden war. Er neigte nicht zu Sentimentalitäten, und doch glaubte er erst, zu seiner gewohnten Vitalität zurückgekehrt zu sein, als sie am Vortag auftauchte, so selbstbewusst und doch so nervös, so stark und doch so verletzlich.

Jedes Mal, wenn er sich daran erinnerte, dass er sie mit seinen Worten verletzt hatte, verfluchte er sich. Er konnte nicht glauben, dass er jemandem wehtun wollte, den er liebte. Weil er diese Frau liebte. Mit einer Kraft, die in der Lage war, die Risse der Enttäuschung und der Verletzlichkeit wegzufegen.

Wenn sie jemand anderes wäre, der ihn aufgesucht hätte, nach dem die Beziehung vorbei war, hätte er sie, anstatt sie überrascht anzusehen, sicherlich rausgeworfen. Wie er es einmal mit Heidi gemacht hatte. Für einen Mann, der es gewohnt war, die Fakten unter Kontrolle zu haben und mögliche Misserfolge vorauszusehen, war Rachels Ankunft ein Wirbelsturm.

„Es ist Samstag und es ist Mittag. Ich kenne die Routine." Er fuhr sich mit der Hand durchs Haar „oder ich kannte die Routine von Rachel. Es sind Monate vergangen seit ..."

„Sie haben ihr das Herz gebrochen, Michael. Trotz allem ist sie in Sie verliebt. Und obwohl sie Grund hätte, sauer zu sein, denn das, was Sie ihr gesagt haben, war nicht nett."

„Ich weiß."

„Wenn sie nicht schwanger wäre, wären Sie nie zurückgekommen." Das wusste er. Und nur der Gedanke daran schien unerträglich. Sie mussten miteinander reden. Ein ernstes Gespräch. Er würde nirgendwo anders hingehen. Rachel Galloway würde ihm zuhören. „Hier werden Sie sie nicht finden. Sie ist aus Chicago weg", sagte sie und sah ihn ernst an.

„Was soll das heißen, sie ist aus Chicago weg?", fragte er und konnte die Bestürztheit in seiner Stimme nicht kontrollieren. „Ist sie wegen der Arbeit weg oder für immer? Wo ist sie hingegangen?"

„Ich glaube nicht, dass sie möchte, dass Sie das wissen."

Michael ging auf Delaney zu.

„Hör mal Del. Ich kann dich doch so nennen, oder?" Das Mädchen nickte. Gut. Die Sache ist die, dass Rachel ihr Wahlrecht verloren hat, als sie sich entschloss, mit mir ein Risiko einzugehen. Auch als sie sagte, dass ich glauben könnte, das dieses Kind nicht von mir ist und mich glauben zu lassen, dass ich nur mit der Registrierung meines Nachnamens einverstanden wäre. Als wenn sie nicht meine

Treue hinsichtlich meiner Familie kennt und weiß, dass die Familie für mich das Wichtigste ist", sagte er machtlos.

„Du kannst es ihr nicht verdenken", sagte sie und verschränkte die Arme. „Deine Worte waren nicht gerade ermutigend. Besonders, dass du nichts mehr von ihr wissen willst. Außerdem ist Rachel nicht deine Familie ... sie ist nur ... die Mutter deines Kindes."

Michael hasste es, dass man ihm so viele Wahrheiten ins Gesicht sagte, aber er musste anerkennen, dass diese Frau nur das Offensichtliche erklärte. Er schaute Delaney wütend an.

„Rachel ist die Frau, die ich liebe. Und die ich heiraten will. Sie wird Teil meiner Familie sein. Und ich Teil von ihrer. Wenn du also nicht willst, dass ich Rachel entführe und sie nach Las Vegas bringe, um sie zu heiraten, ohne dir die Chance zu geben, ihre Hauptbrautjungfer zu sein, sagst du mir besser, wo sie ist."

„Warum meinst du, sollte sie dich heiraten?", antwortete sie. Der Gedanke, dass sie keine Hochzeit feiern konnte, so wie sie beide schon immer davon geträumt hatten, traf sie. Der Fiesling. „Sie ist stolz. Sie will dich nicht sehen ..."

Das selbstbewusste, selbstzufriedene Lächeln ließ Delaney die Stirn runzeln.

„Dafür werde ich schon sorgen Del. Also wo ist sie?"

„Du wirst also nicht mit ihr nach Las Vegas abhauen oder?"

„Beantworte einfach meine Frage und rede nicht um den heißen Brei zusammen."

Delaney schmollte.

„Sie ist bei ihrer Tante Ariel in Ogunquit", sagte sie zögernd.

„Wir verstehen uns Del. Es war nett, dich kennenzulernen. Ich sehe dich auf der Hochzeit." Dann ging er pfeifend aus der Wohnung.

KAPITEL 17

Sie könnte die Anrufe beantworten. Oder die Textnachrichten. Aber sie hatte keine Lust, mit Michael zu reden. Wenn das Kind auf die Welt kommen würde, dann würde sie ihm Bescheid sagen. Jetzt war alles ruhig um sie herum und sie wollte, dass das auch so blieb.

Ihre Tante Ariel wiederzusehen war wunderbar. Seit sie in Chicago lebte, war sie nur viermal nach Maine gekommen. Und jetzt hatte sie fünf Tage Zeit, um die Ruhe zu genießen und alle Bekannte in der Gegend zu begrüßen. Viele hatten bereits mehrere Kinder, andere waren in andere Städte gezogen. Im Allgemeinen hatte sich die Gegend wenig verändert.

Sie seufzte. Obwohl ihr Stresslevel niedrig war, schmerzte ihr Herz. Es gab nicht eine Nacht, in der sie sich nicht nach Michaels Wärme sehnte. Die Sinnlichkeit seiner Stimme. Der Klang seines Lachens. Sie erwartete, dass die Zeit das regeln würde. Obwohl es im Moment schwer war.

Die Sonne verschwand am Himmel und die kalte Brise konnte sie mit einer heißen Schokolade beseitigen, die ihre

Tante zubereitet hatte. Sie war die Beste. Sie nahm mehrere Schlucke und seufzte. Das war die leckerste Schokolade, die es gab.

„Wie geht es dir mein Schatz?", fragte Ariel und kam auf die Veranda. Ihr Haare war komplett weiß. Sie hatte aufgegeben sie zu färben. Sie sagte, sie sei eine Frau die stolz auf ihr Alter sei und sich ihrer Erfahrung bewusst war. Das wollte sie nicht verstecken.

Sie setzte sich zu Rachel auf die Schaukel. Ein kleiner Ofen war angezündet.

„Weit weg von dem Lärm der Stadt zu sein tut gut", sagt sie und und nahm die Hand ihrer Tante. „Ich freue mich, dich wieder zu sehen Tante Ariel. Es sind so viele Sachen passiert."

„Erfahrungen und Lektionen. Warum hast du nicht Kontakt zum Vater deines Kindes aufgenommen? Ich habe doch deinen sehnsuchtsvollen Blick gesehen, sobald das Telefon klingelt. Jetzt, wo du die Wahrheit weißt, vielleicht kannst du die Stücke zusammen setzen."

Rachel schaute auf das Meer.

„Wir haben uns nichts zu sagen. Oder zumindest hat er alles gesagt, als er mich rausgeworfen hat. So wie ich es dir erzählt habe." Sie hatte natürlich ein paar Einzelheiten ausgelassen.

„Ja, mein Kind, das war grausam, was er dir angetan hat. Die Lügen, egal wie verursachen Schaden. Du hast ihn angelogen. Vielleicht solltest du dich entschuldigen."

Rachel lachte freudlos. Sie schaukelte ruhig in dem alten, bequemen Stuhl. Sie hatte eine dicke Decke um ihre Knie geschlungen.

„Oder vielleicht sucht er nur einen Weg, sich für die Beleidigung zu rächen."

„Sei objektiv. Wie hättest du reagiert, wenn die Rollen vertauscht gewesen wären und er sich als jemand anderes ausgegeben hätte, um dich zu verletzen? Ihr habt beide Fehler gemacht ... Es ist deine Entscheidung, was du machen willst.

Ich bin hier, falls du mich brauchst. Warum gehst du nicht am Strand spazieren?"

„Wie gut du mich kennst, Tante. Du weißt, dass das hier der einzige Ort der Welt ist, in dem alleine Spazieren gehen, wirklich Spaß macht."

„Ich werde einkaufen gehen. Mir fehlen ein paar Sachen."

„Keine Sorge, ich halte hier die Stellung", sagte sie lächelnd, ehe sie aufstand, um an den Strand zu gehen. „Ich bin gleich wieder da."

„Nehm dir Zeit, mein Kind."

***

Weil er dachte, dass die Wohnung in einem ekligen Zustand wäre wegen des nachlässigen Hausmeisters, hatte Michael rechtzeitig eine Reinigungsfirma beauftragt. Es gab aber keine Firma in der Umgebung, die frei war und so verbrachte Michael den ganzen ersten Tag damit, das Strandhaus zu lüften und zu reinigen. Es brauchte außerdem einen Anstrich, aber dafür würde er eine neue Firma in der Gegend beauftragen. Sie waren sehr effizient, das musste er anerkennen.

Während man das Haus in Ordnung brachte, hatte er sich im Taj Majal Maine Beach Stars eingecheckt. Das beste Hotel in Ogunquit. Die Kette hatte das Hotel vor drei Jahren eröffnet und hatte mehreren Einwohnern Arbeitsplätze gegeben. Das war das Lob, was die Angestellten immer wieder aussprachen.

Jetzt, zwei Tage später, war das Haus neu gestrichen, strahlte und roch nach Zitrone. Und natürlich hatte er dem Hausmeister gekündigt. Er hatte die notwendigen Dinge in der Firma von seinem Arbeitszimmer aus erledigt, aber er wollte sich nicht zu sehr in Details verlieren, deshalb hatte er Angelique die Leitung des Teams von Rechtsanwaltsfachangestellten und Rechtsanwaltsfachwirten übertragen, die in seinem Arbeitsbereich tätig waren.

Der Frust nagte seit seiner Ankunft in Ogunquit an seinen Eingeweiden. Dennoch hatte er nichts dagegen tun können, denn zuerst musste er sich um sein Eigentum kümmern. Und jetzt, wo alles in Ordnung schien, konnte er einen Plan schmieden. Eine Revanche, die er mit Freude ausführen würde.

Rachel beantwortete seine Anrufe nicht. Und auch die Nachrichten nicht. Das überraschte ihn nicht, aber er konnte auch nicht vermeiden, dass er frustriert war. Er hatte seinen Plan fertig. Und so fuhr er mit dem Mietauto los und fuhr zu Ariel Galloway.

Es war nicht schwierig, in einem Dorf mit wenig Einwohnern die Adresse zu finden. Jeder gab ihm Hinweise und half. Das gute an diesen Dörfern war, dass sie Vertrauen und Schutz zwischen den Einwohnern erzeugten. Das Schlechte war, dass alle ihre Nasen in Angelegenheiten steckten, die sie nichts angingen.

Er fuhr bis zu einer abgelegenen Gegend. Hier gab es nur wenige Häuser. Die Frau an der Rezeption sagte, dass Ariel mit ihrer Nichte zusammen wohnte, die aus Chicago gekommen sei. Das Haus sei weiß mit blauem Dach und von der Anhöhe der Straße aus könnte ich einen kleinen Teil einer Veranda mit einem langen Ornament aus Austernschalen erkennen, das im Wind klapperte.

„Wenn Sie zu Fuß gehen, können Sie auch noch einen wunderbaren Blick auf den Strand werfen. Der ist direkt in der Nähe. Das ist eines der schönsten Häuser in der Gegend", hatte die Frau gesagt. Er bedankte sich und gab ihr ein Trinkgeld, so wie er jedem Personal in einem Hotel in einer großen Stadt Trinkgeld geben würde.

Als er das Haus sah, schaltete er den Motor ab. Er atmete tief ein und füllte seine Lungen mit frischer Luft. Weit weg vom Smog und dem ständigen Geräusch der Autos. Er war mit schwarzen Jeans, Turnschuhen und einem blauen langärmeligen Hemd bekleidet. Dazu trug er einen zur Jeans passenden Pullover. Ihm war nicht kalt, aber er zog es vor, eine Erkältung zu vermeiden.

Er stieg aus dem Auto aus und fing an zu laufen. Der Himmel war orange. Es würde bald Abend werden. Er hielt inne, als er von Weitem eine Frau sah. Sie war unverwechselbar, und sein Herz begann schnell zu schlagen. Das rote Haar glänzte wie Flammen von der Sonne. Wie oft hatte er über dieses Haar gestrichen, seinen Duft eingeatmet und seine Besitzerin nackt in seinem Bett betrachtet.

Er überquerte die Straße und kam schon bald an den Strand.

***

Rachel spürte den Sand unter ihren Füßen. Ihr gefiel das natürliche Gefühl. Der Strand war leer. Die Wellen brachen in der Nähe, aber es war Ebbe. So konnte sie in Ruhe den Strand genießen, ohne Angst zu haben, dass sie von einer Welle überrascht und nass gemacht wurde.

Sie trug ein rosa Kleid mit langen Ärmeln und einem runden Ausschnitt, der direkt unter ihren Brüsten betont wurde. Es öffnete sich zu einer A-Form, um ihr Beweglichkeit zu geben. Er fragte sich, wann ihr Bauch zu wachsen beginnen würde.

In der linken Hand trug sie Sandalen und um sich vor der Kälte zu schützen, hatte sie sich eine elegante Lederjacke übergeworfen. Das Haar flatterte um ihre Schultern. Am Tag zuvor hatte sie sich die Spitzen schneiden lassen und diese ließen ihr Gesicht anders wirken. Sie fühlte sich anders und ihr Bild spiegelte das wieder.

Es machte ihr Spaß, in der Natur zu wandern. Sie setzte sich auf einen Baumstamm in der Nähe und betrachtete den Ozean. Er beruhigte sie. Sie schloss die Augen und konzentrierte sich auf das Geräusch der Wellen.

„Mich beruhigt das Meer ebenfalls. Ich war schon ewig nicht mehr hier", sagte eine sehr bekannte Stimme hinter Rachel. Der Klang tat weh. Sie dachte nicht, dass sie, weil sie so oft an ihn dachte, schon seine Stimme hören konnte. Was machte er hier?

Sie öffnete langsam die Augen.

„Das ist ein Ort, den ich vermisst habe", antwortete sie und schaute wieder aufs Meer. Sie versuchte das schnelle Schlagen ihres Herzens im Zaum zu halten. Die Lust aufzustehen und sich in seine Arme zu werfen und zu spüren, wie er sie mit seiner Kraft umgibt. Aber stattdessen blieb sie misstrauisch. Vorsichtig. „Als ich noch jung war und einen schlechten Tag hatte, bin ich immer hergekommen."

Michael nahm seine Hände aus der Tasche.

„Kann ich mich setzen?", fragte er.

„Ich nehme an, wir leben in einem freien Land", antwortete sie und schaute wieder aufs Meer.

Er blieb still an ihrer Seite. Seine Finger schienen vor Sehnsucht zu kribbeln. Er wollte sie umarmen. Sie schütteln. Er wollte, dass sie irgendwie reagierte. Er hasste es, diese passive und so ruhige Frau zu sehen. Er wollte diese impulsive und trotzige Rachel treffen.

„Willst du nicht wissen, warum ich hier bin?"

Rachel atmete aus. Sie wollte unbedingt wissen, was er an einem Werktag außerhalb des Büros machte.

„Ich glaube du und ich haben kein Recht, uns irgendetwas zu fragen." Dann wandte sie den Blick vom Meer ab und schaute in diese grünen Augen. „Das hast du klar gemacht. Ich war nur in deinem Büro, um es dir zu erzählen. Ich dachte, das wäre gerecht." Sie zuckte mit den Schultern. „Ohne Lügen ohne die Spitzfindigkeit." Er sah wieder auf den Horizont. Das war sicherer und weniger anspannend als den Mann an ihrer Seite anzusehen, den sie liebte und der sie nicht liebte.

„Das Panorama ist wirklich schön, aber ich mag es lieber, wenn die Person, mit der ich spreche, mich auch anguckt."

Rachel lachte matt. Sie ignorierte seine Bitte.

„Du bist nicht in der Position, deine Vorlieben zu äußern und zu erwarten, dass sie mich interessieren, Michael. Ich weiß nicht, was du hier machst. Es interessiert mich auch nicht. Du ruinierst meinen persönlichen Moment." Sie stand abrupt auf. Michael machte es ihr nach. „Ich habe nichts, was dir gehört. Das Baby gehört mir."

„Eine neue Methode der Selbstwahrnehmung?", fragte er sarkastisch.

„Ich muss zurück nach Hause und zu Abend essen. Tschüss, Michael. Er ignorierte die Bemerkung.

Michael streckte die Hand aus und hielt Rachel am Arm fest. Sie presste den Kiefer zusammen. Er wartete bis sie ihn ansah. Es dauerte ein paar Sekunden, ehe sie das tat. Das Tosen der Wellen begann sich mit der herannahenden Nacht zu vermischen.

„Ich bin gekommen, weil du mir etwas schuldest."

„Und was wäre das?", fragte sie ohne sich loszumachen, obwohl sie es versuchte. Er umarmte sie mit seinen Armen und drückte sie an seinen Körper. Rachel keuchte.

„Zeit. Die Zeit in der du vorgegeben hast, eine andere Person mit anderen Absichten zu sein. Ich möchte, dass du mir drei Monate deiner Zeit schenkst und versuchst die Vergangenheit zu reparieren. Deswegen bin ich gekommen. Weil wir noch eine Schuld offen haben."

„Und wer sagt, dass ich daran Interesse habe, dir Zeit zu schenken?"

Michael wollte es nicht, aber er würde seine letzte Karte ausspielen.

„Deine Tante Ariel ist nicht grade Expertin in Rechtsdingen, oder?" Das ließ ein wenig Interesse bei Rachel aufblitzen. Und so fuhr Michael fort und war erleichtert, dass das funktionierte. Wie sollte er sich rächen, wenn er sie nicht auf seiner Seite hatte? „Anscheinend nicht. Vielleicht wegen ihres Alters, aber ihr Haus hat Probleme mit dem Eigentumstitel. Obwohl sie die ganze Hypothek gezahlt hatte und das Haus anscheinend ihr gehört, gibt es einen Erben, der, falls er davon Wind bekommt, das Haus als seins reklamieren könnte. Der Verkäufer, der vor vielen Jahrzehnten mit deiner Tante den Kaufvertrag unterschrieben hat, hat keine Ethik. Er hat sie betrogen. Das Haus gehörte einer Person, die anscheinend ohne Erben gestorben war und der Besitz war verlassen. Der Verkäufer nahm ein paar Anpassungen vor, nichts Skrupelloses und dann verkauft er das Haus deiner Tante. Aber dieser alte Besitzer hatte einen Erben. Ich glaube, dem würde es sehr gefallen, zu erfahren, dass er ein wunderbares Haus am Meer besitzt."

Rachel machte sich wütend los.

„Und wann hast du Zeit gehabt, über diesen Typen nachzuforschen, Anwalt Whitmore?"

„Anscheinend habe ich endlich deine Aufmerksamkeit." Es wäre Zeitverschwendung, ihr zu erklären, dass er, ehe er nach Maine gefahren war, einen Privatdetektiv angestellt hatte, der jegliche Daten über Ariel Galloway, die ihm nützlich sein konnte, suchen sollte. Das mit dem Eigentum hatte er nicht erwartet. Aber die Information war willkommen, denn die funktionierte jetzt. „Das freut mich."

„Meine Tante ist die wichtigste Person für mich. Versuch nicht, dich irgendwie mit ihr anzulegen."

„Und wenn?"

Er zeigte mit dem Zeigefinger darauf und schwang ihn wie ein Schwert in der Luft.

„Ich habe meinen letzten Cent ausgegeben, um für ihr Recht zu kämpfen."

„Ich möchte nicht, dass die Mutter meines Kindes in Elend lebt."

„Du bist ein Vollidiot. Du willst mir nur schaden. „Wann wirst du damit aufhören?", fragte sie und begann zügig zu gehen.

Michael ging ihr nach. Er wollte unbedingt die Veränderungen an ihrem Körper sehen, weil sie wie immer schien. Außer ihr Haar. Das hatte sie geschnitten. Es stand ihr gut. Sie war eine wunderschöne Frau. Er wollte wissen, was sie während ihrer Schwangerschaft fühlte. Er wollte den Kopf an den Bauch legen, der das Wunder des Lebens in sich trug und versuchen sein Kind zu hören. Er wollte sie beschützen. Aber er wollte sie auch nicht unter Druck setzen.

Rachel ließ die Sandalen auf der Veranda stehen und stieg die Treppen hoch. Sie öffnete die Tür ihres Zimmers und ging duschen und versicherte sich die Tür gut zu schliefen. Vierzig Minuten später kam sie angezogen und ruhiger wieder raus. Als sie runterkam, saß Michael im Wohnzimmer und wartet auf sie, als wäre das sein Haus. Warum kam Tante Ariel nicht, um ihn rauszuwerfen?

„Wenn du dich bereit erklärst, mir deine Zeit zu schenken", sagte er. „Das ist die Antwort auf deine Frage am Strand, Rachel Veronica Galloway."

Sie senkte ihre Arme.

Sie sah schön aus mit dem nach hinten gekämmten Haar ohne Make-up. Mit den Jeans, die sie trug und der schlichten Bluse, konnte er die Veränderung an ihren Brüsten bemerken und eine leichte Breite an ihren Hüften. Sie war runder. Sie war so sexy wie der Teufel.

„Oder nicht?"

„Ich habe es dir bereits erklärt."

„Erpressung hm?", sagte sie und umarmte sich selbst. Michael zuckte mit den Schultern. Sie hatte das Gefühl, als hätte sie keinen anderen Ausweg. „Das ist deine Art dich an mir zu rächen, sowie ich es mit dir gemacht habe? Gehörst du zu denjenigen, die das Gesetz von Talion befolgen? „Auge um Auge, Zahn um Zahn?"

Er lachte.

„Wenn du es so sagen willst, dann ist es so. Die Rache ist süß. Weißt du das?"

„Erklär mir, was du willst, Michael", sagte sie. Sie hasste diesen verwöhnten Ton an ihm. Ihn wieder zu sehen, brachte ihre Anspannung zurück.

„Ich möchte, dass du für eine Woche in mein Strandhaus kommst."

„Die Zeit der Konkubinen ist längst vorbei. Und wenn du das nicht glaubst, dann hast du dich in der Frau getäuscht."

Er lächelte.

„Du hast mich nicht ausreden lassen, Rachel." Er presste den Kiefer zusammen. „Ich will, dass du zu mir kommst. Und vor allem möchte ich, dass wir uns unterhalten."

„Das machen wir doch ... Oh nein, nein, stimmt! Du erpresst mich ja."

„Das hast du gesagt, nicht ich. Auf jeden Fall schuldest du mir Zeit. Und die will ich diese Woche. Ich arbeite von zu Hause aus. Ich habe keine Assistentin und es gibt viele Dinge zu erledigen.

„Und du meinst ich wäre eine bereitwillige Assistentin?"

„Wenn du dich weigerst eine Woche für mich zu arbeiten, dann verspreche ich dir, dass ich dich nicht weiter belästigen werde. Außer dass ich dir den Nachnamen für das Baby geben werde, an dem Tag, an dem das Kind geboren wird. Und ich werde bei allen Geburtstagen, bei Schulaufführungen, wichtigen Momenten, Weihnachten und an Sylvester da sein. Meinst du, das geht? Das ist doch immerhin ein gerechter Handel."

Rachel schaute ihn misstrauisch an.

„Ich kann viele Dinge erledigen, aber ich muss auch mal arbeiten. Ich habe Urlaub, aber ich habe Paul versprochen, dass ich da bin, falls irgendetwas passiert. Außerdem weiß ich nicht, was du in Maine machst, wenn du doch in deinem tollen Gebäude arbeiten musst."

Michael stand auf.

„Ich habe mir wohlverdienten Urlaub genommen, aber ich würde gerne den Rhythmus nicht verlieren. Und da wir uns zufällig getroffen haben", sagte er spöttisch", scheint es mir nur gerecht, dass ich dich bitte für mich zu arbeiten. Ich werde dich natürlich bezahlen, und da ist auch noch das Thema mit meinem Stillschweigen über das Haus deiner Tante", sagte er sarkastisch.

„Du bist hier an die Ostküste gekommen, obwohl du an interessantere Orte hättest gehen können, nur weil du einen Weg gefunden hast, wie ich meine Lügen bezahlen kann, weil ich diesen Brief an Dereck geschrieben habe? Deine Rache ist es, für dich zu arbeiten, um mich zu erniedrigen? Ist es das?", fragte sie mit Augen die vor Wut funkelten. „Du musst mich ja sehr verachten, damit du dir so viel Mühe machst, Whitmore."

Er neigte seinen Kopf zur Seite.

„Ich habe dich nur um Hilfe gebeten und als Gegenleistung für diese Zeit der Hilfe, die ich als gerecht empfinde, wenn man die Umstände bedenkt, werde ich dich bezahlen, als wenn es eine Arbeitswoche wäre."

„Du hast mir doch gesagt, du willst nichts mehr von mir wissen und jetzt willst du Zeit. Oder hast du irgendwas Illegales geraucht oder verlierst du den Verstand?"

„Es ist keine Rache, Rachel", sagte er und näherte sich ihr und hob ihr Kinn, damit sie ihm in die Augen sah. Sie vermied es, auf seinen Kommentar zu antworten, weil sie ihm diese Antwort später viel später geben würde. „Es ist eine Revanche. Das ist ein großer Unterschied."

Sie nahm die Hand weg. Nicht weil sie die Berührung nicht mochte, im Gegenteil. Die Berührung brannte in ihr und schickte Feuerblitze in ihr Inneres. Es erregte den törichten Teil von ihr, der nicht anders konnte, als ihn zu begehren, wenn er in der Nähe war. Als ob ihre Hormone mit einem Schalter verbunden wären, der sie wild und unkontrollierbar machte. Verräterischer Körper.

„Erleuchte mich bitte, oh großmütiger Anwalt", antwortete sie hochmütig.

Michael beugte sich vor, bis seine Lippen fast ihre berührten. Fast.

„Die Rache ist bitter, aber die Revanche ist süß, Rachel." Sie machte sich los und lächelte. „Sehr süß." Er ging zur Tür. „Ich sehe dich morgen. Komme um zehn. Die Frau Arondale kocht. Ich erwarte natürlich nicht, dass du das machst."

„Natürlich nicht", antwortete sie schlecht gelaunt.

KAPITEL 18

Die ersten vier Tage hatte Rachel kein Problem damit, Michael zu helfen. Er erwähnte keine weiteren Probleme, die Unbehagen hervorriefen. Er war direkt und hatte einen schwunghaften Arbeitsrhythmus, weswegen sie alles schnell erledigen konnte. Er war nicht anmaßend und versuchte nicht, ihr das Gefühl zu geben, unzulänglich zu sein, wenn sie einen juristischen Begriff oder ein sehr spezielles Schriftstück nicht verstand.

Sie erinnerte sich nicht an das Haus von Michael in Maine, aber es gefiel ihr, wie es dekoriert war. Es war sauber und frisch gestrichen. Anscheinend erst vor Kurzem, denn es gab noch einige Stellen, an denen man die Farbe noch ein wenig riechen konnte. Oder das wahrscheinlichste war, dass ihre verfeinerten Sinne Aromen gegenüber viel empfindlicher geworden waren als vor der Schwangerschaft.

Michael versuchte sich ihr nicht mehr nötig zu nähern. Er fasste sie nicht an, aber sie fühlte seinen Blick, wenn er meinte, sie merkte es nicht. Wenn er sie bat, ihm mit irgendeinem Zahlenproblem zu helfen, dann musste sie sich ihm nähern und der Duft seines gewöhnlichen Parfüms machte sie verrückt. Sie wandte sich schnell wieder ab. Es schien eine Qual, aber er unternahm nie etwas. Um sieben Uhr abends lud er sie zum Essen ein und sie sprachen über banale Dinge und anschließend ging sie zu ihrer Tante Ariel nach Hause.

Ihre Tante war nicht überrascht, als sie erzählte, dass Michael in der Nähe war. Sie sagte nur, dass sie ihren Urlaub genießen sollte. Es überraschte sie, dass ihre Tante nichts weiter zu sagen hatte, denn normalerweise hatte Ariel klare Ansichten. Vielleicht war sie müde davon, dass sie nachts durch das Haus wandelte oder morgens still und unentschlossen auf den neuen Tag blickte, der sie erwartet.

„Rachel, ich habe heute ein Mittagessen. Könntest du den Ordner auf meinem Schreibtisch zu Ende ordnen? Es sind einige Faxe, die man mir geschickt hat. Es sind ziemlich viele und ich muss jetzt noch etwas vor dem Essen erledigen ..."

„Okay."

***

Die Uhr zeigte fünf Uhr nachmittags und Michael war noch nicht zurück. Gerade heute fühlte sie sich nicht so gut. Sie ging in die Küche, um sich ein Glas Wasser zu holen. Das schien sie zu beruhigen. Sie ging wieder ins Wohnzimmer und entfernte die Holzscheitel im Kamin. Es gab keine Zentralheizung, das gefiel ihr, obwohl Michael sich schon mehrmals nachmittags beschwert hatte.

Die Tage vergingen schnell. In zweiundsiebzig Stunden würde sie Michael nicht mehr wieder sehen. Sie fragte sich, ob sie sich seine Absichten nur eingebildet hatte. Es war merkwürdig. Das verwirrte sie. Er verhielt sich unerwartet, während sie es nicht erwarten konnte, dem Schmerz zu entkommen. Wenn es nicht wegen ihrer Tante Ariel wäre, wäre sie schon vor Michaels dummer Forderung geflohen. Außerdem mit wem könnte er schon ein Mittagessen haben, so weit weg von Chicago? Nein, nein, nein.

Sie legte das Eisen des Kamins beiseite und entfernte sich. In diesem Moment öffnete sich die Tür und Michael erschien.

Er trug ein blaues Hemd und eine der dunklen Hosen. Er war wirklich elegant.

„Hallo, alles in Ordnung?", fragte er und ließ die Jacke auf dem Kleiderständer an der Tür liegen. „Es ist total kalt."

Sie lächelte.

„Ja. Ich habe alles gemacht, worum du mich gebeten hast. Ich habe gerade das Feuer geschürt und ...", sagte sie und brach ab. Ihr war ein wenig schwindelig. Das war früher schon passiert also maß sie dem keine Bedeutung bei. „Ich habe heute früh Schluss gemacht." Der Schwindel kam zurück. Dieses Mal streckte sie die Hand aus, um sich an der Wand des Kamins festzuhalten, aber die Hand griff ins Leere. „Ich ... Michael ..."

Michael reagierte sofort. Er konnte sie greifen, ehe sie sich verbrennen oder sich sonst wie schaden konnte. Er nahm sie in die Arme. Das Sofa schien ihm zu unbequem, also ging er mit ihr im Arm die Treppen hoch. Er machte mit der Schulter die Tür zu seinem Schlafzimmer auf und legte sie aufs Bett.

„Rachel?", rief er.

Sie fühlte sich furchtbar. Alles drehte sich. Sie hielt die Augen geschlossen. Soweit sie sich erinnerte, hatte sie gefrühstückt. Oder nicht? Joghurt und Obst. Sie wollte schließlich kein Wal werden mit der Ausrede dass sie für zwei essen musste. Nein danke. Sie sollte gesund sein und nicht aufgeblasen wie ein Ballon.

„Hmm", keuchte sie. Warum hielt er nicht den Mund und ließ sie in Ruhe? Sie wollte nur noch eine Weile länger die Augen schließen, sie fühlte sich plötzlich verwirrt, dumm und hoffte, dass die Hormone sie nicht im Stich ließen und sie anfangen würde zu weinen. Sie war sehr sensibel und die Anwesenheit dieses Mannes machte es nur noch schlimmer.

„Süße mach die Augen auf. Ja?"

Michael hatte sie Süße genannt? Sicherlich war sie außer ohnmächtig auch noch dement.

„Ich weiß nicht, was los ist", flüsterte sie und öffnete die Augen. Sie fand Michael, der sich über sie beugte. „Du kannst dich zurückziehen", sagte sie im faulen, kämpferischen Ton. Das war eine Art, ihn abzuwehren. „Ich werde nicht in deinem Haus sterben, sie werden dich nicht wegen ..."

„Rachel, hör auf", sagte er. „Ich werde einen Arzt rufen."

Sie nahm sein Handgelenk.

„Nein. Das passiert manchmal. Die Frauenärztin sagt, es ist nicht unüblich, vielleicht habe ich zu wenig Zucker. Michael kann ich noch hier bleiben", murmelte Rachel verzweifelt. „Bitte Michael ich ..."

Er seufzte.

„Du hast mich erschreckt. Bist du sicher, dass du keinen Arzt brauchst?" Sie verneinte. „Also, damit ich sicher bin, dass es dir gut geht und dem Baby auch schlafe bitte heute Abend hier."

Sie schüttelte sich erneut heftig und versuchte, sich aufzusetzen. Er hielt sie davon ab, indem er seinen Arm auf ihre Hand legte. Rachel ließ sich auf die Kissen fallen.

„Ich muss gehen, morgen geht es mir besser und ich komme wieder. Es sind nur noch drei Tage übrig von unserer Vereinbarung, also ..."

„Scheiß auf die drei Tage, Rachel. Warum glaubst du, bin ich in diesem gottverlassenen Ort anstatt in meiner Heimatstadt?"

„Um dich zu rächen?"

Michael schaute sie an. Er streckte die Hand aus, als wenn er sie über das Gesicht streicheln wollte, aber dann hielt er sich zurück.

„Ich habe noch nie um die Liebe einer Frau kämpfen müssen. Ich habe immer die Frau bekommen, die ich wollte, aber die Wahrheit ist, ich habe sie nie geliebt. Ich habe Delaney praktisch erpresst, damit sie mir sagt, wo du bist. Das war am Samstag, als ich dich in deiner Wohnung aufsuchen wollte. Ich war wütend und machtlos. Du hast mir von der Schwangerschaft erzählt und ich war beeindruckt. Ich habe nicht rechtzeitig reagiert und sicherlich hast du das falsch verstanden." Sie nickte nur ohne zu glauben, was sie da hörte.

„Rachel, ich bin wegen dir gekommen. Ich weiß, dass ich dir viel Leid zugefügt habe. Ich habe dich an diesem Abend verletzt mit meinen Worten. Und das hat in mir eine riesige Qual ausgelöst. Ich habe dich auch angelogen ..."

„Ich, ich weiß nicht, was ich sagen soll."

„Hör mir zu und dann entscheidest du, was du machen willst." Sie nickte. „Ich wollte am Strand mit dir reden, aber ich wusste, das du sauer auf mich bist. Wenn du nichts von mir wissen willst, dann habe ich das verdient. Ich habe dich schlecht behandelt, es tut mir leid und mehr als du glaubst. Ich bin nach Maine gekommen und dich um Zeit zu bitten und dazu habe ich ziemlich viel Mut gebraucht. Ich habe dich mit dem Haus deiner Tante erpresst, aber sage mir eins. Wärst du zu mir nach Hause gekommen, hättest du akzeptiert, mit mir zu reden, wenn du nicht mal meine Nachrichten beantwortest?" Rachel schüttelte den Kopf, bewegt von den Worten von Michael, von diesem Blick, der sowohl entschlossen als auch verzweifelt war. Das war ein Blick, den sie noch nie an ihm gesehen hatte. „Ich habe also ein wenig umdisponiert im Büro und sobald ich konnte, bin ich hier hergekommen. Um dich zu sehen. Wegen dir. Weil ich will, dass du weißt, dass ich dich liebe, Rachel. Das du für mich arbeitest, war nur ein Trick, um zu versuchen, mit dir zu reden. Damit du dich nicht so unwohl fühlst, aber ich sehe, dass ich das nicht erreicht habe ..."

„Michael ..."

Er sah sie voller Inbrunst an und nahm ihre Hand.

„Ich habe dich angelogen, als ich sagte, dass es nur ein Abenteuer sei, eins von vielen. Das war es niemals. Der Tag, an dem du in mein Leben getreten bist, ohne das dein Name oder deine Identität wichtig ist, hast du mich für jede andere Frau ruiniert."

„Ich habe dich im Restaurant mit einer anderen gesehen", murmelte sie und bewegte ihren Daumen über die Finger von Michael, die ihre drückten.

„Eine weitere Dummheit, die ich zu meiner Fehlerliste hinzufügen muss."

„Habt ihr ...?

„Nein, ich habe nicht mit ihr geschlafen." Er atmete die Luft aus. „Ich war so sehr damit beschäftigt, dich zu vergessen, dass ich mehr Stunden im Büro verbracht habe als sonst, sodass ich keine Energie mehr hatte, mich mit einer anderen Frau als dir zu beschäftigen."

„Weil ich schwanger bin?"

Michael senkte den Blick. Er beugte sich über sie und strich mit der linken Hand über ihre Wange.

„Weil ich dich liebe Rachel. Ich liebe dich. Ich bin verrückt nach dir. So verrückt, dass ich Dummheiten mache, wie hier herzukommen und dieses blöde Haus anzumalen, damit du dich wieder an diese Nacht erinnerst, als wir uns kennengelernt haben. Die Nacht war besonders für mich, ich hoffe, dass sie das auch irgendwie für dich war. Weil das war unser Anfang, und ich will nicht, das wir ein Ende haben außer es ist ein gemeinsames Ende."

„Wenn ich nicht gekommen wäre, um dich zu sehen, dann hätten wir uns nie wieder gesehen."

„Annahmen haben uns nicht gutgetan, also lasst uns nicht darüber nachdenken, was wir getan hätten, sondern was wir tun werden."

„Und das ist weil ...?", fragte sie und biss sich auf die Lippe.

„Erstens will ich, dass du weißt, dass ich nicht sauer auf dich bin. Ich verstehe deine Vergangenheit, deine Gründe und ich weiß, dass sie anfangs nicht die ehrlichsten mir gegenüber waren. Aber wir haben uns wiedergetroffen und dafür werde ich immer dankbar sein. Meine wunderbare Rachel mit den blauen Augen. Zweitens, ich will, dass du mir verzeihst und mir sagst, dass wir es noch einmal neu probieren können ... bitte", sagte er eindringlich.

„Der Teil, in dem ich dir sage, dass ich dich liebe, dass ich auch nie aufhören werde, dich zu lieben und das ich in dich verliebt bin, das interessiert dich nicht?"

Das erleichterte Lächeln und die Liebe, die Rachel in Michael sah, ließ ihr Herz pochen. Und es fühlte sich an, als ob es wieder im gewohnten Rhythmus pumpt. Nicht auf diese monotone und antriebslose Art. Es pochte wieder mit neuer Kraft in ihrer Brust.

Er beugte sich zu ihr und küsste sie. Rachel empfing ihn mit einem Seufzen, das teilweise Erleichterung und teilweise Befreiung war. Der Kuss von Michael war pure Not und Liebe. Als sich ihre Münder erneut fanden, nach langen drei Monaten, schien die Welt um sie herum stillzustehen. Die Dimension und die Kraft der Liebe, die sie gegenseitig fühlten, war eine leidenschaftliche Welle, die alle Emotionen mitriss die sie unterwegs fand.

Michael wollte mehr als sie nur zu küssen, aber er hatte noch einige Dinge zu erledigen. Mehrere, um ehrlich zu sein und die waren wichtig. Bedauernd zog er sich zurück und rieb seine Stirn an ihrer.

„Sehr mein Schatz", wiederholte er. „Aber da gibt es noch etwas, was ich dir am Ende der Woche geben wollte. Das habe ich natürlich vorbereitete, ehe ich hier hergekommen bin."

„Ja?"

Er nickte und ging kurz aus dem Zimmer.

Sie wartete darauf, dass Michael zurückkam. Die Ungewissheit und die Neugier brachten sie fast um, aber sie war auch erleichtert, weil es nach langen drei Monaten der Einsamkeit und Anspannung endlich vorbei war.

Er nährte sich ihr und zeigte ihr ein Dokument aus zwei Seiten.

„Lese es bitte."

Rachel machte es sich im Bett gemütlich. Sie setzte sich nahe an ihn, als wenn die Hitze, die von Michael ausging, ihre Seele wärmen konnte. Es gefiel ihr, ihn an ihrer Seite zu haben.

Als sie die Augen senkte, um den ersten Satz zu lesen, konnte Rachel nicht glauben, was dort stand. Sie drehte die Seite um und sah, dass es zwei Personen gab, die diese

Vereinbarung unterschreiben musste. Michael, dessen Unterschrift bereits dort stand und sie.

Sie sah ihn an.

„Ein Ehevertrag, mit dem ich, falls du deine Versprechen nicht erfüllst, dir dein Vermögen wegnehmen kann. Wir müssen beide unterschreiben." Sie ließ die Papiere auf den Nachttisch sinken. „Michael, was soll das?"

„Ich hätte alles, was mich wirklich glücklich macht, wenn du meine Frau wirst."

Die Freudentränen kamen gleich darauf. Sie wischte sich mit dem Handrücken über die Augen. Sie verschränkte die Arme in gespielter Empörung.

„Tja ich habe nicht gehört, um was du mich bittest, Anwalt Whitmore", flüsterte sie.

Er lachte erleichtert.

„Wie dumm von mir. Heute musste ich eine Besorgung machen und ich glaube, das war eine gute Idee. „Er ging kurz hinaus und kam mit einem kleinen Kästchen zurück. Er kniete sich vor Rachel, nahm ihre Hand und schaute sie mit all seiner Liebe an. „Rachel Veronica Galloway, gibst du mir die Ehre und erlöst mich von dieser schrecklichen Einsamkeit und füllst meine Tage mit dir und mit diesem Baby?" Er legte die Hand auf Rachels Bauch. „Und die, die noch kommen und wirst du meine Hartnäckigkeit aushalten und alle meine Liebe, die ich für dich fühle und dich in meine Frau verwandeln?"

Das Zimmer erfüllte sich mit Gelächter.

„Ja natürlich akzeptiere ich es, deine Frau zu werden", flüsterte sie mit Freudentränen, die ihr über die Wange liefen, und gleichzeitig schob er ihr einen Ring auf den Finger. „Er ist wunderschön", sagte sie und legte ihre Arme um Michaels Haus. „Ich liebe dich."

„Und ich dich auch mein Schatz."

Er wollte sie küssen, aber Rachel wandte sich ab. Michael runzelte die Stirn.

„So sicher warst du dir, dass ich ja sagen würde oder das ich dir verzeihen würde?"

Michael lächelte und rieb seine Nase an Rachels. Er gab ihr einen sanften, innigen Kuss und sie wollte mehr.

„In Wirklichkeit habe ich gelernt, dass mit dir nichts sicher ist, und ich werde nicht aufhören, an unserer Beziehung zu arbeiten, damit du nicht an meiner Liebe zweifelst. Und zweitens Schatz, wirst du einen Anwalt heiraten. Wenn ich meine Verteidigung und meine Beweise nicht vorbereite, wie glaubst du, verdiene ich mir meinen Lebensunterhalt?"

Sie lachte.

„Vielleicht solltest du deiner zukünftigen Frau sagen, wie sehr du sie vermisst hast", murmelte sie sinnlich, während Michael begann, ihren Hals und ihre Wangen zu küssen. Gleichzeitig fühlte sie seine Hände, die sie Stück für Stück auszogen.

„Das versuche ich gerade", antwortete er. Er zog sie langsam aus und betrachtete jede Veränderung. „Deine Brüste sind größer." Er beugte sich über sie, um sie zu küssen. Er saugte an den steifen Brustwarzen, die nur auf die Liebkosung dieser gewandten Zunge gewartet hatten. „Sie schmecken wunderbar." Rachel griff mit ihrer Hand in Michaels Haar und keuchte, während er sie mit seinen Händen, seinem Mund und seinem Körper streichelte. „Hier ist unser Baby", flüsterte er und küsste den Bauch mit kleinen Küssen und bedeckte jede einzelne Stelle. „Ich will, dass du immer weißt, dass dein Vater und deine Mutter dich mit Liebe empfangen", murmelte er und schaute Rachel an, die diesen gefühlvollen Blick zurückgab.

„Ich bin viel zu weinerlich...", murmelte sie.

„Ich hoffe, dass das mit den schwangeren Frauen, die mehr als öfter Sex während der Schwangerschaft haben wollen, stimmt."

Rachel lachte, was sich in ein Stöhnen verwandelte, als Michael sowohl ihr Höschen als auch ihre Jeans herunterzog, sodass sie völlig entblößt vor ihm stand.

„Meine Güte, du bist total sexy."

„Michael ... ich werde bald wie ein Wal aussehen", murmelte sie, als ein freches Lächeln auf den männlichen Lippen erschien.

„Du wirst wie eine geliebte und sexuell zufriedengestellte Frau aussehen", sagte er mit einem Lächeln, ehe er an Rachel herunterfuhr und sie dabei küsste. Als er an ihrem Geschlecht angekommen war, das mit roten Haaren bedeckt war, zwinkerte er ihr zu und dann legte er seinen Mund darauf. „Mmm ... du weißt nicht, wie ich deinen Geschmack vermisst habe", sagte er, ehe er sich in dem Strudel der Lust verlor.

Michaels Mund fühlte sich magisch auf ihrem Geschlecht an. Sie spürte, wie die Zunge ihr Lust verschaffte und seine großen und warmen Hände die Brustwarzen zusammendrückten. Es war Schmerz, aber auch gleichzeitig Lust. Sie war sensibel und in nur wenigen Minuten schrie sie auf und keuchte Michaels Namen. Sie bog den Rücken durch und schloss die Augen, während sie sich von dem Gefühl überwältigen ließ. Er streichelte sie sanft, bis sie in die Realität zurückkehrte.

Rachel seufzte und lächelte.

„Hallo Betrüger...", flüsterte sie, während er sich hinüberbeugte, um sie zu küssen.

„Hallo Betrügerin, meinst du, du kannst etwas dagegen tun?"

Sie lachte.

„Du kannst anfangen, in dem du dich ausziehst und mir den Gefallen zurückgibst."

„Immer aktiv für die Gleichberechtigung", antwortete er und ließ sich von der eifrigen Rachel das Hemd ausziehen. Die blauen Augen glänzten vor Liebe und Begehren.

Michael war nackt und zwischen ihren Armen gefangen. Haut an Haut. Er spürte an ihren Küssen, wie sehr sie ihn begehrte, mit ihren Händen, wie sehr sie ihn anbetete und mit ihren Worten, was sie im Herzen trug.

***

Stunden später, als der Abend bereits am Himmel dämmerte, schaute sie ihn an. Er schien zu schlafen, aber sie war sich sicher, dass er das nicht tat. Nicht wenn sein Daumen ihre Fingerknöchel streichelte.

„Willst du immer noch eine Revanche?", fragte sie und beugte sich hinüber um seine Schultern zu küssen. Dann biss sie ihn vorsichtig.

Er schaute sie mit einem Lächeln auf den Lippen an. Er würde nie genug von ihr bekommen.

„Natürlich Schatz, das habe ich doch gesagt, die Revanche ist sehr süß", antwortete er und überraschte sie mit einem Kuss um sich anschließend erneut mit ihr in der Leidenschaft zu verlieren.

EPILOG

Vier Jahre später …

Nachdem sie mit einer eleganten Zeremonie in Chicago geheiratet hatten, hatten Rachel und Michael Whitmore ihre Flitterwochen im Sommerhaus in Maine verbracht. Sie hatten es um mehrere Zimmer erweitert und jetzt war es noch gemütlicher und natürlich hatte es eine richtige Heizung. Obwohl Rachel darauf bestanden hatte, den alten Kamin da zu lassen. Michael hatte ihr diesen Wunsch erfüllt, weil es sein Lieblingsplatz war, an dem sie sich liebten, während die Kinder zwei oder drei Nächte bei Ariel schliefen. Das war der einzige Weg, Zeit als Paar zu haben.

Die Arbeit der Whitmores in Chicago war immer noch fordernd. Rachel wurde zur stellvertretenden Geschäftsführerin befördert, und als sie erfuhr, dass Paul heiraten würde, bot sie ihm an, die von Delaney organisierte Junggesellenparty zu übernehmen.

Vor der Hochzeit sprach Michael mit Ariel über die Situation mit ihrem Eigentumshaus, in dem sie lebte. Er brachte ihre Papiere in Ordnung, damit es in der Zukunft keine Probleme geben würde. Rachels Tante entschuldigte sich bei ihm für das, was ihrer Nichte widerfahren war, aber er sagte ihr, dass jeder Rückschlag eine Belohnung habe, und in diesem Fall sei es Rachels Liebe.

Delany plante mit Freude den Junggesellinnenabschied ihrer besten Freundin. Zumindest wusste sie, dass sie auf Michaels Wort vertrauen konnte, denn er war nicht nach Las Vegas mit ihrer Freundin abgehauen, so wie sie es befürchtet hatte. Die Trauzeugin zu sein war lustig, denn sie verbrachte den größten Teil damit sicherzugehen, dass der Likör nicht ausging. Das heißt, sie nutzte die großen Mengen Alkohol aus. Ihr Begleiter? Fabrizzio. Sie wollten nächsten Sommer heiraten! Sie konnte nicht glauben, dass das Leben ihr eine neue Chance in der Liebe gegeben hatte.

Piper konnte nicht glücklicher für ihre Schwester sein. Ihr Leben hatte sich verändert und ihr Name in Verbindung mit einem Mord war wieder rein. Die Anklage wegen Drogenhandels würde in ihrer Akte verbleiben, aber sie war nicht mehr Teil von ihr. Michael war ein großartiger Schwager, und als einige Snobs sich weigerten, an der Verlobungsfeier ihrer Schwester teilzunehmen, weil sie mit einem Ex-Sträfling verwandt war, schickte er das Hochzeitsgeschenk zurück, das sie ihm gegeben hatten, und zog ihre Einladung zur Hochzeit zurück.

Rachel hatte ein schmerzhaftes Gespräch mit ihrer Schwester geführt. Es tat ihr leid, zu erfahren, dass Piper eine kleine Menge an Drogen an verschiedenen Unis verteilt hatte. Sie hatte gesagt, es sei der einzige Weg gewesen, das Loch in der Tasche zu füllen, das der plötzliche Verlust ihrer Eltern hervorgerufen hatte und um zu vermeiden, dass das Jugendamt ihr Rachel wegnahm, weil sie nicht über die notwendigen finanziellen Mittel verfügte. Sie hatte nie an ihre Tante Ariel gedacht und letztendlich hatte ihr Handeln dazu geführt, dass man sie getrennt hatte. Was den Mord anging, beichtete Piper Rachel, dass sie niemals jemanden töten könnte, egal wie dringend sie Geld brauchte. In Wirklichkeit hatte sie nur versucht, die Blutung ihres Freundes zu stoppen. Dabei hatte die Polizei sie erwischt. Es war ein verwirrender, erschütternder und schmerzhafter Vorfall.

Emilio Gordov hatte einen Gerichtsprozess, der mehrere Wochen lang dauerte. Schritt für Schritt hatte die Polizei alles Notwendige gefunden, um ihn ins Gefängnis zu stecken. Seine Strafe betrug vierzig Jahre. Am Ende ging es nicht nur um Erpressung und Fälschung; die Polizei hatte Zeugen und handfeste Beweise, um Mord, Folter und Drogenhandel hinzuzufügen. Er würde im Gefängnis verrotten.

Rachel lernte Vannia kennen. Das Mädchen war jetzt schon ein Teenager und sprühte vor Gesundheit. Die Transplantation war ein voller Erfolg gewesen. Die Eltern von Vannia wurden schon bald zu Freunden der Whitmore.

Die Bronsons nahmen sie in ihren Freundeskreis auf und der ganze Vorfall, der Michael für drei schmerzhafte Monate von ihr getrennt hatte, geriet in Vergessenheit. Genauso wie mit der Familie Whitmore, die sie mit derselben Liebe empfingen wie ein echtes Familienmitglied. Und nicht nur sie, sondern auch Piper.

„Woran denkst du?", fragte Michael und umarmte seine Frau während beide die Wellen am Strand von Ogunquit vom Sand aus betrachteten.

Ihre Kinder Camille fünf Jahre und Andrew zwei Jahre alt liefen über den Sand und spielten unter der Aufsicht ihrer Taten: Ariel, Piper und Delaney. Die drei überboten sich gegenseitig in dem Versuch die kleinen Teufel zufriedenzustellen.

Rachel legte den Kopf an die Schulter ihres Mannes.

„Ich bin glücklich."

„Nicht so glücklich wie ich, als du meinen Antrag angenommen hast."

Sie lachte und blickte ihn verspielt an.

„Bist du wettbewerbsfähig, Herr Whitmore?"

„Wenn jeder Tag an deiner Seite keine Herausforderung wäre, dann wäre mein Leben langweilig. Ich mag es, an deiner Seite zu wachsen, Rachel."

„Das ist, weil ich möchte, dass du ein besserer Mann bist", grinste sie.

„Ich versuche die beste Version zu sein für dich", sagte er und sah ihr in die Augen.

Das Gelächter ihrer Kinder von Weitem vermischte sich mit dem Geräusch der Brandung.

„Du sagst immer das richtige", flüsterte sie und ließ sich von ihm küssen.

Es war ein intensiver Kuss voller Vorfreude auf den Moment, in dem der Himmel voller Sterne sein würde und die Stille in ihr Strandhaus eindringen würde.

„Das ist nur weil ich die Frau geheiratet habe, die ich von ganzem Herzen liebe."

ÜBER DIE AUTORIN

Als ecuadorianische Schriftstellerin von Liebesromanen und leidenschaftliche Leserin dieser literarischen Gattung, liebt Kristel Ralston Geschichten, die in Palästen und Schlössern Europas stattfinden. Auch wenn sie ihren Beruf als Journalistin mochte, beschloss sie, ihrer Karriere eine neue Wendung zu geben. Sie reiste zum alten Kontinent und machte einen Master in Public Relations. Es war während ihres Aufenthalts in Europa, als sie mehrere fesselnde Liebesromane las, die sie dazu brachten, ihr eigenes Manuskript zu schreiben. Seitdem fehlt es ihr nie an Büchern aus diesem Genre, weder in ihrer Sammlerbibliothek noch in ihren wöchentlichen Lektüren.

Im Jahr 2014 verließ Kristel ihren Bürojob mit ihren üblichen Arbeitszeiten in einem wichtigen Unternehmen in Ecuador, in dem sie als Kommunikationsleiterin und Public Relations arbeitete, um sich voll und ganz dem Schreiben zu widmen. Seitdem hat sie neunzehn Bücher veröffentlicht, und diese Zahl verspricht stetig zu wachsen. Die ecuadorianische Autorin arbeitet nicht nur selbstständig auf den Plattformen Amazon, KDP, sondern besitzt auch Verträge mit Verlagen wie Grupo Editorial Planeta (Spanien und Ecuador), HarperCollins Ibérica (mit seiner romantischen Reihe, HQÑ) und Nova Casa Editorial.

Ihr Roman Lazos de Cristal war eines der fünf Manuskripte, welches die Finalrunde des II. Literarischen Wettbewerbs von Indie-Autoren (2015) erreichte und schließlich von Amazon, Diario El Mundo, Audible und Esfera de Libros gefördert wurde. An diesem Wettbewerb nahmen mehr als 1.200 Manuskripte von verschiedenen literarischen Gattungen aus 37 spanischsprechenden Ländern teil. Kristel war die einzige Lateinamerikanerin, die es bis zur Finalrunde geschafft hat. Die Autorin kam auch bis zur Finalrunde des Wettbewerbs für Liebesromane „Leer y Leer" im Jahr 2013, der von dem Verlagshaus Vestales in Argentinien organisiert wurde. Sie ist außerdem Co-Administratorin des literarischen Blogs „Escribe Romántica".

Kristel Ralston hat bereits mehrere Romane veröffentlicht, darunter Estaba escrito en las estrellas [Es stand in den Sternen geschrieben], Entre las arenas del tiempo [Im Sand der Zeit], Brillo de Luna [Im Mondschein], Mientras no estabas [Während du nicht da warst], Punto de quiebre [Der Untergang ist nahe], La venganza equivocada [Die falsche

Rache], El precio del pasado [Die Narben der Vergangenheit], Un acuerdo inconveniente [Ein hinderliches Abkommen], Lazos de cristal [Kristallbänder], Bajo tus condiciones [Unter deinen Bedingungen], El último riesgo [Das letzte Risiko], Regresar a ti [Zurück zu dir], Un capricho del destino [Die Laune des Schicksals], Desafiando al corazón [Das Herz soll es wagen], Más allá del ocaso [Jenseits des Sonnenuntergangs]. Die Romane der Autorin sind auch in mehreren Sprachen erhältlich, wie Englisch, Französisch, Italienisch, Deutsch und Portugiesisch.

Die Autorin wurde von einer angesehenen Zeitschrift „Revista Hogar" für ihre herausragende literarische Arbeit als eine der Frauen des Jahres 2015 nominiert. Im gleichen Jahr nahm sie an der Buchmesse in Guadalajara am Stand von Amazon als eine der Schriftstellerinnen mit den auf der Plattform meistverkauften Romanen und als Finalistin des II Literaturwettbewerbs von Indie-Autoren, teil. Sie wiederholte dieses Erlebnis im März 2016 und teilte ihre Erfahrungen als erfolgreiche spanischsprechende Amazon KDP Autorin in verschiedenen Universitäten in Mexico City und Monterrey.

Kristel ist die erste national und international anerkannte ecuadorianische Schriftstellerin von romantischen Novellen. Sie lebt heute in Guayaquil, Ecuador und glaubt ganz fest daran, dass sich ihre Träume verwirklichen. In ihrer Freizeit genießt sie es, um die Welt zu reisen und Romane zu schreiben, die ihre Leser/innen dazu einladen sollen, weiterhin von Happy Ends zu träumen.

Twitter und Instagram: @KristelRalston
kristelralstonwriter@gmail.com
www.kristel-ralston.com

www.ingramcontent.com/pod-product-compliance
Lightning Source LLC
LaVergne TN
LVHW041158150826
845673LV00001B/203